KB150549

철혈백작
리카이엔

철혈백작
리카이엔

2

윤지겸 퓨전 판타지 소설

Chapter 1.

또 한 명의 불청객

"스승님."

프리엘라의 말에 테하스가 옆으로 고개를 돌렸다.

"응?"

"푸른 모래를 사용하는 클리머스는 찾고자 하는 물건이 어디 있는지 알려 주는 거잖아요."

"그렇지."

"그런데 아까 그 연기는 바위로 이어졌는데……. 그렇게 되면 이곳은 문제의 그 보물이 있는 장소가 아닌 건 아닐까요?"

프리엘라의 말에 테하스가 고개를 끄덕였다.

"그럴 수도 있지만 아닐 수도 있다."

"네? 그게 무슨 말이에요?"

"푸른 연기는 찾고자 하는 물건까지의 가장 짧은 경로를 따라 흘러간다. 즉, 그 연기가 가는 통로가 반드시 길이라고 할 수는 없다는 말이다."

"아이, 그러니까 아까 연기가 흘러간 틈이 보물로 향하는 가장 짧은 경로이기는 하지만, 그것이 사람이 지나갈 수 있는 길이라는 말은 아니란 뜻이군요?"

"그렇지."

그때 앞서 걷던 리카이엔이 뒤를 돌아보며 말했다.

"어이, 할망구."

"왜 그러냐? 버르장머리."

"방금 한 말 진짜요?"

"내가 너라면 몰라도 내 제자에게 거짓말을 할 것 같으냐?"

테하스의 대답에 리카이엔이 팔짱을 낀 채 뭔가 재미있는 물건이라도 본 표정으로 말했다.

"그렇다면 이거 곱게 주지는 않겠다는 뜻인가?"

"그게 무슨 말이냐?"

"이 길, 뭔가 느껴지는 거 없수?"

테하스가 길을 비추기 위해 띄워 놓았던 빛 덩어리를 리카이엔이 가리키는 쪽으로 이동시켰다.

"으음…… 확실히 그런 것 같군."

"클레우스라는 놈, 대도라는 이름에 어울리지 않게 되게 쪼잔한 놈이었나 봐."

"흘흘, 아무래도 그런 모양이구나."

그런 두 사람의 대화에 프리엘라가 이해를 못했다는 얼굴로 물었다.

"그게 무슨 말이에요?"

대답은 리카이엔에게서 나왔다.

"저기 길을 한 번 봐."

"계속 보고 있지만 나는 도통 모르겠는데요?"

프리엘라가 빛 덩어리가 비추고 있는 동굴 앞쪽을 두리번거리며 고개를 갸웃거렸다.

던전은 천연의 동굴에 인공을 가미한 것인지, 천장이나 벽은 꽤 울퉁불퉁했지만 바닥은 평평하게 길이 닦여 있었다. 리카이엔이 한심하다는 표정을 숨기지 않은 채 평평하게 닦인 길을 가리키며 말했다.

"마법사는 다 머리가 좋다던데… 이건 뭐 그런 것도 아닌 모양이네? 저 길을 봐라. 저거 오르막이잖아."

"그래서요?"

"아까 그 연기는 바닥으로 직행했지? 즉, 가장 짧은 거리가 그 바닥으로 들어가는 길이라면, 보물도 지하에 있다는 뜻이야. 그런데 이 길은 오르막이다. 뭐 떠오르는 거 없냐?"

"어? 그렇군요. 지하에 있는데 오르막길이라니. 게다가 보물의 위치는 폭포 아래인데, 이 길은 그 반대편이군요."

"한참을 돌아서 가라는 말이겠지. 그리고 그렇게 돌아가는 길을 만들었다는 건, 곳곳에 잔뜩 함정을 만들어 놨다는 뜻일 거고."

가만히 듣고 있던 페르온이 조심스러운 목소리로 끼어들었다.

"그, 그럼 어떻게 해야 됩니까?"

"어떡하긴 뭘 어떡해? 길이 이것밖에 없으니 길 따라가는 수밖에 더 있냐?"

"하, 하지만 함정이……."

"까짓 거 안 빠지면 그만이지! 일단, 가자."

그때였다.

"여어, 이거 손님들이 많은데?"

갑자기 뒤에서 들리는 소리에 리카이엔을 포함한 일행 모두가 흠칫하며 방향을 틀었다.

"누구냐!"

리카이엔의 외침에 대답이라도 하듯 어두운 그림자 하나가 천천히 이쪽을 향해 다가오고 있었다.

리카이엔이 테하스에게 신호를 보내자, 테하스가 띄워 놓았던 빛 덩어리가 점점 커지더니 동굴 전체를 환하게 밝혔다. 그리고 갑자기 나타난 사내의 모습도 드러났다.

몸에 달라붙는 검은 경장에 복면을 뒤집어쓰고 검은 장갑까지 낀 사내였다. 외부에 드러난 부분이라고는 가늘고 길게 찢어져 있는 두 눈뿐이었다.

리카이엔이 복면인을 향해 창을 겨누며 물었다.

"누구냐?"

"그건 내가 물어볼 말이라니까? 세상에 손님이 주인한테 누구냐고 묻는 건 도대체 어느 동네 매너야?"

사내의 말 속에는 절대 그냥 넘어갈 수 없는 단어가 포함되어 있었다.

"주인? 네가 여기 주인이라고?"

"제대로 듣기는 한 모양이네?"

"여기가 어딘지는 알고 하는 소리냐?"

"물론이지. 대도 클레우스의 던전."

너무나 태연하게 말을 하는 복면인의 모습에 리카이엔은 저도 모르게 눈살을 찌푸렸다. 그는 태생적으로 이렇게 빙빙 돌려 가며 하는 식의 대화를 좋아하지 않았다.

"그걸 아는 놈이 주인이라고?"

"물론이지."

결국 참지 못한 리카이엔이 먼저 본론을 꺼냈다.

"클레우스의 후계자냐?"

"호오, 눈치가 제법 빠른데? 내가 바로 기나긴 세월을 뛰어넘어 대도 클레우스의 후계자가 된 조엘… 홉!"

자신의 이름을 조엘라고 소개한 복면인이 갑자기 헛바람을 들이키며 풀쩍 뒤로 뛰어올랐다. 눈앞에 있던 리카이엔이 갑자기 사라진 듯하더니 어느새 품 안에서 나타나 창을 밀어 넣고 있었던 것이다.

하지만 조엘 역시 예사 몸놀림이 아니었다. 리카이엔이 품 안에서 나타났다고 생각하는 순간, 이미 몸뚱이가 뒤로 풀쩍 뛰어오르고 있었던 것이다.

두 사람 사이의 거리가 순식간에 벌어졌다.

조엘이 리카이엔을 노려보며 버럭 소리를 질렀다.

"이런 망할! 손님이 주인을 죽이려고 들어?"

"주인은 무슨 얼어 죽을 주인!"

"클레우스의 후계자가 이곳의 주인이 아니면 누가 주인이라는 말이냐!"

"그거야 먼저 찾는 놈이지!"

"허, 이거 완전 날강도 같은 놈이네!"

조엘이 어처구니없다는 표정을 지으며 허탈한 목소리로 말했다. 그리고 리카이엔이 싸늘한 미소를 지으며 답했다.

"크크, 강도 짓은 주인이라고 우기는 놈만 없으면 한결 편해지는 법이거든."

말이 끝나는 동시에 리카이엔의 두 발이 땅을 박찼다.

콰드드득!

동굴 바닥이 으스러지는 듯한 소음이 울려 퍼지더니 리카이엔의 창은 이미 조엘의 어깨를 노리고 있었다.

"크윽!"

조엘의 입에서 신음이 터져 나왔다. 하지만 그 역시 만만한 상대는 아니었다. 리카이엔의 창이 매섭게 쇄도하는 것을 확인한 순간, 그의 몸은 한줄기 바람으로 변했다.

"흡!"

리카이엔이 저도 모르게 헛바람을 들이켰다. 창을 찔러 넣었다 싶은 순간 조엘의 모습이 사라졌다. 그와 함께 오른쪽 옆구리를 쑤셔 오는 싸늘한 예기.

'절대 만만하게 볼 놈은 아니군!'

지척에서 찔러 넣은 창을 단 한 번의 움직임으로 가볍게 피하더니 어느새 사각에서 공격을 해 온다. 보통 몸놀림이 아니었다.

물론 거기에 호락호락 당해 줄 리카이엔이 아니었다. 순식간에 회수된 창이 옆구리를 찔러 오던 예기를 막아 낸다.

카앙!

"끄윽!"

꽉 막힌 신음을 뱉어 내는 조엘의 두 눈은 경악으로 물들어 있었다.

'이, 이게 인간이야?'

그는 단순한 도둑이 아니었다. 스스로 말했다시피 대도 클레우스의 후계자였고 정확하게는 대도 클레우스로부터 시작된 일인전승의 비술을 이어받은 전승자.

지금 그의 움직임이 바로 그 클레우스의 독자적인 비술이었다. 어떤 상황에서도 사람들의 눈에서 사라질 수 있는 비전의 몸놀림. 원한다면 사각으로 파고들어 가 순식간에 목숨까지 끊을 수도 있는 살인 기술에 가까운 기술이다.

그의 마스터는 누구도 이 공격을 막아 낼 수 없을 거라고 했다. 하지만 세상에 나와서 처음 마주친 놈이 단번에 그 공격을 막아 버린 것이다.

'제길, 마스터가 나한테 사기를 쳤나?'

속으로 그런 생각을 했지만 지금 당장 급한 것은 무지막지한 기세로 달려드는 철창을 막는 것이다.

쉑, 쉐에엑!

귀가 먹먹해질 정도로 세찬 파공성이 허공에 어지러운 궤적을 그려 낸다.

캉, 카카캉!

요란한 금속성이 쉴 새 없이 울려 퍼지며 동굴 깊은 곳까지 메아리치고, 사방 곳곳에서 불꽃이 튄다.

어느새 리카이엔의 볼을 타고 굵은 땀방울이 주르륵 흘러내렸다.

'제길, 역시나 보통 놈은 아니구나!'

보통 몸놀림이 아니었다. 눈이 아플 정도로 빠른 몸놀림까지는 그럴 수도 있다고 생각했다.

하지만 저 묘한 움직임만큼은 어떻게 해 볼 방법이 없었다. 창이 찔러 들어가면 반드시라고 해도 좋을 만큼 그 궤적 한가운데로 단검이 밀고 들어왔다. 창은 당연히 단검을 찌를 수밖에 없다.

문제는 그다음이었다.

무기와 무기가 부딪히면 충격이 발생하는데 조엘은 그 충격을 버티는 것이 아니라 고스란히 받아들였다. 그리고 그 받아들인 힘을 이용해 오히려 더 빠른 동작으로 몸을 날렸다.

'제길 기분 더럽군!'

부딪치는 순간, 손에는 분명 충격이 전해져 왔다. 하지만 상대는 훨씬 더 빠르게 움직인다. 그리고 그 빠른 움직임으로 오히려 역공까지 한다.

이대로 계속하다가는 말 그대로 질려 버릴 것 같은 기분이었다. 하지만 그런 기분은 리카이엔만 느끼는 것이 아니었다. 아니, 조엘은 이미 질려 있었다.

'이거 완전 괴물이네!'

마스터가 자신에게 사기를 치지 않았다는 건 당연히 알고 있었다. 그리고 자신의 공격이 어지간해서는 받아칠 수 없다는 것 또한 인지하고 있다.

하지만 눈앞에 있는 철창 든 놈에게는 아무런 소용이 없었다. 상대의 힘을 받아들이고 그것을 이용해 역공을 한다. 쉽게 말해 상대의 힘을 이용하는 기술. 어지간한 상대라면 몇 합만에 쓰러지는 것이 당연한 일이다.

그런데 눈앞에 있는 철창은 달랐다. 그 힘을 이용해 역공을 하면 그보다 더 큰 힘으로 맞받아쳐 오는 것이다.

중간중간에 차마 그 힘을 다 받아들이지 못하고 정신을 놓을 뻔한 적이 한두 번이 아니었다.

한쪽은 아무리 두드려도 잽싸게 피해 버리고, 다른 한쪽은 아무리 찔러 대도 힘으로 죄다 받아쳐 버린다.

"이, 이럴 수가……."

감히 다가가지도 못하고 두 사람의 싸움을 지켜보던 페르온의 입에서 신음 같은 소리가 새어 나왔다.

'이게 사람과 사람의 싸움?'

그 누구보다 뛰어난 감각을 가지고 있는 페르온이었기에 모든 것을 느낄 수 있었던 것이다. 리카이엔이 쉴 새 없이 진각을 밟으며 휘두르는 창에 실린 힘이 어느 정도인지. 조엘이라는 자가 충돌 시 생기는 충격을 어떤 식으로 이용하는지.

그리고 페르온과는 다른 생각을 하며 두 사람의 싸움을 지켜보고 있는 이가 있었다.

'버르장머리… 그때의 그 영력은……?'

바로 테하스였다.

자신의 마법에 대항할 때 리카이엔이 사용했던 힘은 분명 영력이었다. 영력이란 바이론 민족만의 독특한 술법인 클리머스에서 사용하는 힘 중의 하나였다.

클리머스에는 여러 가지 종류가 있었다. 각종 도구를 이용해 점을 치는 기본적인 클리머스에서부터 시작해 마법과는 다른 방식으로 자연의 힘을 이용하는 법, 환각을 보게 하는 법, 자신의 몸에 정령의 기운을 불러들이는 법 등 여러 방면으로 발전한 클리머스들이 있었다.

그중에 영혼을 불러들여 그 힘을 이용하는 클리머스가 있었는데, 거기에서 사용하는 영혼의 힘을 영력이라고 불렀던 것이다. 물론 그 술법 자체가 영혼을 괴롭히는 상당히 잔인하고 비인도적인 방식이기에 과거 바이론 왕국에서는 절대적으로 금기시했었지만 말이다.

테하스가 리카이엔을 뚫어져라 보며 고개를 갸웃거렸다.

'그때는 내가 잘못 느낀 건가? 그리고 보면 녀석에게서 그때 이후로는 한 줄기 혼향밖에 못 느꼈지.'

육체를 벗어난 인간의 영혼은 독특한 마나의 파동을 지니게 되는데, 클리머스를 사용할 줄 아는 '클리먼'들은 그것을 영혼의 향기라 해서 '혼향'이라 불렀다.

영력을 사용하는 클리먼들에게서는 짙은 혼향을 느낄 수 있었다. 그런데 폭포에서 싸울 때 외에는 리카이엔에게서 한 줄기 혼향만 느껴졌던 것이다.

'역시 내가 잘못 느꼈을지도… 음? 자, 잠깐!'

갑자기 무언가 떠오른 테하스가 심각한 표정을 지었다.

'한 줄기 혼향이라고……!'

혼향이란 육체를 떠난 영혼이 지니는 기이한 파동. 다시 말해 육체가 죽은 이들에게서만 느껴지는 것이다. 그런데 리카이엔에게서는 정확하게 한 줄기의 혼향만이 느껴졌다.

그것은 뭔가 상당히 앞뒤가 맞지 않는 이야기였다.

영력을 사용하는 클리먼이라면 무수히 많은 영혼을 채취해

품고 다닌다. 게다가 폭포에서 싸울 때 리카이엔이 사용한 영력은 하나의 영혼으로는 절대 발휘할 수 없는 힘이었다. 그런데 오직 한 줄기 혼향만이 느껴진다니.

이도 아니고 저도 아닌 갈피를 잡을 수 없는 상황.

'도대체 저놈은 뭐란 말인가…….'

그때 프리엘라가 조심스럽게 테하스를 향해 말했다.

"스승님, 저 사람들 이제 말려야 되지 않을까요?"

"응? 아, 그래야겠군. 아무튼 저놈은 버릇도 없는 것이 성질마저 더럽구나. 쯧쯧!"

가볍게 혀를 차던 테하스가 손에 쥔 지팡이를 앞으로 뻗으며 외쳤다.

"스토킹 플레임(Stalking Flame)!"

"헉!"

"큭!"

테하스의 외침이 끝나기가 무섭게 리카이엔과 조엘 두 사람이 헛바람을 들이키며 황급히 뒤로 물러섰다. 갑자기 뒤꿈치에서 불꽃이 치솟아올랐기 때문이다.

"할망구, 이거 뭐하는 짓이요!"

하지만 테하스는 리카이엔의 말을 고스란히 무시한 채 조엘을 향해 말했다.

"이보게, 자네가 클레우스의 후계자인지 아닌지는 모르겠지만 지금 상황은 아무리 봐도 자네가 불리한 것 같구먼."

그 말에 조엘이 고개를 끄덕였다. 도저히 승부를 낼 수 없는 실력자가 있고 마법을 쓰는 노파에 기사 차림의 사내까지. 만약 저들이 진즉 끼어들었다면 자신은 벌써 싸늘한 주검이 되어 있으리라.

테하스가 말을 이었다.

"그러니 이쯤에서 포기하는 게 어떻겠나? 자네가 계속 고집을 부린다면 우리도 끼어들 수밖에 없네."

테하스의 말이 끝나자 조엘은 잠시 생각하더니 무언가를 결심한 듯 짧게 한숨을 내쉬며 말했다.

"노마법사께서 일행의 대표자이신 겁니까?"

그 물음에 테하스가 슬쩍 리카이엔 쪽으로 시선을 던졌다. 리카이엔이 뭔가 마음에 들지 않는 표정을 지으면서도 고개를 끄덕이자 조엘을 향해 말했다.

"흠, 대표자는 아니지만 뭐 일단 이야기하고 싶은 것이 있다면 말하게."

일단 대화를 하는 것으로 상황이 정리되자 조엘이 머리에 쓰고 있던 복면을 벗었다.

"후우, 진지하게 이야기를 하려면 얼굴을 숨기는 건 좋지 않겠지요."

복면 속에 숨겨져 있던 조엘의 얼굴은 상당히 인상적이었다. 짧게 자른 밝은 금발에 가는 두 눈, 반듯한 코와 입. 길고 가는 두 눈 때문에 자칫하면 아주 날카로운 인상이 될 수도 있었는데, 두 눈이 초승달처럼 살짝 휜 것이 마치 눈웃음치는 듯한 모양이라 묘하게도 친근한 느낌이 드는 것이었다.

조엘의 말에 테하스가 묘한 웃음을 터뜨리며 말했다.

"흘흘, 어디 있는 어떤 놈과는 달리 의외로 예의가 바른 젊은이로구먼."

"그렇다면 다행이군요. 우선 저는, 아까 말씀드렸던 것처럼 대도 클레우스의 비술을 이어받은 전승자입니다."

"스스로 후계자라고 말할 자격은 되는구먼. 하지만 아무리 그렇다 해도 우리도 우리 나름의 사정이 있다네."

"아, 저는 던전 안에 있는 보물 때문에 온 것이 아닙니다. 물론 욕심이 나지 않는 것은 아닙니다만, 상황이 이렇다면 포기할 수밖에 없겠지요."

"그렇다면 우리에게 하고 싶은 이야기가 뭔가?"

"한 가지 제의를 하고 싶습니다."

조엘의 말에 테하스가 고개를 갸웃거렸다. 보물을 포기해야 하는 상황에서 무슨 제의를 하겠다는 말인가?

"일단 들어 보세나."

"이 던전은 매우 복잡한 미로와 같은 형태로 만들어져 있습니다. 그리고 곳곳에 복잡한 함정들까지 있습니다."

"그렇다는 건 우리도 예상하고 있다네."

"만약 제가 그 미로에서 길을 찾는 법과 함정의 위치를 알고 있다면 어떻게 하시겠습니까?"

"음!"

테하스가 깜짝 놀라 저도 모르게 움찔 어깨를 떨었다. 클레우스 던전에 대해서 꿰고 있는 사람이 있다니. 전혀 예상하지 못한 이야기였다.

리카이엔을 보니 그 역시 놀란 표정을 감추지 못하고 있었다. 하지만 이내 표정을 수습하더니 이쪽으로 다가오며 입을 열었다.

"어이, 길을 알고 있다는 건 참 구미가 당기는 이야기다만, 니가 길을 알려 준다고 해도 저기에 있는 보물을 나눠 가질 수는 없다."

그 스스로도 말했었지만 던전 안의 보물들은 친구의 목숨값이다. 그리고 친구의 유언을 지키는데 반드시 필요한 것이다. 사실 테하스와 그 보물을 나누는 것도 그 정도 가치가 있을 거라 생각하지 않았다면 절대 하지 않았을 일이다.

그러니 더 이상 누군가가 끼어드는 것은 절대 용납할 수 없는 일인 것이다.

불쑥 끼어든 리카이엔의 말에 조엘이 가볍게 손사래를 치며 말했다.

"아아, 이야기를 끝까지 들어 보라고. 이미 말했다시피 저 안에 있는 보물들은 아깝지만 포기할 수 있어. 내가 원하는 건 그 안에 있는 물건 중 더도 말고 덜도 말고 하나뿐이야."

"하나?"

"클레우스가 생전에 사용하던 대거가 있는데 내가 원하는 건 그것뿐이란 말이야. 그의 후계자로서 그 물건은 꼭 가져야 하거든."

"대거라……."

위험부담을 줄이는 대가로 칼 한 자루 주는 정도라면 절대 나쁘지 않은 조건이다. 게다가 안내를 받는다면 시간까지 절약할 수 있었다.

리카이엔이 테하스에게 시선을 던졌다. 일단 반씩 갖기로 약속한 이상 그녀의 동의도 필요하기 때문이다. 테하스 역시 같은 생각을 했는지 망설임 없이 고개를 끄덕였다.

"좋아. 그렇게 하도록 하지."

"후후, 그럴 줄 알았다. 자, 그럼 이제부터 서로 칼부림할 일은 없는 거지?"

"니가 뒤통수만 치지 않는다면 당연한 일이지."

"이래 봬도 내가 한 말은 반드시 지키는 놈이다."

"그럼 안내해라."

쉬우욱!

날렵하게 뻗은 날카로운 양날의 검신이, 그 모양만큼이나 날렵한 직선의 궤적을 그린다. 그리고 그 직선의 궤적을 옆에서 베어 내듯 잘라 들어오는 또 한 줄기의 날카로운 궤적.

채애앵!

두 궤적이 만나는 순간 날카로운 금속성이 터졌다. 동시에 레이퍼를 쥐고 있던 두 인영이 순식간에 한 걸음씩 물러서며 서로를 노려보았다.

'제길!'

루딜은 잔뜩 인상을 구긴 채 자신과 검을 맞대고 있는 날렵한 몸매의 주인공을 노려보았다.

은빛으로 빛나는 찰랑거리는 단발머리, 날카로우면서도 큰 두 눈, 그 속에 박힌 선홍색의 눈동자. 드레스가 아닌 바지와 셔츠를 입고 있는 바람에 오히려 더욱 강조되는 가슴과 잘록한 허리.

지난 3년간 그 누구도 넘볼 수 없었던 명실상부한 왕립 아카데미의 퀸, 세이나 프로커스였다.

"허억, 헉!"

턱까지 차오른 숨은 금방이라도 끊어질 것 같은 느낌이 들었다. 하지만 이대로 물러설 수는 없었다.

'이번이 아니면 기회가 없어!'

루딜이 두 눈으로 세이나의 생기 넘치는 아름다운 얼굴과 육감적인 몸매를 훑으며 마음을 다잡았다.

기회란 결투에서 이길 기회를 뜻하는 것이 아니다. 그녀와 사귈 수 있는 기회였다.

세이나는 왕립 아카데미에 입학하던 그해 봄, 수많은 남학생들의 대시를 받았다. 그리고 그에 대한 그녀의 대답은 늘 한

결같았다. 자신과의 결투에서 이기는 사람에게만 기회를 주겠다는 것이다.

그리고 지난 3년간 그녀를 이긴 남학생은 단 한 명도 없었다.

"벌써 지친 거야, 루딜?"

세이나가 허공을 향해 레이피어를 흩뿌리며 물었다. 루딜이 어깨까지 들썩이며 힘겹게 숨을 몰아쉬는 반면, 그녀의 호흡은 아주 편안했다.

"내, 내가 포기할 줄 알아!"

루딜이 버럭 소리를 지르며 오른발로 땅을 굴렀다.

퉁, 튀기듯 몸이 앞으로 쏘아져 나가는 순간 레이피어가 허공을 가른다. 왼손의 망고슈는 언제라도 방어하거나 반격을 할 수 있도록 적당한 위치에 자리한다.

교본에서나 봤음직한, 군더더기 하나 없는 표본과도 같은 찌르기였다.

하지만 세이나는 눈썹 하나 까딱하지 않았다. 날카롭게 찔러 들어오는 루딜의 레이피어를 보며 오히려 미소를 짓는다.

'흡!'

그리고 그 미소를 본 순간 루딜은 저도 모르게 등골이 서늘해지는 느낌을 받았다. 동시에 세이나의 오른쪽 어깨가 움찔 떨리는 것이 보였다.

차창, 푸욱!

"크악!"

세 가지 소리가 동시에 울려 퍼졌다. 그리고 두 사람의 신형이 다시 한 번 떨어졌다.

"또 세이나가 이겼다!"

두 사람의 결투를 지켜보고 있던 한 남학생이 질린 표정으로 외쳤다.

여전히 담담한 표정으로 서 있는 세이나에 반해 루딜은 손등에서 붉은 피를 뚝뚝 흘리고 있었기 때문이다.

"역시 세이나다!"

"괜히 아카데미의 퀸이라고 불리는 게 아니라니까?"

"하아, 과연 세이나를 이길 수 있는 사람이 있기는 한 걸까?"

결투를 구경하던 학생들이 저마다 한마디씩 내뱉는 바람에 결투장은 순식간에 와자하게 변해 버렸다. 그사이 세이나가 천천히 결투장 한가운데로 걸어 들어가더니 천천히 손을 들어 올렸다.

동시에 소란스럽던 결투장이 순식간에 조용해졌다. 그리고 모두의 눈이 세이나에게 집중되었다.

"더 이상의 결투는 없어."

결투가 없다는 말이 뜻하는 바는 너무나 분명했다. 더 이상 그 누구의 대시도 받아 주지 않겠다는 뜻. 순간 주변에 모여 있던 남학생들이 약속이라도 한 듯 동시에 아쉬움이 가득한 한숨을 내뱉었다.

그러거나 말거나 세이나는 편안한 걸음으로 결투장 밖으로 걸음을 옮겼다.

'아, 이제 한 달만 있으면 영원히 집으로 가는구나.'

왕립 아카데미의 교육과정은 3년. 그리고 세이나는 올해로 3년 차였다. 이제 모든 과정을 수료했으니 집으로 돌아가는 일만 남은 것이었다.

'여긴 너무 지긋지긋했어. 남자들은 죄다 약해 빠져 가지고 는······.'

세이나가 생각하는 최고의 남자는 자신과 같은 은발에 붉은 눈동자를 지닌 오빠인 리카이엔 프로커스였다. 어려서부터 가문을 부흥시키기 위해 홀로 고군분투하는 오라비의 모습은 그녀의 두 눈에 깊이 각인되었기에 어지간한 남자는 눈에 차지도 않았다.

세이나가 슬쩍 고개를 돌려 손등의 상처를 지혈시키고 있는 루딜을 보았다.

왕립 아카데미의 남학생들 사이에서는 최고의 검술 실력을 가진 루딜이었다. 하지만 단 한 번도 세이나에게 이기지 못했었다.

'리카이엔 오빠의 반만 됐어도 생각을 좀 해 봤을 텐데······.'

사실 루딜이라면 왕립 아카데미의 거의 모든 여학생들의 우상이나 다름없었다. 풀덴바인 백작가의 장남이라는 든든한 배경에서부터 뛰어난 검술, 그리고 늠름하고 남자다운 얼굴까지. 하지만 그것은 어디까지나 보통 여학생들의 기준.

적어도 세이나의 눈에는 오빠의 반도 되지 않는 허약한 남자일 뿐이었다.

'이번에 가면 꼭 오빠의 검술을 가르쳐 달라고 졸라야지.'

그녀의 뛰어난 검술은, 타고난 재능도 있었지만 리카이엔이라는 훌륭한 스승이 있었기에 만들어질 수 있었던 것이다. 리카이엔이 혹시나 하는 마음에 호신용으로 가르친 검술.

하지만 세이나가 가장 배우고 싶은 검술은 '혈하'였다. 한없이 느리면서도 그 거대한 압력으로 주변의 공기마저 내리누르는 장중한 검법. 물론 그 이름까지 알지는 못했다. 하지만 그 검술이 가지는 위력은 두 눈으로 똑똑히 보았다.

'으으읏!'

리카이엔의 그 검술을 떠올리던 세이나가 저도 모르게 짜릿한 기분을 느끼며 두 주먹을 불끈 쥐었다.

'이번에는 반드시 배울 거야!'

그때 등 뒤에서 누군가가 부르는 소리가 들렸다.

"세이나 프로커스 님."

뒤를 돌아보니 누군가가 이쪽을 향해 걸어오고 있었다. 작은 키에 왜소한 체격의 남자, 아니, 남자라고 하기에는 아직 무리가 있는 앳된 얼굴의 소년이었다. 그리고 세이나가 아는 얼굴이기도 했다.

"라울?"

왕립 아카데미에서 세이나와는 다른 방면으로 가장 유명한
인물 중 하나인 라울 스텐서였다. 보통 아카데미에 입학하는
나이인 열여섯보다 3년 빠른 열세 살의 나이에 입학해 모든 학
과 교수들을 경악하게 만든 천재 소년.

세이나는 의구심 가득한 표정으로 라울을 보았다. 아카데미
에서 지내는 3년 동안 한 번도 말을 섞어 본 적이 없는 라울이
갑자기 이야기를 걸어왔기 때문이다.

느긋한 걸음으로 세이나 앞에 도착한 라울이 익숙한 동작으
로 공손히 허리를 숙인 후 입을 열었다.

"저는 라울 스텐서라고 합니다. 초면에 실례가 되지 않는다
면 잠시 시간을 내주실 수 있을까요?"

아카데미의 학생들은 크게 세 부류로 나뉜다. 그 첫 번째는
영지가 있는 귀족의 자제들. 귀족으로서 갖춰야 할 지식을 배
우는 동시에 훗날 사용할 수 있는 인맥을 만드는 것을 목적으
로 아카데미에 입학한다.

두 번째는 영지가 없는 귀족의 자제들이었다. 그들은 물려
받을 영지가 없는 대신, 훗날 고위급 관료나 군관으로의 길이
열려 있기에 훗날을 위한 인맥 형성이나 지식 습득을 위해 아
카데미에서 공부를 한다.

마지막 세 번째는 준작의 자제들이었다. 아카데미의 학생들

중 가장 신분은 낮지만 그 누구보다 치열하게 공부를 하는 이들이었다.

준작이라는 신분은 세습이 되지 않기 때문에 자신의 힘으로 중앙이나 지방 영지의 행정직에 오르지 못하면 다시 평민의 신분으로 돌아가는데, 그러지 않기 위해서 피를 토하는 심정으로 공부를 하는 것이다.

세이나의 눈앞에 있는 라울 스텐서는 그중 세 번째에 속했다.

"그런데 무슨 이야기를 하려고?"

세이나의 물음에 라울이 차분한 목소리로 답했다.

"세이나 님의 오라버니가 되시는 리카이엔 프로커스 님에 관한 이야기입니다."

"응?"

전혀 예상하지 못한 말에 세이나가 당황하는 사이 라울이 말을 이었다.

"세이나 님도 아시겠지만, 저 같은 준작의 자식들은 이곳에서 공부를 하는 것 외에 앞으로의 진로에 대해서도 많은 고민을 해야 합니다."

아카데미를 수료한 준작의 자제들에게 주어진 길은 둘 중 하나였다. 중앙의 행정직을 뽑는 시험에 응시할 것인지 지방의 영주에게 몸을 의탁할 것인지.

"그렇지."

"단도직입적으로 말씀을 드리자면, 저는 리카이엔 님 밑에서 그분을 위해 일을 하고 싶습니다."

"뭐, 뭐라고?"

세이나가 불신이 가득한 얼굴로 라울을 보았다.

"도, 도대체 왜?"

자기가 말해 놓고도 우스운 질문이었다. 라울 정도 되는 인재가 자신의 영지로 와 준다면 쌍수를 들고 환영할 일이었다. 그런데 이해가 안 된다는 투로 이유를 물어보다니.

하지만 당연한 의문이었다. 프로커스 백작령은, 이름만 '백작령'일 뿐 그 실상은 남작령만 못하기 때문이다. 그리고 그러한 사실은 프로커스 백작령에 대해 조금만 알아봐도 알 수 있는 내용이었다. 세이나도 그런 문제에 대해 알고 있기에 의문을 가질 수밖에 없었던 것이다.

라울은 자신을 빤히 보는 세이나를 향해 묘한 미소를 짓더니 차분한 목소리로 말했다.

"세이나 님도 아시겠지만 확실히 현재의 프로커스 백작령의 재정 상태는 좋지 못합니다. 하지만 프로커스 백작령은 두 가지 가능성을 가지고 있습니다."

"가능성?"

"예, 그 첫 번째는 인심입니다. 프로커스 백작령의 재정이 넉넉하지 못한 이유는 지금의 영주이신 백작님께서 영지민들에게 거두어들이는 세금 때문입니다. 보통 영지의 세금이

50%인 것에 반해 백작님께서는 40%만 거두어들이시지요. 그 덕분에 영지의 재정은 힘들어도 영지민들의 백작님에 대한 충성심은 대단합니다."

"으음, 그렇기는 하지."

세이나가 저도 모르게 고개를 끄덕였다. 세이나 본인은 아버지의 징세 방식을 이해할 수 없었지만, 그 덕분에 영지민들이 아버지에 대해 큰 충성심을 보이는 것은 분명했다.

"그리고 두 번째 가능성은 여러 분야에서 뛰어난 재능을 가지고 계신 리카이엔 님이십니다."

"하긴, 우리 오빠가 좀 대단하기는 하지."

세이나가 마치 자신을 칭찬해 준 것처럼 기분 좋은 표정으로 고개를 끄덕였다. 하지만 라울의 이야기는 아직 끝난 것이 아니었다.

"그렇지만 리카이엔 님께서는 한 가지 약점을 가지고 계신 것 또한 분명합니다."

"뭐? 우리 오빠한테 무슨 약점이 있어?!"

갑작스러운 말에 세이나가 도끼눈을 뜨고 라울을 노려보았지만, 라울은 아랑곳하지 않고 자신의 말을 이어 갔다.

"냉정함이 없으십니다."

"응?"

"한 가문의 가주, 그리고 한 영지의 주인이 된다는 것은 필요에 따라 혈육이라도 잘라 낼 수 있는 냉정함이 필요합니다.

하지만 리카이엔 님은 그런 냉정함이 없으십니다."

그 말에 세이나가 팔짱을 낀 채 고개를 외로 꼬며 곰곰이 생각하는 표정으로 말했다.

"으음, 우리 오빠가 좀 자상하기는 하지."

두 사람의 말은 확실히 틀린 말은 아니었다. 두 사람이 알고 있는 리카이엔은 어디까지나 원래의 리카이엔이기 때문이었다.

"그렇기 때문에 그러한 일을 대신 판단하고 결정할 수 있는 사람이 필요한 거죠."

"그게 라울 너라고?"

라울이 방금 지어 보였던 묘한 미소를 지으며 고개를 끄덕였다. 그 모습을 본 세이나가 눈을 깜빡이며 라울을 보았다. 어린 녀석이 머리도 좋고 예쁘장하게 생기기까지 했는데 어쩐지 말하는 게 상당히 건방지다는 생각을 지울 수가 없었다.

'이런 녀석을 덥석 데려갈 수는 없지!'

그렇게 마음먹은 세이나가 짓궂은 표정으로 물었다.

"그런데 너, 네가 간다고만 하면 당연히 널 데리고 갈 거라고 생각하는 거야?"

라울이 조금도 망설이는 기색 없이 고개를 끄덕였다.

"물론입니다."

"……."

"……."

"호호, 너무 자신감이 넘치는데? 내가 싫다고 하면 어쩌려고 그래?"

"그럴 리가 없다는 것을 알기 때문에 말씀드리는 거지요. 하지만 그래도 싫으시다면 저는 다른 곳을 알아보도록 하겠습니다."

"응? 뭐, 뭐라고?"

예상치 못한 반응에 오히려 당황한 사람은 세이나였다.

'요거 어린놈이 왜 이렇게 당돌해?'

하지만 그 순간 라울은 조금의 망설임도 없이 뒤로 돌아서고 있었다.

'으윽, 지금 잡으면 지는 건데!'

승부욕이 강한 세이나로서는 절대 있을 수 없는 일이었다. 하지만 저기 뒤돌아서고 있는 라울은 왕국의 모든 영주들이 침을 흘릴 정도로 똑똑한 녀석이었다.

'제, 제길! 오빠를 위해 한 번만 참는다!'

세이나는 속으로 그렇게 생각을 하며 움직이지 않는 손을 뻗었다.

"자, 잠깐!"

"네?"

"오, 오빠한테 가자."

"알겠습니다."

의외로 대답은 순순히 나왔다. 역시나 입가에는 그 건방지고 묘한 미소를 머금은 채였다.

'두, 두고 보자!'

어린 녀석이 자신을 가지고 놀았다는 생각이 들자 참을 수 없을 만큼 울화가 치밀었지만, 지금은 어쩔 수가 없었다.

'흥, 니가 오빠 밑에 가서도 그렇게 건방질 수 있는지 한 번 두고 보자!'

세이나가 속으로 복수를 다짐하는 사이 라울이 정중히 고개를 숙이며 말했다.

"그럼 수료식 날 뵙겠습니다."

Chapter 2.

클레우스의 보물

"저어… 프리엘라 님."

페르온이 작은 목소리로 나란히 걷고 있던 프리엘라를 불렀다.

"네?"

"여기 들어온 지 며칠이나 됐을까요?"

동굴 안에서는 해를 볼 수 없다. 볼 수 있는 빛이라고는 프리엘라와 테하스가 만들어 놓은 빛 덩어리가 전부, 다시 말해 제대로 날짜를 셀 수 없다는 뜻이다. 그저 식사를 한 횟수, 혹은 잠을 잔 횟수로 날짜를 추측할 뿐이었다.

하지만 지금 그들이 걷고 있는 동굴은 단순한 동굴이 아닌 대도 클레우스의 던전. 미로 같은 동굴을 헤매다 보니 방향 감각과 더불어 시간 감각까지 헝클어져 버린 것이다.

페르온의 물음에 프리엘라가 손으로 턱을 잡으며 눈동자를 좌우로 굴리더니 이내 고개를 끄덕이며 말했다.

"오늘이 보름째네요."

"보, 보름이요?"

그때 가장 앞서 걷던 리카이엔이 지나가는 투로 말했다.

"정확하게는 보름째 정오쯤이다."

그 말에 리카이엔과 나란히 걷던 조엘이 괴상한 표정으로 외쳤다.

"뭐, 날짜야 그렇다 쳐도 시간까지 어떻게 알아?"

그러자 리카이엔의 테하스를 가리켰다. 조엘의 시선이 테하스에게로 향하고, 같은 의문을 느꼈던 프리엘라와 페르온 역시 그녀를 보았다.

갑작스러운 주변의 반응에 테하스가 긴 한숨을 쉬며 말했다.

"버르장머리의 말이 맞다."

테하스의 말이 떨어지기가 무섭게 조엘이 헛웃음을 터뜨리며 물었다.

"허, 정말 신기한 놈일세. 그건 어떻게 아는 거냐?"

"넌 자칭 클레우스의 후계자라는 놈이 어떻게 그것도 모르냐?"

"음? 그게 시간을 아는 거랑 무슨 상관이 있는 거냐?"

"모르면 됐다."

하지만 조엘의 의문은 그만이 느끼는 것이 아닌 모양이었다. 테하스 역시 궁금한 표정으로 물었다.

"우리 마법사들이야 마나의 흐름을 통해 날짜를 센다지만, 너는 어떻게 아는 거냐?"

"시간 감각을 익히는 거요. 해를 보든 안 보든 얼마나 시간이 흘렀는지, 지금이 언제쯤인지를 가늠할 수 있도록."

별일 아니라는 듯 말을 하기는 했지만, 리카이엔의 얼굴에는 꽤 만족스럽다는 표정이 떠올라 있었다.

'이 정도면 확실하게 몸의 감각을 찾았다고 볼 수 있겠군.'

그가 시간 감각을 익힌 곳은 이쪽 세계가 아니었다. 전생에 장윤명으로 있을 때 체득한 것이다.

그가 처음 군에 들어갔을 때 배치된 부대는 다름 아닌 추살대였다. 추살대는 단순히 누군가를 쫓아가 죽이는 일만 하는 것이 아니라 잠입이나 염탐, 암살까지 다양한 임무를 수행하는 부대였다. 그러다 보니 정확한 시간 감각은 반드시 지니고 있어야 했다.

다시 말해 리카이엔은 영혼이 기억하고 있는 그 감각을 지금의 몸으로 되찾았다는 뜻이다. 그리고 그것이 리카이엔이 만족스러운 표정을 짓는 이유였다.

그런 리카이엔을 보며 테하스가 흥미로운 표정으로 말했다.

"아무튼 저놈 버르장머리 없는 것만큼이나 희한한 재주도 많이 가지고 있구먼."

그 말에 리카이엔을 제외한 모두가 동시에 고개를 끄덕였다. 리카이엔이 생각지 못한 부분에서 재주를 발휘한 것이 이 번이 처음이 아니기 때문이다.

일행이 처음 맞이한 난관은 바로 식량이었다. 리카이엔이 자신과 페르온의 몫으로 준비한 닷새 치와 조엘이 준비한 열흘 치가 가지고 있는 식량의 전부였던 것이다. 다섯 사람 몫으로 따지면 겨우 나흘 치였다.

그러한 사실을 알고 있기에 꽤 아껴 먹었음에도 불구하고 식량은 불과 이레 만에 동이 나고 말았다. 그리고 리카이엔이 생각지 못한 능력을 발휘한 것은 그때부터였다.

다른 일행들은 생전 처음 보는 이끼류나 작은 동물들을 잡아 와 식량 문제를 해결했던 것이다.

물론 폭포 뒤쪽에 나 있는 동굴이기 때문인지 안에는 충분한 양의 물이 있었고, 그 물을 바탕으로 작은 생태계가 조성되어 있었기에 가능한 일이었다.

리카이엔은 그 외에도 클레우스가 만든 함정이 아닌, 오랜 세월의 자연이 만들어 낸 함정들을 미리 파악해 피하거나 갑작스러운 중독 증세에도 능숙하게 대처했던 것이다.

물론 거기에는 이전 리카이엔의 기억 또한 크게 도움이 되었지만 말이다.

모두가 그런 리카이엔을 신기한 표정으로 보았지만, 리카리엔은 아무런 감흥도 없는 표정으로 조엘을 향해 물었다.

"이제 얼마나 남았냐?"

"글쎄? 이제 슬슬 도착할 때가 된 것 같은데……."

그때였다.

그그극!

조엘의 오른발 밑에서 갑자기 낯선 소음이 울려 퍼졌다.

"헙!"

깜짝 놀란 조엘이 생각할 것도 없다는 듯 풀쩍 뒤로 몸을 날리고 라카이엔 역시 물러서고 있었다. 그리고 그 순간 동굴 안에 메아리치는 굉음.

그궁, 그그그궁!

동시에 지진이라도 난 듯 동굴 전체가 격하게 흔들리고 천장에서는 돌조각들이 우수수 쏟아져 내렸다.

"도대체 뭘 밟은 거냐!"

테하스가 조엘을 향해 버럭 소리를 지르는 그 순간.

"읍!"

갑자기 조엘이 오른팔로 눈을 가리며 고개를 돌렸다. 다른 일행들 역시 똑같은 반응을 보일 수밖에 없었다. 순간적으로 시야가 밝아지면서 감당할 수 없을 정도로 강렬한 빛이 눈으로 쏟아져 들어온 탓이다.

"무, 무슨 일이냐?!"

갑작스러운 상황에 테하스가 깜짝 놀라 외치는 순간, 상황에 어울리지 않는 소음이 겹쳐졌다.

"어?"

조엘의 목소리였다. 하지만 동굴이 통째로 흔들리는 급박한 상황에서 나올 법한 목소리가 아니었다. 무언가 황당하지만 정신을 멍하게 만들었을 때 나오는 그런 당혹성이었다.

'뭐지?'

두 번째로 시력을 회복한 리카이엔이 실눈을 뜨며 정면을 살폈다.

"어?"

그리고 리카이엔도 조금 전 조엘의 입에서 나왔던 것과 똑같은 소리를 흘렸다. 그리고 순차적으로 페르온과 테하스, 프리엘라가 똑같은 소리를 냈다.

일행들이 한참 동안 우두커니 서 있는 사이 리카이엔이 떨리는 목소리로 말했다.

"드디어……."

그리고 조엘의 입에서 낮은 웃음소리가 흘러나왔다.

"후후후……."

당연한 반응이었다. 아니, 일행들의 눈앞에 펼쳐진 것을 보면 저렇게 조용한 반응이 오히려 이상했다. 그들의 눈앞에 펼쳐진 것은 실성해도 좋을 정도로 엄청난 양의 보물들이었기 때문이다.

처음 울려 퍼진 굉음과 동굴 벽의 격렬한 진동은 보물을 보관하고 있는 방의 돌문이 열리면서 발생한 것이다. 그리고 돌문 너머는 꽤 큼직한 석실이었다.

정면에 반듯한 단을 만들고 그 위에 금과 은으로 만든 각양각색의 보물들을 가득 쌓아 놓은 방.

한쪽 벽에는 구멍이 뚫려 있었는데, 그곳에서 빛이 스며들어 오고 있었다. 이곳을 만들 때 외부의 빛이 안으로 들어오도록 개조를 했다는 뜻이다.

석실이 열리는 순간 터져 나온 강렬한 빛은, 보물들이 외부의 빛을 반사시키면서 생긴 것이었다.

"클레우스, 대단하다는 것만큼은 인정해야겠군."

리카이엔의 말에 뒤따라 들어온 테하스가 고개를 끄덕이며 말했다.

"그러니 전설적인 대도가 될 수 있었겠지."

그때 뒤늦게 정신을 차린 페르온과 프리엘라가 석실 안으로 들어왔다. 그리고 성격에 꼭 맞는 소리를 지르며 홀린 듯한 표정으로 그 자리에서 굳어 버렸다.

"커억!"

"와아아아~"

그리고 마지막으로 들어온 조엘이 보이지 않는 실눈을 크게 뜨고 보물을 노려보고 있었다.

잠시 동안 주위를 경계하던 리카이엔이 별다른 위험이 없는 것을 확인한 후 테하스를 향해 말했다.

"자, 감상은 잠시 후에 하도록 하지. 할망구, 저걸 어떻게 나누는 게 좋을 것 같소?"

"글쎄다… 그런데 나누는 것보다는 어떻게 옮길지를 먼저 걱정해야 되는 것 아니냐? 여기서 나가는 것도 생각해 봐야 될 것 같은데?"

확실히 생각해 봐야 할 부분이다. 쌓여 있는 보물들은 석실 안에 있는 다섯 명이 짊어지고 나가기에는 절대 불가능한 양이었다. 게다가 이곳으로 오는데 걸린 시간이 무려 보름. 그렇다면 나가는 것도 그 정도의 시간이 걸린다는 뜻이 아닌가.

그 말에 리카이엔이 피식 웃으며 말했다.

"뭐, 그건 나름대로 짚이는 게 있으니 어서 나누는 거나 생각해 보슈."

눈앞에 있는 보물들은 그 자체로도 대단한 값어치를 하는 물건들이었다. 하지만 그것들은 단순히 금의 양, 보석의 크기만으로 가격을 책정할 수 없었다.

각각의 물건들은 모두 뛰어난 세공이 되어 있는 것은 물론이거니와 꽤 오래전의 물건이기 때문에 역사적으로나 예술적인 가치까지 함께 가지고 있기 때문이다.

물론 양으로 가늠해 반씩 나누기만 해도 어마어마한 금액이고 어느 정도 비례가 맞을 것이다.

하지만 두 사람 모두 이 보물에는 특별한 의미가 있었다. 그렇기 때문에 조금은 쪼잔해 보이더라도 정확하게 나누는 쪽이 둘 다 마음을 편히 먹을 수 있기에 어쩔 수 없는 일이었다.

잠시 생각하던 테하스가 피식 웃더니 턱으로 한쪽을 가리키며 말했다.

"그런 건 저놈이 더 잘하지 않을까?"

"하긴 물건 값 매기는데 장사꾼하고 도둑놈을 따를 사람이 없긴 하지."

그 말에 조엘이 느릿하게 고개를 돌리더니 아무것도 모르겠다는 표정으로 물었다.

"지금 날 두고 한 말이냐?"

"아마도 그런 것 같지?"

리카이엔의 대답에 조엘이 피식 웃으며 물었다.

"내가 그것까지 대신해 주면 좀 밑지는 기분인데?"

그 말에 테하스가 앞으로 나서며 말했다.

"부탁을 좀 함세. 자네는 감정을 통해 분류만 해 주면 나머지는 우리가 알아서 하겠네. 어차피 자네도 찾아야 할 물건이 있지 않은가?"

리카이엔이 말했을 때는 별다른 반응을 보이지 않던 조엘은 테하스가 말하자 두말없이 고개를 끄덕였다.

"마이스터께서 직접 부탁을 하신다면 저도 거절할 수는 없죠. 알겠습니다."

조엘이 허락을 하자 리카이엔이 고개를 끄덕이며 천천히 석실의 벽으로 다가갔다.

"야, 어디 가냐?"

하지만 리카이엔은 조엘의 말이 들리지 않는 듯 아무런 대답도 하지 않은 채 찬찬히 벽을 살펴볼 뿐이다. 그 모습을 본 조엘이 버릇처럼 피식 웃으며 말했다.

"저 인간은 일 시켜 놓고 자기는 놀겠다는 건가?"

그리고 이번에도 테하스가 앞으로 나섰다.

"일단은 우리끼리 하세."

그때부터 조엘의 지휘 아래 보물들의 분류 작업이 시작되었다. 금은으로 만든 세공품에서부터 보석이 주가 되는 장신구, 그림과 같은 예술품 등 클레우스가 훔쳐서 모아 놓은 보물들은 그 종류도 수도 엄청난 양이었다.

처음 들어왔을 때 방 안으로 비춰 들어오던 빛이 사라진 후 테하스가 만든 빛에 의지해 작업을 했음에도 불구하고 모든 분류가 끝난 것은 다음 날 아침 햇빛이 다시 스며들어 올 때쯤이었다.

그리고 일행들은 자신의 귀를 의심할 수밖에 없는 이야기를 들었다.

"뭐, 뭐라고요?"

석실 바닥에 늘어져 있는 보물들 사이에 앉은 채 페르온이 불신 가득한 얼굴로 자신의 귀를 만지작거리며 물었다.

"대략 삼십억 아르겐입니다."

"사, 삼십억……!"

입이 다물어지지 않는 액수였다. 대도 클레우스가 활동하던 백여 년 전 공식적으로 집계된 피해 액수는 십억 아르겐 정도였다. 물론 뒤가 구린 물건이나 보고가 안 된 것까지 합하면 두 배는 될 거라는 것이 중론이었다. 하지만 지금 조엘이 말한 액수는 그것보다도 많은 액수.

그에 대해 조엘이 설명을 부연했다.

"당시보다 백여 년이나 시간이 흐르는 바람에 가치가 올라간 물건들이 꽤 많습니다. 예술 작품들과 이름 있는 장인들의 세공품은 특히 시간에 따른 가격 상승이 심합니다."

"삼십억 아르겐이면……!"

페르온으로서는 그게 어느 정도나 되는지 가늠도 안 될 정도의 거금이었다.

빈곤한 4인 가족이 한 달 동안 먹을 밀을 사는데 드는 돈이 20아르겐이다. 그리고 프로커스 백작령의 일 년 예산이 300만 아르겐, 모국인 브렌 왕국의 일 년 예산도 3억 아르겐이다.

다시 말해 삼십억 아르겐이라면 앞서 말했던 빈곤한 4인 가족이 12,500,000년 동안 먹을 수 있는 돈이었다. 프로커스 백작령의 1,000년 예산이며, 브렌 왕국의 10년 예산이라는 뜻이다.

리카이엔과 테하스가 반씩 나누기로 했지만 15억 아르겐 역시 가늠 안 될 정도로 큰돈인 것은 마찬가지였다.

그때 밤새도록 석실 구석구석을 돌며 뭔가를 조사하는 것 같던 리카이엔이 모습을 드러냈다.

"흠, 예상보다 좀 더 많군. 그 정도면 충분하겠어."

모두들 입을 쩍 벌릴 정도의 거금이었음에도 리카이엔은 대수롭지 않은 표정으로 그렇게 말했다.

하지만 얼굴에 떠오른 것은 지금까지 리카이엔이 단 한 번도 보여 준 적이 없는 표정이었다. 억지로 웃음을 참으며 괜히 허공을 바라보는데 어렴풋이 눈가가 붉어지는 복잡한 표정. 그런데도 한편으로는 뭔가 크게 만족스러워하는 것 같은 느낌이 드는 얼굴이었다.

'보고 있나? 이제 시작이다.'

또 한 번의 삶과 매진할 수 있는 목표를 주고 떠난 친구 '리카이엔'을 향해 하는 말이었다.

큰돈을 얻어서 기쁜 것이 아니었다. 드디어 '리카이엔'이 부탁했던 일을 시작할 수 있는 준비가 되었다는 것이 기쁜 것이었다. 더불어 '리카이엔'의 목숨 값의 일부를 찾았다는 것이 기뻤다.

이유는 알 수 없지만 뭔가 숙연한 것 같기도 하고 한스럽기도 한 그 표정에 프리엘라와 페르온도 괜히 묘한 기분을 느꼈다. 하지만 그 분위기는 그리 오래가지 못했다.

"뭐하냐?"

조엘이 불쑥 끼어들어 분위기를 끊어 버렸던 것이다. 그제야 자신이 평소 같지 않게 감상적이었다는 것을 깨달은 리카이엔이 괜시리 헛기침을 하며 말했다.

"흠흠, 너같이 음침한 놈은 모르는 그런 게 있는 거다."

"뭐, 그렇다면 그런 걸 수도 있지. 아무튼 분류하는 일은 끝이 났는데… 문제가 생겼다."

조엘이 그답지 않게 심각한 표정으로 말했다. 그리고 이번에는 리카이엔이 묘한 미소를 지으며 말했다.

"후후, 이거 때문에?"

그 말에 고개를 들던 조엘이 흠칫 놀라며 벌떡 몸을 일으켰다.

"그, 그건!"

리카이엔이 들고 있는 물건은 한 자루의 대거였다. 칼집에서부터 손잡이, 그리고 살짝 드러난 칼날까지 온통 검은색 일색인 한 자루 대거. 검에 있는 유일한 장식은 손잡이 끝에 박혀 있는 두 갈래로 갈라져 있는 검은색을 띠고 있는 보석뿐이었다. 바로 조엘이 이곳에 온 목적인 클레우스의 대거였다.

대거를 본 조엘이 애가 타는 표정으로 리카이엔을 보았다. 그 모습을 본 리카이엔이 왠지 고소하다는 미소를 지으면서도 순순히 대거를 건넸다.

그러자 조엘이 누가 뺏어 갈 새라 잽싸게 대거를 낚아챘다.

"쳇, 내가 이것도 안 줄 정도로 속 좁은 놈인 것 같으냐?"

하지만 조엘은 리카이엔의 말이 들리지 않는 듯 대거를 살펴보기에 여념이 없었다. 그런 조엘의 표정은 방금 리카이엔이 시켰넌 것과 크게 다를 바 없는 것이다.

그 모습을 본 리카이엔이 말했다.

"뭐하냐?"

"흠흠, 너는 모르는 그런 게 있다."

자신과 별로 다르지 않는 대답을 내놓는 조엘을 보며 리카이엔이 또 한 번 피식 웃어 보였다.

클레우스의 대거를 조심스레 품에 갈무리한 조엘이 리카이엔을 향해 물었다.

"이걸 어디서 찾았지?"

리카이엔이 살짝 몸을 틀더니 빛이 들지 않는 석실 깊숙한 곳에 있는 벽을 가리켰다. 리카이엔의 손짓을 따라 벽으로 다가간 조엘의 눈에 들어온 것은 벽에 네모반듯하게 뚫려 있는 구멍이었다.

'이로써 모든 것이 갖춰졌다. 이제 남은 일은……'

조엘은 스스로 뭔가를 다잡는 듯 주먹을 불끈 쥐더니 구멍 안에 대거를 놓은 후, 눈을 감은 채 고개를 숙였다.

잠시 후 대거를 갈무리하고 돌아온 조엘이 리카이엔을 향해 물었다.

"벽을 살펴본 게 이걸 찾으려고 그런 거였냐?"

"니가 생각해도 쌓여 있는 보물이랑 같이 있을 물건은 아니지 않든?"

"그렇기는 했다만… 그래도 이걸 직접 찾아 줄 줄은 몰랐군."

뭔가 묘하게 감동한 듯한 조엘의 표정을 보며 리카이엔이 별것 아니라는 투로 말했다.

"대거를 주기로 약속한 이상 그건 지켜야지."

"아무튼… 고맙다."

"지랄하네. 어차피 니가 찾았어야 될 물건이다. 난 그냥 저걸 분류하는 게 귀찮았을 뿐이다, 인마."

물론 보물 속에 대거가 없는 것을 확인한 조엘은 석실을 살펴볼 생각을 하고 있었다. 하지만 그렇다고 해서 고마운 기분이 사라지는 것은 아니었다.

그때 조엘의 눈에, 리카이엔의 한쪽 입꼬리가 말려 올라가는 것이 보였다. 뭔가 이상하다고 생각하는 사이, 리카이엔이 놀라운 말을 꺼냈다.

"그래서 이제 그걸로 아트룸 길드를 장악하려고?"

순간, 조엘의 가느다란 두 눈이 화등잔만 하게 커졌다.

"너, 그, 그걸 어… 떻게…… 설마 너도……?"

평소 차분한 성격에 좀처럼 흐트러진 모습을 보여 준 일이 없는 조엘이 말까지 더듬으며 혼란스러운 표정을 감추지 못했다.

리카이엔이 짧게 한숨을 쉬며 말했다.

"혹시나 했는데 역시 그랬군."

"뭐? 그게 무슨? 그럼 날 떠봤다는 거냐?"

조엘이 그럴 리가 없다는 표정으로 물었다. 당연한 이야기였다. 아트룸 길드는 역사상 단 한 번도 외부에 드러난 적이 없는 베일에 싸인 조직이었다.

즉, 아트룸 길드에 대해 모르는 사람이 아트룸 길드를 입에 올리는 것은 불가능한 일이다. 더군다나 클레우스의 대거가 아트룸 길드와 관련이 있다는 것도 모르면 나올 수 없는 이야기.

조엘의 머릿속이 한층 더 큰 혼란에 휩싸였다. 그런 조엘을 향해 리카이엔이 아무것도 아니라는 표정으로 말했다.

"나도 처음에는 상상도 못했다. 클레우스의 대거가 아트룸 길드의 마스터를 상징하는 물건일 줄은 말이야. 그런데 클레우스의 대거에 아트룸 길드의 표식인 '갈라진 검은 보름달'의 형상이 있는 것을 보고 혹시나 한 거다."

"하지만 아트룸 길드는 단 한 번도 외부에 노출된 적이 없는 길드다. 그런데 어떻게 네가 그 표식을 알아볼 수 있는 거냐? 네가 그곳의 길드원이 아니고서는……."

"아트룸 길드. 대륙 최대 규모의 정보 길드로서 마스터의 자리는 항상 비어 있지. 마스터를 상징하는 물건인 '아트룸'을 찾아오는 자만이 그 자리에 앉을 수 있다."

"여, 역시 너는 그 길드의!"

조엘의 몸에서 싸늘한 살기가 사방으로 쭉 뻗쳤다. 하지만 리카이엔은 여전히 태연했다.

"그런 말도 안 되는 오해는 사양하도록 하지. 내가 따로 조사하면서 알아낸 정보니까 그냥 믿으라고."

하지만 조엘에게서 뿜어져 나오는 살기는 좀처럼 사그라질 줄을 몰랐다.

"후우, 너 바보냐? 내가 거기 길드원이었으면 그걸 너한테 왜 주냐?"

"음!"

그제야 조엘이 살기를 거두었다. 클레우스의 대거, 다른 이름으로는 아트룸이라 불리는 이 대거는 대륙 최고의 정보 길드를 장악할 수 있는 물건이었다. 그런 것을 이렇게 간단하게 넘긴다는 것은 말이 안 된다.

"하지만 도대체 그걸 어떻게……."

"그건 나만의 방법이 있으니 신경 끄는 게 좋을 것 같은데!"

물론 리카이엔이 아트룸 길드에 대해서 알 수 있었던 것은 '이전의 기억' 을 통해서였다.

이전의 리카이엔이 쌓아 놓은 지식과 정보는 상상도 할 수 없을 정도로 방대한 양이었고, 그중에 아트룸 길드에 대한 내용도 일부 포함되어 있었던 것이다.

"으음……."

하지만 그러한 사실을 모르는 조엘은 더 이상 그것에 대해 물어볼 수가 없었다. 자칫하면 리카이엔의 정보망을 건드릴 수도 있는 부분이기 때문이다.

조엘이 약간 수긍하는 표정으로 고개를 끄덕이자 리카이엔은 그제야 본론을 꺼냈다.

"그런데 너 생각보다 좀 순진하다?"

"그건 또 무슨 말이냐?"

"생각을 해 봐라. 니가 그 칼 들고 가서 '내가 마스터다.'라고 외친다고 누가 널 마스터라고 따르겠냐?"

"뭐? 이 대거는 길드의 상징과도 같은 거다. 당연히 내가 마스터가 되는……."

"이거 생각보다 덜떨어진 놈이네? 그 대거가 여기 있다는 말은, 사라진 지 적어도 백 년은 됐다는 말이다. 다시 말해 지난 백 년 동안 그 대거가 없어도 길드를 장악해 온 놈들이 있다는 말이다. 그놈들이 난데없이 대거를 들고 왔다고 마스터라고 모실 것 같으냔 말이다."

조엘은 거대한 망치로 머리를 한 대 얻어맞은 듯 갑자기 머리가 울리는 느낌을 받았다. '아트룸'은 마스터의 상징이었고, 그것만 있으면 당연히 길드의 마스터가 될 수 있을 거라고 생각했다.

하지만 리카이엔의 말을 듣고 보니 자신이 얼마나 바보 같은 생각을 했는지 알 수가 있었다.

이미 권력의 달콤한 맛을 본 자들이 그것을 고스란히 바칠 리가 없다는 것을 왜 생각하지 못했을까?

갑자기 밀려오는 무력감에 조엘은 무릎이 부들부들 떨리는 것을 느끼며 그 자리에 털썩 주저앉았다.

그때 리카이엔의 입에서 또 한 번 믿을 수 없는 말이 나왔다.

"뭐 그렇다고 방법이 없는 건 아니야."

"뭐? 정말이냐?!"

조엘이 번쩍 고개를 치켜들고 리카이엔을 쳐다보았다.

"윗대가리에 있는 놈들이 그걸 인정하든 안 하든, 놈들이 가진 걸 내놓든 안 내놓든, 그것이 길드의 상징이라는 점만큼은 분명하니까."

"그렇기는 하지. 하지만……."

조엘의 반응을 본 리카이엔이 회심의 미소를 지어 보였다.

"내가 방법을 알려 줄 수는 있다. 하지만 절대 공짜는 아니라는 건 잘 알고 있겠지?"

그리고 조엘은 그제야 조금 원래의 상태로 돌아갈 수 있었다. 조엘이 자리에서 일어서며 말했다.

"너 머리 벗겨질 거다."

"쿡, 그건 내가 걱정할 일이다. 자, 그럼 나갈 준비부터 해 볼까?"

그 말에 지금까지 옆에서 가만히 듣고 있던 테하스가 끼어들며 물었다.

"왔던 길을 되돌아가는 것 말고 다른 길이 있는 게냐?"

"하아, 할망구 나이 먹더니 깜빡깜빡 하는 거 아니요? 생각을 해 보슈. 클레우스가 물건을 훔칠 때마다 그 먼 길을 돌아왔을 것 같소? 분명 어떤 장치로 움직이는 문이 따로 있을 거요."

"듣고 보니 그렇구나. 그럼 그 길은 어떻게 찾아야 하는 게냐?"

"그걸 왜 나한테 물어보슈?"

"뭐?"

"저기 저 후계자한테 물어봐야지."

그 말에 테하스가 조엘 쪽으로 고개를 돌렸다.

"알고 있는 건가?"

조엘이 조용히 고개를 끄덕였다. 그것을 본 테하스가 갑자기 고개를 갸웃거리더니 조엘을 향해 물었다.

"그렇다면 자네는 왜 클레우스가 이용하던 문을 사용하지 않고 먼 길을 돌아 들어온 겐가?"

"클레우스의 비술을 이어받은 전승자들도 밖에서 들어오는 길은 알지 못합니다. 오직 나가는 방법만 알 뿐이지요."

"흐음, 그런가?"

"일종의 시험입니다. 대도 클레우스는 우리가 들어온 입구를 찾는 방법도 은유적 표현을 이용해 단서만 던져 주었을 뿐이었으니까요."

그 말에 리카이엔이 머리가 지끈거리는 느낌을 받았다.

'클레우스 그 인간 우리한테만 그렇게 말하고 사라진 게 아니었군.'

그사이 조엘이 빛이 들어오는 구멍을 향해 다가갔다. 그러고는 손으로 그 구멍을 막아 버렸다. 구멍은 석실 안을 밝게 비추는 조명의 근원. 그것이 막혀 버리자 석실은 순식간에 암흑 속에 잠겼다. 동시에 석실 여기저기서 요란한 소리가 울려 퍼졌다.

키릭, 키리리릭, 철컥철컥!

마치 톱니바퀴가 맞물려 돌아가는 듯한 소음이었다.

한참 동안 들려오던 소리가 갑자기 멎었다. 그와 동시에 조엘이 서 있는 벽이 갑자기 굉음을 울리며 좌우로 갈라지기 시작했다.

"허! 저거 정말 절묘한 방법이군!"

리카이엔이 감탄을 터뜨리며 말했다. 석실에서 나가는 길을 찾기 위해서는 누구나 빛을 필요로 할 수밖에 없다. 구석구석 제대로 살피기 위해서는 밝은 빛이 필수인 법이니까. 그런데 오히려 그 빛을 막아 버리는 것이 나가는 방법이라니.

조엘이 설명을 덧붙였다.

"이 문은 해가 떠 있는 동안이 아니면 열리지 않습니다. 반드시 낮 시간에 빛을 막아야 한다는 뜻이지요."

심리의 허점을 완벽하게 찌르는 방법이었다.

"자자, 그럼 저걸 옮길 준비나 해 보자고."

쿠웅!

지면이 들썩일 정도로 힘찬 진각.

"타하앗!"

가라앉은 아침 공기를 떨어 올리는 우렁찬 기합.

파아앗, 쉬쉿!

심장이 얼어붙을 정도로 날카로운 파공성.

프로커스 백작령 기사 막사의 아침을 시작하는 풍경이었다. 바로 열한 명의 기사들이 창술 수련을 하는 소리였다.

"흡, 후우웁!"

기사들의 선두에서 안정된 호흡을 바탕으로 가장 힘차게 창을 휘두르고 있는 이는 바로 볼프였다. 도저히 다가갈 엄두조차 나지 않을 정도로 박력 넘치는 모습.

그 뒤로 톰과 잭을 포함한 열 명의 신참 기사들이 아침부터 구슬땀을 흘리며 볼프의 창술을 쫓아가기에 여념이 없었다.

그렇게 얼마나 수련이 이어졌을까. 갑자기 한쪽에서 박수 소리가 들려왔다.

짝짝짝짝!

그 소리에 고개를 돌리던 볼프가 흠칫 놀라 황급히 창을 거두며 외쳤다.

"모두 그만!"

말이 끝나기가 무섭게 신참 기사들이 통일된 동작으로 창을 회수한다. 그리고 모두 한 몸이라도 된 듯 동시에 부동자세를 취한다. 거두어들이는 발소리마저 한 사람이 내는 소리인 것처럼 단 한 번만 울릴 뿐이었다.

이전 단장이었던 알버트가 있을 당시에는 생각도 할 수 없을 만큼 군기가 제대로 잡힌 모습이었다.

기사들을 확인한 볼프가, 박수 소리가 난 쪽으로 황급히 달려갔다. 그곳에는 프로커스 백작 내외가 서 있었던 것이다.

볼프가 절도 있게 허리를 굽히며 말했다.

"백작님을 뵙습니다."

그 말에 프로커스 백작이 기분 좋은 웃음을 터뜨리며 말했다.

"허허, 대단하구먼. 내가 창이나 무기에는 문외한이지만 이렇게 훈련하는 모습만 봐도 마음이 뿌듯해질 정도일세."

"감사합니다. 그런데 이른 아침부터 어쩐 일이신지……."

"매일 아침마다 훈련하는 소리에 잠을 깼는데, 언제부터 한번 와 봐야겠다고 생각만 하다가 오늘 이렇게 나오게 되었구먼."

"백작님의 아침을 소란스럽게 한 건 아닌지 송구스럽습니다."

"허허허, 그런 걱정일랑 말게. 자네들이 훈련하는 소리를 들으며 눈을 뜨면 나도 기운이 나는 것 같아 하루가 활력이 넘치니 말이야. 그리고 자네들에게 좋은 소식이 있어 그것도 전할 겸해서 나왔네."

"좋은 소식이라니요?"

"리카이엔이 떠나면서 말했던 갑옷과 무기가 어젯밤에 모두 완성되었다는 보고가 들어왔다네."

리카이엔이 전생에 입던 중원의 갑옷과 이곳 기사들의 갑옷은 꽤 많은 차이가 있었다. 그래서 리카이엔은 떠나기 전 필요에 의해 여러 부분이 개수(改修)된 갑옷을 주문해 놓았다.

이곳의 갑옷이 나쁜 것은 아니었지만, 장가창법을 제대로 펼치기에는 움직임에 묘한 제약이 생기기 때문이었다. 그리고 그 갑옷이 드디어 완성된 것이다.

창도 마찬가지였다. 장가창법의 위력을 극한으로 끌어 올리기 위해서는 그에 꼭 맞는 철창이 필요했다. 진각과 단련된 근력, 그리고 수련을 통해 쌓은 공력을 바탕으로 펼치는 장가창법의 가장 근본적인 요결은 바로 '힘'이었다. 그리고 그 위력을 극대화하기 위해서는 회전을 통한 위력을 올리기 위해 창날 쪽에 극단적으로 무게를 실어야 했다.

그렇게 주문했던 갑옷과 창이 오늘 모두 완성되었다는 말이다.

볼프가 차분한 표정으로 말했다.

"그런 내용이야 집사나 아랫사람을 시켜 알려 주시면 될 일인데 수고스럽게 직접 오시다니……."

"허허, 아닐세. 나도 오랜만에 아침 산책을 하니 기분이 매우 좋다네. 그럼 앞으로도 잘해 주게."

그 말에 볼프가 급히 허리를 굽히며 외쳤다.

"충심을 다하겠습니다!"

그 모습을 본 프로커스 백작이 흡족한 표정으로 고개를 끄덕였다.

'매일 요즘만 같으면… 나는 더 여한이 없겠구나.'

요즘 프로커스 백작령은 내성을 비롯해 모든 곳에서 활력이 넘쳤다. 그간 예산 부족으로 미뤄 두었던 각종 사안들과 영지의 보수, 개간 등등이 모두 한꺼번에 진행되고 있었기 때문이다.

물론 그렇게 일을 진행할 수 있는 것은 그만큼의 돈이 있기 때문이다. 리카이엔이 길을 떠나면서 건네주었던 백만 아르겐에 달하는 보석들과 리온 자작에게 우선 상환받은 백만 아르겐 덕분에 영지의 예산이 풍족해진 것이다.

프로커스 백작이 뿌듯한 표정으로 고개를 끄덕이며 말했다.

"그럼 앞으로도 수고해 주게."

"맡겨 주십시오!"

"크크크큭, 아까 봤냐?"

한참을 혼자 킬킬대며 웃던 톰이 좌우로 슬쩍 눈치를 살핀 후 잭을 향해 물었다.

"뭘?"

"볼프 형님 말이야."

그 말에 잭의 표정이 갑자기 괴상하게 변했다.

"풉!"

"크크크큭, 너도 나하고 같구나? 내참 자기가 무슨 페르온 형님도 아니고 말이야. 만날 입에 욕을 달고 살던 사람이 언제부터 그렇게 점잖고 예의 발랐다고……."

"야, 말도 마라. 난 아까 소름 돋았다."

"크흐흐, 내 말이~ 아무튼 내가 아까 보고 알았다니까. 사람이 안 하던 짓하면 다른 사람한테 어떻게 보이는… 흡!"

갑자기 말을 멈춘 톰이 헛바람을 들이키더니 냅다 달리기 시작했다.

"저 자식 왜 저래……."

고개를 갸웃거리던 잭이 저도 모르게 말끝을 흐렸다. 난데없이 등골이 오싹한 기분이 느껴졌던 것이다.

'서, 설마…….'

문득 성벽 돌기를 하던 당시 페르온과 톰의 사건이 생각났다.

'지금 그때랑 같은 상황인 건가…….'

속으로 그런 생각을 하며 천천히 뒤를 돌아보았다.

'젠장, 죽었다!'

잭의 얼굴이 절망으로 물들었다. 살기를 번뜩이는 볼프의 두 눈을 본 탓이다.

"아하하하, 볼프 형님 그게 말이죠. 그냥 좀 안 어울리셨다는… 거지 뭐 꼭 그렇게……."

"망할노무 새끼 너 오늘 뒈졌다고 복창해라!"

"시, 싫어요!"

말이 끝나기가 무섭게 잭이 전력 질주를 시작했다. 그리고 그 뒤를 볼프가 따라 달렸다.

"거기 안 서, 인마!"

"살려 주세요!"

"지랄하네! 그냥 곱게 죽어 이 새꺄!"

"싫어요오!"

그때였다.

갑자기 저쪽에서 누군가가 달려오고 있었다.

"임시 단장님!"

급히 뒤를 돌아보니 한 병사가 다급한 표정으로 달려오고 있었다. 아무래도 뭔가 큰일이 생긴 모양이었다.

급히 발을 멈춰선 볼프가 콧김을 씩씩거리며 저만치 떨어져서 이쪽의 눈치를 보고 있는 잭을 향해 외쳤다.

"넌 오늘 밤에 나하고 밤새 훈련이다, 인마!"

순간 잭의 얼굴에 창백하게 변했지만, 볼프는 이미 달려오는 병사 쪽으로 가고 있었다.

"무슨 일이냐?"

"보, 보고가 들어왔습니다."

"그러니까 뭐냐고?"

"세이나 아가씨가 탄 마차가 쫓기고 있다고 합니다!"

"뭐!"

Chapter 3.

세이나의 마차

"무슨 말이냐? 세이나가 쫓기고 있다니!"

프로커스 백작이 창백한 얼굴로 외쳤다. 백작의 맞은편에 부동자세로 서 있던 잭이 입을 꾹 다문 채 땀을 삐질삐질 흘렸다.

"자세히 말해 보아라!"

"그, 그것이……."

일이 벌어진 것은 불과 30분 전이었다. 외성 수문 병사들이 서 있는데 마차 한 대가 급히 달려오고 있었다. 그런데 보통 마차가 아니었다. 프로커스 백작가의 깃발을 달고 있는 마차였다.

하지만 중요한 건 깃발이 아니라 사람. 병사들 입장에서는 당연히 마차를 세우고 안에 있는 사람을 확인해야 했다.

그리고 사건은 병사들이 마차를 세우려고 하던 그때 벌어졌다.

갑자기 마차 주위로 십여 기의 인마가 몰려들더니, 마차를 공격하는 것이다.

깜짝 놀란 병사들이 황급히 달려 나가는 순간, 마차는 갑작스러운 공격에 결국 방향을 틀고 말았다. 그리고 그 순간 마차 안에 있는 사람이 이쪽을 향해 다급한 소리로 도와 달라고 외쳤다.

그 사람이 바로 세이나였던 것이다.

"내 영지에서 내 딸이 공격을 받았단 말이냐?"

프로커스 백작의 얼굴이 창백하다 못해 새하얗게 질리기 시작했다. 그런 백작의 모습을 본 잭은 한층 더 괴로워졌다. 아직 할 말이 남았기 때문이다.

"그런데 세이나 아가씨의 마차를 공격했던 자들이……."

"뭐? 놈들을 잡았느냐?"

"그런 것이 아니라… 병사들이 본 바로는 그 자들이 입고 있는 갑옷에 리온 자작령의 문양이……."

"뭣이! 리온 자작 그놈이 내 딸을 공격했단 말이냐! 이자가 드디어 미쳐 버린 것이 분명하구나! 메넨! 메넨, 밖에 있는가!"

이미 소식을 듣고 문밖에서 대기하고 있던 집사 메넨이 황급히 안으로 뛰어들어 왔다.

"하명하십시오!"

"주백령으로 공문을 보낼 것이다!"

영지와 영지 사이에 정치적 혹은 무력적으로 충돌이 발생한 경우 그것을 중립적인 입장에서 처리해 줄 수 있는 사람은 그 일대를 관할하는 주백작밖에 없었다. 물론 어디까지나 주백작의 인품과 관련된 문제였지만 말이다.

"당장 준비하겠습니다!"

그 모습에 잭은 밖으로 튀어나오려는 심장을 애써 움켜쥔 채 얼른 이 자리에서 나갈 수 있기만을 바랐다.

'백작님이 이런 분이셨던가?'

평소 인자하고 조용한 성격의 프로커스 백작이 한 번 화가 나니 믿을 수 없을 만큼 빠른 행동력을 보였다.

성큼성큼 밖으로 나가려던 프로커스 백작이 힘겹게 서 있는 잭을 향해 말했다.

"자네도 얼른 돌아가서 자네의 일을 하게."

"알겠습니다!"

두두두두두!

볼프는 이를 악물고 말을 몰았다. 그 뒤로 아홉 명의 신참 기사들 역시 아직 마술에 익숙해지지 못했음에도 불구하고 기를 쓰고 볼프의 뒤를 따랐다.

"어떤 놈들인지 몰라도 감히 우리 아가씨를!"

세이나는 프로커스 백작령의 기사와 병사들에게는 일종의 우상이었다. 감히 욕심을 낼 수는 없지만, 보는 것만으로도 하루가 기분 좋아지는 그런 대상.

게다가 그분은 자신이 가장 존경하고 따르는, 언제부턴가 유일한 주인이라 생각하고 있던 리카이엔의 하나밖에 없는 여동생.

그런데 그런 세이나를 공격하다니, 있을 수 없는 일이었다.

"야, 톰!"

볼프의 외침에 나란히 달리고 있던 톰이 고개를 돌리며 대답했다.

"예, 형님!"

"이쪽 맞아?"

"병사들 이야기로는 이쪽이 분명합니다. 아, 저기……."

톰이 갑자기 앞쪽을 가리켰다. 자연스레 손짓을 따라 시선을 옮기던 볼프의 눈에 무언가가 들어왔다.

평평한 길 위에 누군가가 쩔뚝거리며 걸어오고 있는 것이 보였다.

"서, 설마!"

볼프가 심장이 철렁 내려앉는 기분이었다. 혹시 세이나가 아닌가 하는 생각에서였다. 하지만 조금 더 달려 모습을 확인할 수 있을 때가 되었을 때는 안도의 한숨을 내쉴 수 있었다.

여자가 아닌 남자였기 때문이다. 하지만 안심할 수는 없었다. 이쪽으로 오고 있는 자의 모습이 분명 프로커스 백작군의 모습이었기 때문이다.

볼프가 오른손을 들어 뒤따라오는 기사들이 속도를 줄이게 한 후, 혼자 앞으로 튀어나갔다.

"어찌 된 일이냐!"

얼굴을 확인할 수 있을 정도로 거리가 좁혀졌을 때 볼프가 큰소리로 외쳤다. 이쪽으로 오고 있는 자는 다름 아닌 수문병들의 조장이었던 것이다.

수문병들의 말에 따르면 마차가 조장이 말을 타고 마차를 따라갔다고 했었다.

"기, 기사님!"

조장 역시 볼프를 알아보고는 쩔뚝거리는 걸음으로 황급히 뛰어왔다. 다친 것 같기는 하지만 그리 큰 부상으로 보이지는 않았다. 볼프는 일단 병사의 부상을 무시한 채 질문을 던졌다.

"세이나 님은?"

"이 길을 따라 계속 쫓기고 계셨습니다. 얼른 가십시오!"

"너는 어쩌다 그런 것이냐?"

"도중에 말이 쓰러지는 바람에 다리를 다쳤습니다만, 큰 지장은 없습니다. 얼른 가십시오!"

병사 역시 볼프와 같은 생각을 하고 있었는지 의연한 표정으로 외쳤다.

"알았다. 얼른 성으로 돌아가도록 해라!"

볼프가 다시 앞을 향해 말을 달리며 뒤따라오는 신참 기사들을 향해 빨리 오라는 손짓을 보냈다. 신참 기사들이 기를 쓰고 볼프에게 따라붙고, 열 명의 기사는 또다시 이를 악물고 달리기 시작했다.

하지만 꽤 달린 것 같은데도 좀처럼 세이나가 탔다는 마차의 모습은 보이지가 않았다.

"으으윽!"

조바심을 참지 못한 볼프가 신음을 지르던 순간이었다. 나란히 달리던 톰이 외쳤다.

"차, 찾았습니다!"

"뭐?!"

고개를 번쩍 치켜드니 저 멀리 한 대의 마차를 공격하고 있는 십여 기의 인마가 보였다.

"크아아악, 이 빌어먹을 개새끼들! 이랴!"

볼프가 더욱 거세게 말의 옆구리를 챘다.

두두두두!

대열에서 볼프만이 앞으로 쑥 튀어나오더니 함께 움직이던 신참 기사들을 뒤로하고 쏜살같이 달리기 시작했다. 거리가 좁혀지니 마차를 공격하고 있는 자들의 모습이 확실히 눈에 들어왔다. 은회색의 제복을 입고 있는 기사들.

"흐아아아앗!"

전력으로 달려 나간 볼프가 우렁찬 호통을 터뜨리며 그대로 돌진했다.

마차를 공격하던 기사들이 갑작스러운 볼프의 등장에 황급히 뒤를 돌아보았다. 하지만 그 순간 볼프는 이미 철창을 그러쥔 채 돌격하고 있었다.

앞으로 달리고 있는 와중에 뒤에서 갑작스러운 공격을 받는다는 것은 극도로 불리한 위치. 당황한 기사들이 황급히 말머리를 틀며 달려오는 볼프를 맞이할 준비를 했다.

마침 길이 크게 휘어지는 지점. 가장 앞서 달리는 마차가 꺾이는 지점으로 들어서는 순간, 마차의 옆면이 보였다. 그리고 옆면에 나 있는 마차의 창을 통해 보이는 얼굴.

'세, 세이나 님!'

이곳까지 오면서도 혹시나 하는 마음이 아주 없지는 않았다. 병사들이 사람을 잘못 보았을 수도 있다. 어떤 간 큰 놈들이 영주의 성 앞에서 영주의 딸을 공격한단 말인가.

하지만 지금 그의 눈에 비친 사람은 분명 세이나 프로커스였다.

그 얼굴을 확인한 순간, 아주 조금 남아 있던 망설임이 사라졌다.

어느새 거리가 지척으로 좁혀 졌다.

"죽어!"

일갈과 함께 볼프의 철창이 크게 반원을 그린다.

말이 있는 힘껏 달린 힘에, 그동안 끊임없이 성벽을 돌며 단련된 볼프의 힘이 더해졌다.

후아아아앙!

묵직한 파공성이 허공을 훑는다.

눈이 시릴 정도로 빠른 궤적을 그리는 날카로운 창날의 진로 앞에 무언가가 걸려들었다.

서걱!

섬뜩한 단절음이 나지막하게 울리는가 싶더니 갑자기 피분수가 솟구친다. 피와 함께 바닥으로 널브러진 것은 순식간에 피에 물든 누군가의 팔.

"끄아아아아악!"

높은 비명이 울려 퍼진다. 하지만 볼프의 창날은 이미 다음 상대를 향해 가고 있었다.

뻐어어억, 우드득!

이번에는 창날이 아닌 창대. 또 다른 기사의 팔뚝을 후려친 창대는 여전히 원래의 궤적을 따라 원을 그리고 있었다.

하지만 창대에 얻어맞은 기사는 그 힘에 튕겨나 저만치 바닥으로 처박히고 있었다.

"이게 무슨 짓이냐!"

갑자기 나타나 동료들이 두 명이나 당해 버리자 기사들 역시 대노한 표정으로 볼프를 향해 검을 휘둘렀다.

날렵한 궤적, 조금의 낭비도 없는 간결한 검격, 안정된 자세. 제대로 된 검술을 익혀 차곡차곡 실력을 쌓아 온 자들에게서만 볼 수 있는 검술이었다.

창, 차차창!

쇄도해 들어오는 공격을 단번에 쳐낸 볼프가 기사들을 노려보았다.

기사들의 차분한 검술을 보니 한층 더 분노가 치솟았다.

"이 개잡놈들! 기사라는 것들이 할 짓이 없어서……."

빠드드드득!

볼프가 이를 갈아붙이며 여덟 명의 기사들을 향해 창을 겨누었다. 그와 동시에 뒤쳐져 있던 신참 기사들이 가세했다. 그것을 확인하던 볼프가 저도 모르게 뒤를 확인했다. 신참 기사들의 얼굴에 당혹감이 어려 있었기 때문이다.

아니나 다를까. 뒤에서도 은회색 제복을 입은 이들이 창을 뽑아 들고 이쪽을 향해 달려오고 있었다.

순식간에 두 배로 늘어난 적들. 볼프가 신참 기사들을 향해 버럭 소리를 질렀다.

"겨우 저딴 놈들한테 쫓겨서 달려왔냐? 니들은 오늘부터 다시 성벽 돌기다. 이 멍청한 새끼들아!"

하지만 어쩔 수 없는 일이기는 했다. 신참 기사들은 기사가 되기 위해 훈련을 받았고 지금은 충분히 기사라고 불러도 좋을 정도가 된 상태였다. 하지만 그들의 시작은 어디까지나 일반 병사들.

아무리 훈련을 통해 자신감을 얻었다고 해도 아직은 그 당시의 기사에 대한 두려움이 남아 있었던 것이다.

그때 볼프와 싸웠던 기사들이 갑자기 말머리를 돌리며 마차가 달아난 방향을 향해 달리기 시작했다.

이유야 뻔했다. 갑작스러운 볼프의 등장으로 놓친 마차를 쫓아가기 위해서였다.

"이익!"

반사적으로 기사들을 쫓아가려던 볼프가 이를 악물고 말을 멈췄다. 자신이 이대로 저들을 쫓아간다면 신참 기사들은 뒤쫓아 오는 놈들의 손에 죽을 것이 분명했다.

하지만 그렇다고 마차를 쫓아가는 놈들을 그대로 보내 줄 수는 없었다. 고민하던 볼프가 주위를 둘러보며 외쳤다.

"톰, 네 놈만 데리고 저 새끼들 쫓아가라!"

"네?"

깜짝 놀란 톰이 반문하는 순간 결국 볼프의 화가 폭발했다.

"이 새끼가 빠져 가지고! 까라면 까!"

"흡! 알겠습니다! 가자!"

톰이 네 명의 동료들과 함께 달려가는 것을 확인한 볼프가 남은 네 명의 신참 기사들을 향해 외쳤다.

"따라와!"

그러고는 일말의 망설임도 없이 쫓아온 기사들을 향해 홀로 돌격했다.

뒤도 돌아보지 않고 달려 나가는 볼프의 모습에 신참 기사들이 움찔거리며 어떻게 해야 하는지 고민하는 사이, 볼프는 이미 상대 기사들과 부딪치고 있었다.

리카이엔에게 훈련을 받은 지 벌써 반년이다. 그 사이 볼프는 예전의 자신은 상상도 할 수 없을 정도로 강해졌다. 하지만 아무리 그래도 열 명의 기사들을 혼자 상대하기에는 아직 부족했다.

마차를 쫓을 때는 뒤를 공격해 기습적으로 두 명을 벨 수 있었지만, 이렇게 서로 공격할 의사를 가지고 싸울 때는 역부족이었다.

파아앗!

아나나 다를까!

볼프의 왼쪽 팔에서 붉은 피가 튀어 올랐다.

"으윽!"

그 모습을 본 신참 기사들의 얼굴이 딱딱하게 굳었다. 꽤 거칠기는 했지만 항상 자신들을 챙겨 주던 볼프였다. 그런 볼프가 부상을 당했다. 당장에라도 달려가 도와주고 싶은 마음이 굴뚝같았다.

하지만 쉽사리 몸이 움직이지 않았다. 병사로 있기는 했지만 전쟁을 치러본 경험은 없었다. 그런데 갑자기 기사가 되어서 난데없이 전투에 뛰어들 생각을 하니 오금이 저려오는 것이다.

가서 제대로 싸울 수는 있을까? 저 창에 맞으면 얼마나 아플까? 괜히 호기롭게 뛰어들었다가 허무하게 죽어 버리는 것은 아닐까?

오만 가지 상념들이 머릿속을 부유하며 그들을 괴롭혔다.

"으윽, 으아아아악!"

짜악!

그때 한 신참 기사가 갑자기 비명을 지르더니 자기 손으로 자기 뺨을 후려쳤다. 데릭라는 이름의 기사였다.

"난 가야 돼! 가야 된다고!"

여전히 몸은 움직이지 않는다. 하지만 데릭은 의외로 끈질긴 구석이 있었다.

짝, 짝짝!

또다시 자기 뺨을 후려갈겼다. 한 번으로 안 되면 두 번, 세 번 하면 된다.

"갈 거야. 가야 돼!"

그리고 어느 순간, 데릭은 격렬하게 벌렁거리던 심장이 갑자기 차분해지는 느낌을 받았다.

이제 준비가 되었다는 신호.

"이랴앗!"

데릭은 두 발로 말의 옆구리를 힘차게 차며 그대로 앞으로 돌진했다.

짝, 짜자작!

갑자기 따귀를 때리는 소리가 울려 퍼졌다. 남아 있던 세 명의 신참 기사들이 방금 그 기사를 따라하는 모습이었다.

"가자, 가자!"

"난 기사다. 기사라고!"

우스꽝스러운 행동임에도 불구하고 기사들의 얼굴에는 비장한 각오가 떠올라 있었다. 여기서 나가지 못하면 더 이상 갈 수 없다는 생각.

"헉, 허억!"

볼프는 거친 숨을 몰아쉬면서도 형형한 안광을 번뜩이며 눈앞에 있는 기사들을 노려보았다.

'제기랄, 이 자식들 언제 오는 거야!'

속으로는 그렇게 외쳤지만 절대 뒤를 돌아보지는 않았다. 언젠가는 올 것이다. 그때까지만 버티면 된다. 볼프는 그렇게 믿었다.

사실 혈혈단신으로 열 명의 기사들에게 달려든 것은 일종의 노림수였다. 자신이 싸우는 모습을 보면 신참들도 뭔가 느끼는 것이 있으리라 여긴 것이다. 몸을 내던지는, 어쩌면 목을 내놓아야 할지도 모르는 단순무식한 방식. 하지만 가장 볼프다운 방법이기도 했다.

이미 팔과 어깨, 그리고 옆구리에 부상을 입은 상태였다. 깊은 상처는 아니었지만 그래도 치료가 필요한 수준이었다.

쉬이이익!

한 자루 창이 예리한 각도로 가슴팍으로 파고들었다. 동시에 뒤쪽과 정면에서 협공이 들어온다.

"큽!"

볼프는 순간적으로 호흡을 끊으며 타이밍을 쟀다. 철창을 쥔 볼프의 팔 근육이 터질 듯 팽팽하게 부풀어 올랐지만 조급하게 움직이지는 않았다. 기다려야 할 때였다. 세 줄기 창격을 동시에 피하고 막을 수 있는 타이밍을.

첫 번째 창격이 오른쪽 가슴으로 파고드는 순간.

"흐리얏!"

호쾌한 기합과 함께 볼프의 창이 움직였다. 한 번의 휘두름으로 두 줄기 창격을 튕겨 내는 동시에 급히 상체를 비틀어 가슴팍으로 들어온 검을 피한다.

스팟!

"크윽!"

하지만 완전하지 못했다. 볼프의 가슴에 또 하나의 상처가 늘었다.

그때였다.

"죽어라아!"

절규에 가까운 외침과 함께 한 자루 철창이 싸움판으로 끼어들었다.

후아아앙!

장쾌한 파공성이 전장을 가른다. 창대의 가장 끄트머리를 잡고 크고 길게 휘두르는 일격.

푸우우욱!

전혀 생각하지 못한 갑작스러운 공격에 당황하던 기사 하나가 목이 절반이나 잘린 채 그대로 바닥으로 굴러 떨어졌다.

"데릭!"

갑자기 나타난 사람을 확인하던 볼프가 반가운 마음에 큰소리로 그의 이름을 불렀다.

그리고 그다음 순간 나머지 세 명의 신참 기사들도 싸움판으로 달려오고 있었다.

"젠장, 이거 어떻게 해야 되는 거지?"

톰이 불안한 표정으로 중얼거렸다. 볼프의 말대로 마차를 쫓는 기사들을 찾아 달리고는 있지만, 막상 만나게 되면 어떻게 해야 할지 감이 오지 않았다.

"가다가 만나면 싸워야 되는 건가?"

그 역시 싸움 경험이 없기는 마찬가지였다. 하지만 볼프가 시킨 일을 안 할 수도 없었다.

슬쩍 고개를 좌우로 돌려 보니 동료들 역시 같은 생각인 듯 복잡한 표정으로 말을 몰고 있었다.

그때 저 멀리 아까 보았던 은회색 제복을 입은 기사들의 모습이 어렴풋이 눈에 들어왔다.

"으으으······."

저도 모르게 울먹이는 소리가 입에서 새어 나왔다.

'어떡해야 되는 거지? 뭘해야 돼? 이대로 가도 되는 거야?'

오만 가지 생각들이 머릿속을 가득 채우더니 어느 순간 아무런 생각도 나지 않았다.

"헉!"

울 것 같은 표정으로 달려가던 톰이 신음을 뱉었다. 상대 기사들이 갑자기 고개를 돌려 이쪽을 확인한 것이다. 아니, 정확하게는 이쪽을 확인하는 기사와 눈이 마주친 것이다.

그 순간, 톰은 말이 얼마나 빨리 달리는 동물인지 새삼 실감할 수 있었다.

삽시간에 좁아지는 서로 간의 거리. 재빨리 말머리를 돌리며 이쪽을 향해 검을 겨누는 기사들의 모습을 확인하는 순간, 톰은 수전증에 걸리기라도 한 것처럼 푸들푸들 손을 떨고 있었다.

"야, 이거 진짜 싸워야 되는 거냐?"

톰이 억지로 목소리를 쥐어짜 외쳤다. 그렇게라도 하지 않으면 도저히 용기가 날 것 같지가 않았다.

하지만 오히려 역효과였다. 동료들 중 그 누구도 톰의 말에 대답을 하지 못한 것이다.

"크으윽!"

이제 조금만 있으면 서로의 무기가 맞닿는 거리. 그 순간 톰의 머릿속에 무언가가 번뜩였다.

'뒈질래?'

무시무시한 얼굴로 자신을 노려보던 볼프였다.

"이런, 씨부럴! 이래 죽으나 저래 죽으나 똑같잖아!"

톰이 버럭 소리를 지르며 오히려 말의 옆구리를 찼다. 갑작스러운 발길질에 놀란 말이 한층 더 다리에 힘을 주는 그 찰나.

톰의 철창이 허공을 갈랐다.

까아아앙!

요란한 금속성과 함께 손을 타고 저릿저릿한 충격이 온몸을 뒤흔들었다. 하지만 톰은 그런 것을 신경 쓸 수 있는 상태가 아니었다.

"우아아아악!"

기합인지 비명인지 도무지 알 수 없는 괴성을 내지르며 미친 듯이 철창을 휘둘렀다.

깡, 까가강!

날카로운 소음들이 귀가 따가울 정도로 울려 퍼졌다. 그러면 그럴수록 손과 어깨로 오는 충격은 한층 더 커졌다.

그때였다.

스걱!

섬뜩한 소음과 함께 등판을 휘젓는 화끈하면서도 서늘한 통증이 치솟았다.

"으아아아악!"

첫 전투에서 입은 첫 부상. 톰 같은 초짜가 감당하기에는 너무나 큰 충격.

톰의 몸뚱이가 그대로 바닥으로 떨어져 내렸다.

몸통을 뒤흔드는 충격에 겨우 정신을 차린 톰이 두 눈을 크게 뜨고 주위를 살폈다.

말에서 굴러 떨어진 자신과 주위를 에워싸고 있는 말 탄 기사들.

'빠, 빠져나가야!'

머릿속에 떠오르는 생각은 그것밖에 없었다. 톰은 더 생각할 것도 없이 그대로 오른발을 뻗었다.

쿠우웅!

달아나기 위해 톰이 뻗은 한 발. 그것은 어이없게도 눈만 뜨면 반복했던 진각이었다. 그것도 지금껏 한 번도 성공하지 못했던 완벽한 발놀림으로.

그리고 그 진각이 일깨운 육체에 각인된 기억이 톰을 다음 동작으로 이끌었다. 바로 먹고 자는 시간을 제외하고는 질리도록 수련했던 창술의 가장 첫 번째 공격법이었다.

장가창법은 무림인들이 낮잡아 보는 외공과 외가기공을 극한까지 발전시켜 그 정수를 모아 놓은 무공이었다.

땅을 밟는 진각이 힘의 격발이다. 그리고 그 이후에 이어지는 모든 동작, 그러니까 앞으로 뛰어나가면서 한 발을 축으로 회전하는 발목, 비틀어지는 허리, 앞으로 향하는 어깨, 튕겨지는 팔꿈치까지 모든 그 모든 것은 힘의 증대와 전달을 목적으로 하는 것이다.

쿠아이앙!

지금껏 한 번도 들어보지 못한 파공성이 톰의 귓바퀴를 훑고 지나갔다. 동시에 손을 타고 전해지는 묵직한 충격.

타악!

하나의 동작으로 단번에 기사들의 포위에서 벗어난 톰이 가볍게 바닥에 내려섰다.

"어, 어?"

정신을 차리고 보니 어느새 동료들 사이에 서 있다는 것을 깨달은 톰이 황당한 표정으로 주위를 돌아본다. 그리고 온통 피에 물들어 있는 자신의 창과 손을 발견한다.

"이, 이게 뭐야!"

깜짝 놀라 외치지만 진짜 놀란 사람은 동료들과 은회색 제복의 기사들이었다.

갑자기 발을 세게 울리더니 순식간에 말의 목을 꿰뚫고 지나가 놓고, 자기가 소스라치게 놀라다니. 미친 게 아닌가 싶은 정도였다.

그때였다.

"정신 안 차리냐!"

저 멀리서 우렁찬 호통이 터져 나왔다. 급히 고개를 돌려 보니 볼프가 온몸에 피를 뒤집어쓴 채 이쪽을 향해 달려오고 있었다. 볼프만이 아니었다. 볼프와 함께 남아 있던 다른 동료들도 온통 몸에 피를 뒤집어쓰고 있었다.

다급해진 톰이 동료들을 향해 외쳤다.

"안 싸우면 저 인간한테 뒈질지도 몰라!"

"헉!"

"흡!"

그제야 상황을 파악한 동료들이 불끈 철창을 쥐었다. 아무리 생각해도 여기서 싸우는 것이 볼프의 괴롭힘보다 덜 무서웠다.

"크아앗!"

톰이 또다시 진각을 밟으며 앞으로 나섰다. 그리고 나머지 네 명의 동료들이 그 뒤를 따랐다.

"그러니까 마차는 못 봤다는 말이냐?"

볼프가 웃통을 벗은 채 온몸에 붕대를 친친 감은 모습으로 톰을 향해 물었다.

"저희가 이놈들 만났을 때 마차는 안 보였다니까요!"

그리고 똑같이 웃통을 벗은 채 상반신 전체를 붕대로 친친 감은 톰이, 길가에 길게 늘어져 시체들을 가리키며 답답하다는 듯 외쳤다.

볼프는 머리가 지끈 아파오는 것을 느꼈다.

'제길, 이럴 때는 페르온 그 자식이 아쉽네!'

소심하기는 해도 신중한 편인 페르온이라면 이럴 때 어떻게 해야 될지 답을 내놓을 수 있을 것이다. 하지만 그는 일단 일이 막히니 어떻게 해야 할지 감이 오지를 않았다.

'제길, 이거 물어 볼 놈들은 죄다 뒈졌고……'

그렇게 생각을 하니 갑자기 울화가 치밀었다.

따아악!

"아악! 왜요?"

톰이 머리통을 부여잡고 억울한 표정으로 볼프를 보았다.

"인마, 한 놈 정도는 살려 놨어야 될 거 아냐!"

"볼프 형님이 갑자기 끼어들어서 다 죽였잖아요!"

그 말에 볼프가 저도 모르게 들어 올렸던 주먹을 흠칫 떨었다. 톰의 말대로 조금 늦게 도착한 자신이 좌다 쓸어버린 건 사실이기 때문이다.

물론, 그때는 신참 기사들이 죽을지도 모르는 위급한 상황이라 어쩔 수가 없었다.

"시끄러! 어디서 말 대답이야!"

따아악!

결국 톰은 또 한 대 맞을 수밖에 없었다. 그때 저 멀리서 누군가 이쪽을 향해 급하게 말을 달려왔다.

"음? 저거 뭐야?"

그 말에 고개를 돌리던 톰이 반색을 하며 외쳤다.

"잭이네요!"

아무래도 오랜 세월 함께 있던 친구다 보니 체형만 보고도 누구인지 알아보는 것이 가능한 모양이었다.

"그래?"

조금 기다리니 잭이 도착했다.

"어?! 다치셨습니까?"

붕대를 감고 있는 볼프를 보고 잭이 묻자 볼프가 살짝 인상을 구기며 말했다.

"보면 모르냐? 아무튼 무슨 일이야?"

"그야 도와주러 왔습니다만……."

"어이구, 빨리도 온다."

"죄송합니다."

"그래 너 의외로 페르온하고 죽이 잘 맞았었지? 니가 한 번 생각해 봐라."

"네? 뭘요?"

이제 막 도착한 잭이 상황을 알 수 있을 리가 없었다. 어리 둥절한 표정을 짓고 있는 잭을 향해 톰이 상황을 설명했다.

"으음, 그러니까 마차가 어디로 갔는지 몰라서 여기 앉아 계시는 거군요?"

"그래."

지금 일행들이 앉아 있는 곳은, 다시 말해 마차를 공격했던 기사들과 싸웠던 장소는 하필이면 길이 끝나는 지점이었다. 그 다음에 펼쳐진 것은 메마르고 넓은 황무지. 어떤 방향으로도 갈 수 있으니 사람을 나눠 찾아볼 엄두도 낼 수가 없었던 것이다.

그때 뭔가를 곰곰이 생각하던 잭이 슬쩍 볼프의 눈치를 살핀 후 조심스럽게 물었다.

"그럼 그 후로 다른 적은 안 나타난 거군요?"

"아직은."

"그렇다면 세이나 님이 타고 있던 마차는 더 이상 공격을 받을 일은 없겠네요?"

"뭐, 그렇겠지.

"그럼 이 길을 지키고 있으면 세이나 님도 돌아오시지 않을까요? 더 이상 위협이 없으면 당연히 다시 영지로 가실 테니까. 그래도 아직 안전하다는 보장은 없으니 일단 영지로 가서 병사들을 풀어 수색을 하면 되지 않겠습니까?"

순간, 잭을 보는 사람들의 표정이 돌변했다.

"음? 왜 그러시죠?"

갑작스러운 사람들의 반응에 당황한 잭이 저도 모르게 뒷걸음질 쳤다. 그런 잭을 향해 볼프가 크게 감탄한 표정으로 말했다.

"오오, 그렇군! 너 알고 보니 꽤 똑똑하구나!"

"네? 제가요?"

잭은 볼프가 자신을 놀리고 있다고 생각했다. 아니, 정확하게는 괴롭힐 준비를 하는 거라고 생각했다. 자신이 한 말의 어디에 똑똑함이 묻어 나온단 말인가!

하지만 볼프는 진심으로 감탄하고 있었다. 이 자리에 있는 그 누구도 그런 생각은 하지 못했기 때문이다.

물론 그것은 머리가 좋고 나쁘고의 문제는 아니었다. 서로 보는 관점이 다를 수밖에 없기 때문이다.

볼프와 기사들은 마차가 공격당하는 모습이 머릿속에 각인되어 있는 탓에 어서 구하러 가야 한다는 마음이 앞섰기에 기다린다는 방법에 대해 미처 떠올리지 못한 것뿐이었다.

어쨌든 상황이 그렇게 되었다면 더 이상 걱정할 것이 없었다. 볼프가 한결 홀가분해진 표정으로 잭을 향해 말했다.

"우린 여기서 기다릴 테니 너는 가서 이 시체들 싣고 갈 짐마차를 가지고 와라."

그 말에 옆에 있던 톰이 불쑥 끼어들며 물었다.

"네? 시체들을 가지고 가신다고요?"

"가져가서 조사를 해야지. 그래야 더 확실한 게 나올 거 아니냐."

"오오~ 형님도 되게 똑똑하신데요? 거기까지 생각을 다 하시고."

톰은 이번에도 진심으로 감탄한 표정으로 말했다. 톰의 그런 모습을 본 잭은 어쩌면 한 명만은 진짜 머리가 나쁜 걸 수도 있다는 생각을 어렴풋이 하게 되었다.

잭이 다시 말을 타고 성으로 돌아간 후, 볼프가 톰을 향해 말했다.

"그런데 너 창으로 말의 목을 꿰뚫었다고?"

톰이 뒤통수를 긁적이며 말했다.

"아, 그게 그런 모양이더라고요. 나는 사실 그 순간의 기억이 좀 희미해서……."

그때는 그 자리에서 벗어나야 한다는 생각만이 머릿속에 가득했었다. 그러다 보니 다른 것들에 대해서는 떠오르지가 않는 것이다.

그 말에 볼프는 잠시 무언가를 골똘히 생각하더니 톰을 향해 말했다.

"너 리카이엔 님이 가르쳐 주신 창술 펼쳐 봐."

"예? 지금요?"

톰이 애달픈 표정으로 상반신을 틀어 등을 보여 주었다.

"저 지금 이런 상탠데요?"

붕대에 친친 감겨 있기는 했지만 상처가 완전히 지혈이 되지 않은 탓에, 붕대에는 붉은 피가 배어 있었다. 하지만 그런다고 봐 줄 볼프가 아니었다.

"어이, 너……."

이미 볼프의 표정이 일그러지는 것을 확인한 톰이 황급히 철창을 집어 들었다.

"할게요! 한다고요!"

말이 끝나기가 무섭게 톰이 발을 뻗었다.

쉐에에엑!

"호오~"

톰이 지금까지 한 번도 내 본 적이 없는, 날렵하면서도 집중된 소리였다. 리카이엔의 말에 따르면 모든 동작이 완벽해지는 순간 나는 소리였다. 조금의 손실도 없는, 끌어 올린 모든 힘을 창끝의 오직 한 점에 실어 찔러야만 낼 수 있는 소리였다.

등을 다치는 바람에 제대로 된 위력이 나오지 않을 뿐 완벽하게 창술을 소화했다는 뜻이다.

'역시 공자님의 말이 맞았군.'

리카이엔이 말한 이 창술의 장점은 속성이 가능하다는 것이다. 물론 제대로 된 수준에 오르기 위해서는 당연히 긴 시간의 수련이 필요하지만, 당장 전투에 투입되어 제 몫을 할 수 있는 수준까지는 금방 도달할 수 있다는 것이다.

그리고 지금 눈앞의 톰이 선보인 창술이 그 증거였다.

찌르기를 한 번을 한 후 어정쩡한 자세로 자신을 보고 있는 톰을 향해 볼프가 흉악한 미소를 지어 보였다.

'이 자식 이거…….'

왠지 조금 샘이 났다. 자신은 아직 저 정도가 되지 못 했는데 새파란 신참이 저만큼이나 숙련이 되었다니.

물론 당장 싸운다면 볼프의 압승이다. 그리고 볼프는 기존에 익히고 있던 검술이 있는 탓에 자신이 배웠던 것과는 전혀 다른 체계의 창술을 완전히 익히는 것이 힘들기 때문이다. 하지만 사람의 마음이라는 게 그렇지가 못하다. 그건 그거고 이건 이거.

볼프의 미소에 톰은 온몸의 털이 한꺼번에 쫙 곤두서는 느낌을 받았다. 그리고 그 느낌은 현실이 되었다.

"많이 늘었구나. 오늘부터는 나하고 대련으로 수련한다. 알았냐?"

"네, 네?"

눈치만큼은 타의 추종을 불허하는 톰이었다. 대련이 뭐겠는가. 공개적으로 패겠다는 뜻 아닌가.

'제길, 죽었다!'

"맞습니다! 분명히 본 적이 있는 얼굴입니다. 이름이 아마 레브덴… 이었나? 그랬던 것 같은데. 아무튼 분명 리온 자작령의 실론 기사단의 기사입니다! 그리고 여기 있는 얼굴들도 절반은 리온 자작령에서 본 기사들의 얼굴입니다."

한 중년의 사내가 확신이 가득한 표정으로 말했다. 중년 사내가 가리키고 있는 것은 기사 막사의 후원에 일렬로 늘어져 있는 시체들이었다.

모두 은회색 제복을 입고 있는 시체들. 바로 볼프와 신참 기사들과 싸우다가 죽은 이들이었다.

그 말에 프로커스 백작이 노기로 일그러진 얼굴로 고개를 끄덕였다. 지금 시체들의 얼굴을 확인해 준 중년 남자는, 성 안에서 작은 장사를 하는데 일 때문에 리온 자작 성을 자주 드나들던 사람이었다.

리온 자작령에는 그 규모에 어울리게 모두 네 개의 기사단이 있었는데 그중 하나가 실론 기사단이었다. 그 실론 기사단의 제복이 바로 은회색이다. 그리고 팔뚝에 새겨져 있는 리온 자작가의 문양. 마지막으로 얼굴 확인까지.

프로커스 백작이 이번에는 볼프를 향해 물었다.

"분명 세이나의 얼굴을 확인하였는가?"

"그렇습니다. 분명 세이나 님이었습니다!"

모든 증거가 모였다. 이제 남은 일은 공문을 보내는 것뿐이다.

"메넨!"

백작의 부름에 뒤에 서 있던 메넨이 황급히 앞으로 나서며 외쳤다.

"예, 백작님!"

"아까 작성한 공문을 지금 당장 주백령으로 보내게!"

원래는 바로 공문을 보내 주백령에 알리고 리온 자작령으로 항의를 하려고 했었다. 하지만 완전히 증거가 모여야 한다는 생각에 조금 기다렸던 것이다.

하지만 이제는 더 이상 기다릴 필요가 없었다.

메넨이 내성으로 달려가는 것을 확인 한 후, 백작이 볼프를 향해 다시 물었다.

"그래, 아직 세이나를 찾았다는 소식은 들어오지 않았는가?"

"송구합니다. 병사들을 풀어 그 일대를 수색하고 있으나 아직 소식이 들어오지 않았습니다. 이제 2차로 병사들을 더 파견할 것입니다."

"그렇게 하도록 하게."

Chapter 4.

수성(守城)

"주백작님, 이건 정말 있을 수 없는 도발 행위입니다!"

리온 자작이 잔뜩 흥분한 목소리로 외쳤다. 그런 그 앞에 미간을 찡그린 채 앉아 있는 사람은 로베노이스 주의 주백작인 폴드만 공작이었다.

"으음, 원래 그런 사람이 아니라는 건 자네도 잘 알지 않는가? 중간에 뭔가 오해가 있었던 게 분명하네."

"오해는 무슨 오해입니까? 이는 작위로 저를 찍어 누르고 억울한 누명을 씌워 저의 입지를 좁히려는 저의가 아니겠습니까? 제가 하위 귀족이라고는 하지만 그래도 엄연한 귀족입니다. 그런데 단지 작위가 낮다는 이유만으로 이런 수모를 당해야 하는 겁니까!"

리온 자작이 또 한 번 열변을 토하고, 폴드만 공작은 머리가 지끈거리는지 오른손으로 이마를 짚고 있었다. 그리고 그런 두 사람과 조금 떨어진 자리에 프로커스 백작이 곤혹스러운 표정으로 앉아 있었다.

'내가 어쩌다가 저자의 흉계에 말려들어서는…….'

정말이지 이상한 일이었다.

사흘 전, 세이나가 리온 자작령의 기사들에게 기습을 받았다는 보고가 있었다. 병사들도 보았고 임시 기사단장인 볼프도 세이나의 얼굴을 확인했다.

그런데 오늘 세이나는 왕립 아카데미의 교육과정을 이수하기 위해 아직 수도에 있다는 사실이 확인된 것이다.

하지만 이미 일은 벌어진 후였다.

백작은 공문으로 리온 자작에게 경고를 했고, 그 내용을 주에 있는 모든 영지에 알렸다. 그리고 기사들을 이끌고 나간 볼프는 마차를 쫓는 기사들을 모조리 도륙했다.

그 사건으로 인해 프로커스 백작은 괜한 딸을 이용해 이웃의 하위 귀족을 핍박하고 군사적인 도발을 일으킨 파렴치한으로 몰리고 말았다.

'하지만 도대체 그건…….'

백작은 아직도 이해할 수가 없었다.

영지 안에 세이나의 얼굴을 모르는 사람은 없다. 특하나 활발한 성격 때문에 병사들과 얼굴을 마주할 일이 많았기 때문에, 병사들은 그녀의 얼굴을 잘 알고 있었다.

그런 그들은 분명히 세이나의 얼굴을 확인했다.

병사들만이 아니었다. 임시로 기사단을 이끌고 있는 볼프 역시 마찬가지였다.

리온 자작령의 기사들이 공격하는 마차를 먼저 확인했을 때 그 안에 분명 세이나가 있는 것을 똑똑히 보았다.

그런데 마차는 없어졌고, 세이나는 수도에 있는 것이 확인된 것이다.

'정말이지 귀신이 곡할 노릇이군!'

도대체 무슨 방법으로 그 많은 병사들과 기사들의 눈을 속였단 말인가.

하지만 이미 일은 벌어진 다음이었다. 남은 것은 단번에 웃음거리가 되어 버린 리온 자작의 항의를 받는 것뿐.

프로커스 백작이 힘겨운 표정으로 말했다.

"이보게, 리온 자작. 내가 실수를 했으니 사과를 하겠네. 공개적으로 사과를 하고 죽은 기사들에 대해서는 따로 배상을 함세."

흉계에 걸렸든 아니든 결과는 자신의 실수였다. 그렇다면 자존심을 죽이게 되더라도 이렇게 처리하는 것이 맞다고 백작은 생각했다.

하지만 리온 자작은 그런 백작의 말을 고스란히 무시한 채, 오직 폴드만 공작을 향해서만 열변을 토했다.

그리고 그 마지막 열변은 청천벽력과도 같은 말이었다.

"저는 귀족으로서 목숨과도 같은 명예에 상처를 입었습니다! 그리고 그 상처는 사과나 배상으로 치유될 수 있는 것이 아닙니다! 그런고로!"

리온 자작이 뚝 말을 끊으며 폴드만 공작과 프로커스 백작을 한 번 씩 본 후 굳은 표정으로 외쳤다.

"저는 이렇게 무너진 명예를 회복할 방법은 영지전을 하는 수밖에 없다고 판단했습니다."

그 말에 프로커스 백작이 깜짝 놀라 외쳤다.

"음? 뭐, 뭐라고 했나? 영지전이라니?"

하지만 리온 자작은 여전히 백작의 말을 무시한 채 폴드만 공작을 향해 말했다.

"브렌 왕국 로베노이스 주의 리온 자작령의 영주인 베노스 리온은, 브렌 왕국 로베노이스 주의 프로커스 백작령의 영주인 데인 프로커스 백작을 상대로 공개적인 모욕과 군사적 위협을 받은 바, 이를 바로 잡기 위해 영주의 권한을 이용하여 전쟁을 선포하는 바입니다!"

순식간에 선전포고가 끝나 버렸다.

"아, 아니 자네……."

당황한 폴드만 공작이 손을 뻗으며 뭐라고 말을 하려했지만 리온 자작은 듣고 있지 않았다.

영지전의 개전은, 그 이유만 타당하다면 누구도 관여할 수 없는 영주 고유의 권한이었다.

주백작은 그 영지전이 벌어지기 전에 최대한 평화적인 방법으로 처리하도록 중재하는 역할까지만 할 뿐, 영지전이 벌어지게 되면 간섭할 수 있는 권한이 없다. 명분이 있는 리온 자작이 칼자루를 쥐고 있기 때문이다.

말을 마친 리온 자작이 몸을 돌려 프로커스 백작을 향해 말했다.

"저 같은 하위 귀족이라도 그렇게 밟으면 꿈틀 댈 수도 있다는 것을 보여 드리겠습니다. 제가 모든 것을 잃는 한이 있어도, 하위 귀족이라 하여 함부로 모욕을 주어서는 안 된다는 것을 깨닫게 해 드리겠습니다."

미리 준비한 듯 조금의 끊어짐도 없이 내뱉는 리온 자작의 말에 프로커스 백작은 그만 눈을 감고 말았다. 그 사이 리온 자작이 밖으로 나가고, 방에는 백작과 폴드만 공작만이 남게 되었다.

'이자가 노린 것이 이것이었나!'

프로커스 백작은 또 한 번 자신의 경솔함을 탓할 수밖에 없었다. 그때 왜 세이나의 상황에 대해서 한 번 더 생각해 보지 않았을까? 어째서 세이나가 편지 한 통 없이 영지로 돌아온 것을 이상하게 여기지 않았을까?

하지만 이미 벌어진 일이다. 게다가 선전포고까지 받은 상황에서 그런 후회는 덧없는 것. 이제 할 수 있는 것은 영지전에서 살아남는 것뿐이다.

프로커스 백작과는 개인적으로 친분이 있는 폴드만 공작이 걱정스러운 표정으로 물었다.

"이제 어찌할 겐가?"

프로커스 백작이 무거운 얼굴로 말했다.

"지금 상황에서 할 수 있는 일이야 한 가지밖에 없지 않겠습니까? 아직 사흘이라는 시간이 있으니 최대한 준비를 해야지요."

영지전은 선전포고를 한 날을 기점으로 사흘 후 오전 7시에 시작해야 했다.

"도와주고 싶었지만 어찌할 수가 없었네. 미안하네."

"괜찮습니다. 저자의 계략에 말려든 저를 탓해야겠지요. 아무튼 이만 일어나 보겠습니다."

"건승을 기원하네."

"감사합니다."

두두두두!

"공자님!"

마차를 구하기 위해 산 아래로 내려갔던 페르온이 미친 듯이 이쪽을 향해 말을 달려왔다.

"왜 저래?"

리카이엔이 고개를 갸웃거리며 기다리는 사이, 순식간에 거리를 좁힌 페르온이 말에서 뛰어내리며 외쳤다.

"큰일 났습니다!"

"무슨 큰일?"

"전쟁입니다."

페르온의 말에 리카이엔이 깜짝 놀라 되물었다.

"뭐? 전쟁? 어디에?"

이전 리카이엔의 예상이나 자신의 분석으로 보아도 아직 전쟁이 일어날 때가 아니었다. 그리고 클레우스의 던전으로 들어가기 전인 보름 전만 해도 전쟁이 일어날 조짐은 그 어디에도 보이지 않았다.

그런데 난데없이 전쟁이라니.

"그, 그것이 아니라 영지전 말입니다."

"영지전? 설마……."

"맞습니다. 우리 영지와 리온 자작령 사이의 영지전입니다!"

순간, 리카이엔은 멍한 표정을 짓고 말았다.

'그럴 리가 없는데…….'

인장을 이용해 차용증을 강제로 만들고, 그 차용증을 보내게 함으로써 리온 자작의 움직임에 제약을 가했다. 그런데 리온 자작이 무슨 배짱으로 영지전을 벌인단 말인가.

하지만 중요한 것은 그 이유가 아니었다. 영지가 위험하다는 것이 문제였다.

"이런 미친, 가자!"

리카이엔이 더 생각할 것도 없다는 듯 재빨리 말 위에 올라탔다. 당장에라도 영지를 향해 출발할 기세였다.

그때 테하스가 말했다.

"버르장머리, 이것들은 두고 갈 참이냐?"

테하스가 가리키는 것은 수풀 사이에 교묘하게 가려져 있는 열 대의 커다란 짐마차였다.

일행이 클레우스의 던전에서 빠져나와 본 것은 임페투스 폭포에서 한참 떨어진 산 중턱의 작은 계곡이었다. 안쪽에는 외부로부터 교묘하게 숨겨진 작은 분지가 있어서 던전의 출구를 만들어 놓기에도 더 없이 좋은 장소.

그다음 고민한 것은 보물을 옮기는 일이었다. 저 정도로 엄청난 양의 보물이라면 한꺼번에 현금으로 바꿀 수도 없었다. 결국은 죄다 가지고 가는 수밖에 없었는데, 밖에서는 보이지 않도록 숨겨 가기 위해서는 짐마차가 제격이었다.

그때부터 페르온은 산 아래로 내려가 짐마차를 구하기 시작했다. 다행히 아르엔 산은 워낙 드나드는 사람이 많아 꽤 큰 상권이 형성되어 있었다. 물론 어느 날 갑자기 임페투스 폭포 아래의 뾰족한 바위가 부러지는 바람에 예전 같은 성세는 없을 거라는 말이 돌고는 있었지만.

어쨌든 짐마차를 구하는 것이 어렵지는 않았다. 다만, 짐마차에 보물들을 싣고 보이지 않게 포장하는 모든 일은 일행들이 직접 해야 하는 것이 힘들었을 뿐이다.

그렇게 힘들게 실어 나르고 포장까지 끝낸 후에는 마부들을 구해야 했다. 보물을 보여 줄 생각은 아니지만, 어쨌든 그 보물들을 실은 짐마차를 몰 사람들이니 최대한 믿을 만한 사람으로 구해야 했다.

그렇게 그 마부를 구하러 산 아래로 내려갔던 페르온이 경악스러운 소식을 가지고 온 것이다.

"읍!"

리카이엔이 멈칫하며 와락 인상을 구겼다. 이 보물들을 가지고 가게 되면 빨리 달릴 수가 없었다. 어쩌면 영지전이 끝난 후에나 도착할지도 모르는 일이다. 그렇다고 보물들을 두고 갈 수는 없는 일이다.

한참을 고민하던 리카이엔이 테하스를 향해 말했다.

"할망구, 당신이 좀 가져다주쇼!"

"뭐라고?"

"벌써 귀가 먹었소? 당신이 좀 갖다 달란 말이오!"

"내가 들고 사라질 수도 있다는 생각은 안 해 봤느냐?"

"서로 알 거 다 아는 사람끼리 뭔 쓸데없는 소리요! 혹시라도 전부 삼키고 튀어 버리면, 나중에 바이론 난민들이 모여 사는 곳으로 찾아가서 다 쓸어버릴 테니까!"

리카이엔의 말대로 두 사람은 짧은 시간 같이 있었지만 서로에 대해 어지간히 다 파악하고 있었다. 그 말에 테하스가 웃음을 흘리며 말했다.

"흘흘, 하긴 네놈 돈을 삼켰다가 나중에 열 배로 토하는 건 수지가 안 맞기는 하구나."

"그럼 약속한 거요?"

"알았다. 내가 가져다주마."

"그럼 하는 김에 하나만 더 부탁합시다."

리카이엔의 말에 테하스가 갑자기 뭔가 생각이 났는지 묘한 미소를 지으며 물었다.

"네가 존댓말을 하면서 부탁할 일이 또 있단 말이냐?"

"저 여자 좀 빌려 주쇼."

리카이엔이 가리킨 사람은 프리엘라였다. 갑작스러운 말에 놀란 프리엘라가 리카이엔과 테하스를 번갈아 보며 당황하고 있는 사이 이미 상황은 마무리되고 있었다.

"하긴 저 정도 마법사를 구하는 건 쉬운 일이 아닐 게다. 프리엘라 가서 저 녀석 좀 도와주고 오너라."

"제, 제가요?"

프리엘라가 난감한 표정을 지으며 테하스를 보았지만, 테하스는 이미 고개를 돌려 보물들을 실은 짐마차를 살펴보며 딴청을 피우고 있었다.

그리고 리카이엔 역시 다른 사람을 향해 말하고 있었다.

"야, 조엘! 넌 안 가나?"

"응? 나도 필요하냐?"

"제길, 도둑놈 손도 빌리고 싶다. 얼른 말에 타라!"

영지의 상황은 안 봐도 뻔했다. 군대를 통솔해야 하는 볼프는 수성(守城)의 경험이 없었다.

게다가 전력의 차이 역시 심했다. 수성이 공성(攻城)보다는 적은 병력으로도 가능하다고는 하지만 그것도 어느 정도일 때 하는 이야기. 그렇다면 부족한 병력을 채우기 위해 용병을 고용했을 것이다. 그나마 여유 자금이 어느 정도 있었으니 용병을 구하는 것은 어렵지 않았을 테지만, 결국 그 군대는 통일된 지휘 체계의 군대가 아니었다.

조엘이 쉽사리 움직일 기미가 보이지 않자, 리카이엔이 참지 못하고 버럭 소리를 질렀다.

"안 가면 안 가르쳐 준다!"

아트룸 길드를 장악할 수 있는 방법을 가르쳐 주지 않겠다는 뜻이다. 그제야 조엘이 혀를 차며 움직였다.

"쳇, 치사한 놈! 간다, 가."

순식간에 네 사람이 말에 올라탔다.

"얼른 따라와!"

그리고 리카이엔이 선두에서 말을 달리기 시작했다.

초원 위에 세워진 차양막 아래 놓인 안락한 의자에 다리를 쭉 뻗고 앉은 리온 자작이 손에 든 와인잔을 가볍게 흔들고 있었다.

그때 누군가 차양막 안으로 조용히 들어오며 말했다.

"생각보다 오래 버티는군요."

그 소리에 고개를 돌리던 리온 자작이 반가운 표정으로 말했다.

"아, 왔나? 이리 와 앉게."

자작 옆에 놓인 의자에 앉는 짙은 피부의 사내. 지난 번 리온 자작을 찾아왔던 바이론 족의 클리먼인 베르무크였다.

리온 자작이 와인을 가리키며 물었다.

"한잔하겠나? 써랜드 왕국에서 어렵게 구해 온 놈일세."

"감사합니다."

베르무크의 대답에 리온 자작이 손짓을 하자, 옆에 서 있던 시녀가 재빨리 베르무크의 잔에 와인을 채웠다. 잔을 가볍게 흔들어 향을 음미한 베르무크가 만족스러운 표정으로 고개를 끄덕이며 말했다.

"확실히 향이 훌륭하군요."

"흐흐, 어디 향뿐이겠는가? 맛도 세상에 비길 데가 없을 정도라네."

와인을 한 모금 넘긴 베르무크가 크게 고개를 끄덕이며 말했다.

"그렇군요. 오늘 이후에 또 생각날까 봐 무서울 정도군요. 그나저나 얼마나 걸릴 것 같습니까?"

베르무크가 저 멀리 보이는 프로커스 백작령의 외성을 가리키며 물었다. 그곳에서는 우렁찬 함성과 함께 뿌연 먼지가 피어오르고 있었다. 그리고 때때로 불어오는 바람에 짙은 혈향이 섞여 있었다.

"예상보다 시간이 걸리기는 하겠지만 그리 오래 가지는 않을 걸세."

"그럼, 일전에 약속하신 부분에 대해서는……?"

"하하하, 뭘 그런 걸 걱정하는가? 내 이미 준비를 하고 있으니 걱정 말게. 자네가 말했던 것보다 배는 더 준비했으니 갈 때 어떻게 갈지만 걱정하게."

"그렇게 신경을 써 주시다니. 저야 감사할 따름이지요."

"어허, 이 사람 감사는 오히려 내가 해야지. 자네가 아니었으면 내가 이렇게 앉아서 이 와인을 즐길 수 있겠는가?"

이번 영지전의 계기가 된 사건. 당시 마차에 앉아서 도와달라고 외치던 그 세이나가 사실은 베르무크였던 것이다. 베르무크는 바이론 민족의 클리머스 중 자신의 모습을 다른 사람처럼 보이도록 만드는 클리머스를 익힌 것이다.

그때 리온 자작이 인상을 찡그리며 말했다.

"그나저나 리카이엔 그놈이 어떻게 되었는지 알 수가 없으니……."

그 말에 베르무크가 빙긋 웃으며 물었다.

"아직 찾지 못하셨습니까?"

"그렇다네. 아르엔 산을 열흘이 넘게 이 잡듯이 뒤졌는데도 찾지 못했다네. 그래서 지금은 다른 곳으로 이동했다고 보고 놈의 예상 경로를 조사하는 중일세."

그 말에 베르무크가 싸늘한 미소를 지으며 물었다.

"혹시 그 일… 우리에게 맡겨 보실 생각은 없으십니까?"

리온 자작이 눈을 번뜩이며 말했다.

"뭐? 그것도 할 수 있겠는가?"

"후후, 제값만 쳐 주신다면야……."

"으흐흐흐, 그게 무슨 걱정이겠는가? 리카이엔 그놈만 처리를 해 준다면 내 원래 말했던 것에서 네 배를 준비하겠네."

자작의 제안에 베르무크가 만족스러운 미소를 지으며 고개를 끄덕였다.

"그 정도면 충분하겠군요. 알겠습니다. 그럼 저는 연락을 하러 가 봐야겠군요."

베르무크가 이야기를 마무리하며 몸을 일으켰다.

"후후, 그러게나. 나는 좀 더 보다가 가야겠네."

파아악!

길고 딱딱한 지휘봉이 단단해 보이는 굵은 목을 후려쳤다.

"오늘이 며칠째인지 아는 거냐!"

리온 자작이 잔뜩 일그러진 얼굴로 으르렁거렸다. 그 말에 지휘봉에 얻어맞은 사내가 고개를 숙이며 말했다.

"죄송합니다."

"이게 죄송하다면 끝날 일인 줄 아는 거냐! 겨우 저딴 성 하나 함락하는데 도대체 며칠이나 걸리는 거냐?!"

리온 자작에게 추궁당하고 있는 사내의 이름은 베르터스 보즐. 리온 자작령 제2기사단인 쉐테른 기사단의 단장이다. 그리고 이번 전쟁의 지휘권을 위임받은 사령관이기도 했다.

프로커스 백작령과 리온 자작령 사이에 일어난 영지전 개전 5일째. 처음에 한 이틀이면 함락이 가능하리라 생각했던 프로커스 백작령은 의외로 끈질기게 버티고 있었다.

리온 자작이 한참 동안 베르터스를 노려보다가 싸늘한 목소리로 말했다.

"내일 아침까지 내가 저 성 안에 들어가지 못한다면 지금껏 네가 누렸던 모든 것이 사라질 것이다."

"오늘 안으로 반드시 함락시키도록 하겠습니다!"

베르터스가 한 번 더 깊이 허리를 숙이며 말했다.

"내 믿음을 배신하지 않는 것이 좋을 것이다."

리온 자작이 자신만의 관람석에 몸을 뉘었다. 베르터스가 그런 자작을 향해 인사를 했다.

"이만 가 보겠습니다."

뿌우우우우—

프로커스 백작 성의 아침은 길고 다급한 나팔 소리로 시작된다.

"젠장! 오늘은 왜 이리 빨라?"

볼프가 와락 인상을 구겼다. 나팔 소리의 정체는 적군이 움직이기 시작했다는 신호이기 때문이다.

"확실히 다른 때보다 빨리 움직이기는 하는군요."

볼프와 같은 테이블에 앉아 있던 데릭이 심각한 표정으로 말했다. 그리고 그 말을 톰이 받았다.

"아무래도 오늘은 다른 때보다 빡세겠는데?"

테이블에 앉아 있는 열 명의 기사들이 심각한 표정으로 고개를 끄덕였다. 하지만 심각한 표정만 짓고 있는다고 해결될 일은 아니었다. 볼프가 기사들의 얼굴을 한 번씩 쭉 훑어본 후 말했다.

"어쨌든 수성을 하는 우리 쪽이 유리한 것이 사실이다. 끈질기게 버티기만 해라."

그러고는 테이블에 앉은 또 다른 한 사람을 향해 말했다. 머리는 반백이 되었지만 꽤 정정해 보이는 중늙은이였다.

"오늘도 가능하면 많은 도움 부탁드리겠습니다."

"걱정 마십시오. 이럴 때가 아니면 우리가 언제 영주님의 은혜에 보답하겠습니까?"

그의 이름은 그로엔으로 성 안으로 피난해 들어온 영지민들 중 도움이 되고자 나선 사람들의 대표였다.

프로커스 백작령의 상황은 지극히 나빴다.

처음 영지전을 준비할 당시만 해도 일단 용병대를 구하면 어떻게든 버틸 수 있을 것이라고 생각했다. 하지만 프로커스 백작령이 고용할 수 있는 용병대는 단 한 곳도 없었다. 리온 자작이 이미 손을 써 두었던 것이다.

우연히 성 안에 있던 용병 두 명을 겨우 고용했을 뿐.

그래도 볼프는 한 번도 경험이 없는 수성전을 의외로 잘 이끌고 있었다.

어쨌든 새로운 병력을 구할 수 없다면 할 수 있는 일은 가지고 있는 병력으로 어떻게든 버티는 것밖에 없었다.

그래서 생각한 것이 자신의 생각을 죽이는 것이었다. 원래부터 전술 전략에는 그다지 재능이 없던 자신이 아무리 머리를 쥐어짜 봤자 답이 나오지 않는다는 것을 잘 알고 있었기 때문이다.

그나마 다행인 것은 신참 기사들에게 틈틈이 전술 전략을 공부하도록 시킨 리카이엔의 말을 착실히 수행했다는 정도. 다들 경험은 없지만 생각을 모았다. 그렇게 의견이 모이고 그나마 괜찮은 방법들이 나오면서 볼프는 힘겹게 수성전에 그럭저럭 이끌 수 있었다.

하지만 좋은 작전이나 생각만으로는 전투를 잘 치를 수는 없다. 사실 무엇보다 가장 큰 활약을 한 것은 병사들이었다.

리카이엔의 명령으로 하루도 거르지 않고 산만 뛰어다닌 병사들에게는, 여타 다른 영지의 병사들에게서는 절대 볼 수 없는 무시무시한 체력이 있었다.

단련된 근력과 절대 지치지 않는 지구력. 그 두 가지가 수성전이라는 상황과 절묘하게 어우러지면서 극대화된 효과를 나타낸 것이다.

쉽게 말해 오로지 근성으로 지금까지의 수성전을 치러왔던 것이다.

물론 작은 문제도 있었다. 원래 병사였던 신참 기사들이 병력을 통솔한다고 하니 장교들에게서 반발이 생겼던 것이다. 하지만 그 문제는 볼프가 가장 거세게 반발하는 장교의 목을 치는 것으로 간단하게 마무리해 버렸다.

 그리고 영지민들의 도움 역시 매우 컸다. 물론 그것은 그간 프로커스 백작이 영지민들에게 많은 인덕을 쌓았기에 있을 수 있는 일이었다.

 "혹시 문제 있는 사람?"

 볼프의 물음에 그로엔이 심각한 표정으로 말했다.

 "제발 백작님을 안전한 곳으로 대피시켜 주십시오."

 그 말에 볼프가 심각한 표정으로 물었다.

 "혹시 오늘도 나오신 겁니까?"

 "그렇습니다."

 "후우~"

 볼프가 결국 긴 한숨을 터뜨렸다. 현재 프로커스 백작령 내에서 가장 골칫거리인 사람은 다름 아닌 백작 본인이었다.

 전쟁을 돕기 위해 나선 영지민들이 물자를 나르고 부상병들을 옮기는 일을 하는 현장에 나타나 사람들을 지휘하고 독려하는 것이다.

 전투에는 문외한이니 그런 일이라도 하겠다고 나선 것이다. 물론 아랫사람들의 입장에서는 불안하기 짝이 없는 일이었지만 말이다.

잠시 고민하던 볼프가 심각한 표정으로 말했다.

"그나마 그곳도 안전한 곳이니… 그대로 하시게 두는 수밖에 없을 것 같습니다. 그 일이라도 안 하면 오히려 불안해하셔서 말이지요."

그 말에 그로엔도 어쩔 수 없다고 생각했는지 불안한 표정으로 고개를 끄덕였다.

"좋아. 그럼 오늘도 잘해 보자. 각자 위치로!"

볼프의 말이 끝나기가 무섭게 기사들이 재빨리 회의용 막사를 빠져나갔다.

"후우, 정말 이대로 쓰러져서 자고 싶다."

볼프가 긴 한숨을 쉬며 중얼거렸다. 그리고 실제로 그의 얼굴에는 엄청난 피로가 겹겹이 쌓여 있었다.

전쟁이라는 극한의 환경, 그 전쟁을 책임져야 한다는 데서 오는 무거운 중압감, 겹쳐진 피로가 그를 괴롭혔던 것이다.

하지만 이내 고개를 세차게 저으며 스스로에게 다짐하듯 말했다.

"그래도 공자님이 오실 때까지는 버텨야지."

볼프가 희망을 버리지 않고 끈질기게 버틸 수 있었던 것은 리카이엔이 돌아와 줄 거라는 믿음의 끈을 놓지 않은 덕분이다.

그리고 또 하나.

"공자님이 오신 다음에 쥐어 터지든 쫓겨나든 해야지."

영지전이 벌어진 책임이 자신에게 있다는 죄책감에서였다.

당시 마차 안에 있던 사람이 세이나였다는 확신만 하지 않았어도 일이 이렇게까지 커지지는 않았을 거라는 생각을 한 것이다.

"오늘도 한바탕 해야지."

회의용 막사 밖으로 나와 성벽으로 올라가니 저 멀리 화살의 사정거리 밖에 운집해 있는 리온 자작군이 보였다.

프로커스 백작령의 인구는 대략 5만 가량이다. 그에 대비한 정규군의 숫자는 500. 전쟁 상황이나 그에 준하는 비상사태가 아닌 한 영지의 군대는 인구의 1%를 넘을 수 없도록 국법으로 정해 놓고 있기에 그것이 한계선이었다.

물론 영지전도 전쟁이고, 그 전쟁을 준비하는 과정에서 병사들을 징집할 수는 있었다. 하지만 병사의 징집은 볼프가 반대했다.

프로커스 백작령의 정규군들은 항상 산을 오르내리며 지옥 같은 훈련을 해 온, 꽤 단련된 강군들. 그 강군에 겨우 창만 몇 번 휘둘러 본 신병이 섞이면 오히려 전투력이 약화된다고 생각했기 때문이다.

반면, 리온 자작령의 인구는 근 20만에 달했다. 일반 백작령 정도의 규모였는데, 그에 따른 상비군의 수는 2천. 그리고 이번 공성전에 투입된 병력이 1천5백이었다.

리온 자작령의 거의 세 배의 수준이다.

물론 지난 5일간의 전투를 통해 서로가 입은 피해가 있기는 했지만 전투 수행에 큰 영향을 미치는 수준은 아니었다.

진군을 위해 대열을 정리하는 리온 자작군을 보며 볼프는
와락 인상을 구겼다.

"제길, 오늘 정말 제대로 덤빌 건가 본데?!"

적군들 사이사이에 충차(Battering Ram), 공성탑(Siege
Tower), 트레뷰셋(Trebuchet) 투석기, 발리스타(Ballista),
사다리 등의 공성무기들이 평소보다 두 배는 많았던 것이다.

볼프와 가까이 있던 잭 역시 같은 생각을 했는지 힘겹게 고
개를 끄덕이며 말했다.

"아무래도 오늘은 꽤 피곤한 싸움이 될 것 같군요."

"젠장, 어쩔 수 없지."

그때였다.

둥, 둥둥둥!

적진에서 묵직한 북소리가 울리기 시작했다. 진군의 신호였
다. 그에 맞춰 리온 자작군이 크게 발소리를 울리며 진군하기
시작했다.

"나팔수, 뭐하나?!"

볼프의 말이 끝나기가 무섭게 뒤쪽에서 대기하고 있던 나팔
수가 크게 숨을 들이마신다.

뿌우우우우~ 뿌우우우우~

첫 번째 나팔 소리를 따라 성벽 곳곳에서 연쇄적으로 나팔
소리가 울린다.

척척척척!

적진에서 울리는 진군의 북소리와 적군의 통일된 발소리가 천둥소리처럼 성벽을 통째로 울리며 긴장감을 최고조로 끌어 올렸다.

"장전!"

볼프의 외침과 동시에 커다란 푸른 깃발과 붉은 깃발이 동시에 올라간다. 그중 푸른 깃발의 기수가 힘차게 깃발을 펄럭인다.

"장전!"

"장전!"

성벽 곳곳에서 장교들의 우렁찬 호령이 울려 퍼진다.

끼이이익!

부러질 듯 휘어진 활대가 비명을 토해 냈다. 팽팽하게 당겨진 시위는 화살을 머금었다.

리온 자작군의 진군 소리가 차갑게 가라앉았던 아침 공기를 뜨겁게 달구며 전장의 열기를 더한다.

아직 전투가 시작되지도 않았는데 볼프의 이마에는 송골송골 땀이 맺혀 있었다.

어떤 일이든 그 시작이 중요한 법. 공성이든 수성이든 그 시작은 궁병들의 활이었다. 그리고 그 활을 쏠 타이밍이 얼마나 중요한지 볼프는 지난 5일간의 전투를 통해 충분히 깨닫고 있었다.

'아직, 아직이다.'

적군은 이미 화살의 사정거리 안으로 들어와 있었다. 하지만 볼프는 들어 올린 손을 좀처럼 내리지 않았다. 너무 빨라도 좋지 않고, 너무 늦어서도 안 된다.

사람과 사람이 싸울 때 손을 뻗는 순간은 상대의 호흡과 호흡 사이다. 그리고 그것은 집단을 이룬 싸움이든 전장의 백병전이든 공성전이든 어디서건 통용되는 법칙이다.

성벽 위의 공기는 팽팽한 긴장감으로 인해 숨이 막힐 듯했다. 하지만 볼프는 땀이 범벅이 된 상태에서도 끈질기게 기다렸다.

그 순간, 볼프의 신경을 건드리는 그것. 리온 자작군의 발소리와 똑같은 박자로 규칙적으로 울려대던 북소리가 갑자기 엇박이 되었다.

리온 자작군이 느린 진군에서 돌격으로 바꾸는 그 찰나!

"발사!"

마침내 볼프의 손이 내려갔다. 그에 따라 붉은 깃발이 힘차게 적진을 가리키고, 성벽 곳곳에서 장교들이 목청이 터져라 외쳤다.

"발사!"

"발사!"

한꺼번에 날아오른 화살들이 하늘을 새까맣게 뒤덮는다.

쒸우우웅!

허공에서 사선으로 떨어져 내린 첫 번째 화살이 세찬 파공성을 머금은 채 공간을 일축했다.

푸우우욱!

화살에 꿰뚫린 리온 자작군 방패수가 그 힘을 이기지 못하고 그대로 뒤로 날려간다. 비명이 터진 것은 그다음.

"끄아아아악!"

단말마의 비명과 튀어 오른 피.

마침내 전투가 시작되었다.

쏴아아아아!

하늘에서는 비 대신 화살이 소나기가 되어 내렸다.

"제길, 저것들은 지치지도 않나!"

리온 자작군의 궁병대 장교가 방패를 머리 위로 들어 올린 채 쏟아지는 화살비에 대항했다.

퉁, 투두두둥!

쉬지 않고 방패를 두들겨대는 화살들.

사람이 연달아 화살을 쏠 수 있는 횟수는 그리 많지 않다. 어느 정도 쏘았으면 잠시 쉬어야 한다. 그래야만 전투가 지속되는 동안 계속해서 화살을 쏠 수 있다.

그런데 저 프로커스 백작군의 궁병들은 그 횟수가 이상하게도 많았다. 그러면서도 지치지도 않는다.

"괴물 같은 놈의 새끼들!"

그때였다.

그가 머리 위로 받쳐 든 방패와 다른 병사가 들고 있는 방패 사이에서 기묘한 소음이 울렸다.

"흡!"

깜짝 놀라 고개를 드는 순간 그의 시야에 방패들의 틈을 비집고 들어와, 아직도 맹렬하게 회전하고 있는 화살촉이 잡혔다.

푸우우욱!

눈을 관통한 화살이 뒤통수를 뚫고 나왔다.

밀집 대형으로 선 채 모든 병사들이 머리 위로 방패를 들고 있을 때, 그 방패 중 하나가 없어진다면?

당연히 그 뒤에 있는 병사는 사선으로 내리꽂히는 화살에 무방비가 될 수밖에 없다. 그런 좋은 장소에 화살이 집중되는 것은 당연지사.

"끄아악!"

"악!"

연달아 비명이 터진다. 한 점을 중심으로, 원호를 그리며 도미노처럼 연달아 무너지는 병사들과 그 위로 쉬지 않고 쏟아지는 화살들.

곳곳에서 비명이 터지고 붉은 피가 땅을 적신다. 전장이 서서히 아비규환의 지옥으로 변하는 시점.

멈출 것 같지 않던 화살비가 거짓말처럼 멎었다. 이번에는 리온 자작군 궁병대의 차례였다.

"발사!"

여기저기서 우렁찬 외침이 터져 나오고, 리온 자작군의 활들이 화살을 뿜어낸다.

쐬아아아아!

"진군! 진군하라!"

궁병들의 엄호를 받으며 보병과 공성병기들이 진군을 시작했다.

"와아아아아!"

함성이 터져 나온다.

동료들의 죽음에 악에 받친 리온 자작군의 돌격은 성난 물소 떼처럼 박력이 넘쳤다.

묵직한 바윗덩이가 허공을 향해 솟아올랐다. 거대한 포물선을 그린 바윗덩이가 마침내 정점에 도달한 순간. 그 무게만큼이나 엄청난 압력으로 성벽을 두드린다.

거대한 굉음과 함께 성벽이 지진이라도 난 것처럼 격하게 흔들린다.

쿠우우웅, 콰콰쾅!

투석기에서 솟아오른 바윗덩이들이 연달아 성벽을 두드리고, 그 일부는 성벽을 넘어 성 안으로 쏟아져 내린다.

"으아아아악!"

성벽 위에서도 비명이 터져 나오기 시작했다.

화살에 꿰뚫린 병사가 축 늘어진 팔을 움직이려 안간힘을 쓰고, 날아온 바윗덩이를 미처 피하지 못한 병사가 그대로 으스러진다.

철벅, 철벅!

죽은 이들의 피가 곳곳에 웅덩이를 이룬다. 떨어져 나온 살

점이 곳곳에 즐비하고, 시체에 걸려 넘어지는 이들까지 속출하기 시작했다.

"제길, 오늘 이것들 왜 이래?!"

율리아가 시위에 화살을 걸며 버럭 소리를 질렀다. 그러자 옆에 있던 안톤이 큰소리로 대답했다. 두 사람은 바로 우연히 프로커스 백작령에 있다가 고용된 두 명의 용병이었다.

두 사람에게 내려진 임무는 공성무기를 무력화시키는 것.

"오늘 아예 끝장을 볼 생각인가 본데?"

"빌어먹을! 나도 돈 좀 벌자 이것들아!"

외침과 동시에 율리아의 화살이 시위를 떠났다.

쉬우우욱!

그녀의 화살이 노리는 것은 리온 자작군의 공성병기. 정확하게는 공성병기를 밀고 있는 병사들이었다.

율리아가 다음 화살을 시위에 거는 순간, 방금 날린 화살이 공성탑을 밀고 있던 병사의 목을 꿰뚫었다. 그리고 그다음 화살이 허공을 가른다.

화살 하나에 정확하게 한 명 씩의 적군이 죽음을 맞이했다. 조금의 오차도 없는 신이 내린 활 솜씨.

그때 안톤이 한쪽을 가리키며 외쳤다.

"어어어~ 야, 저기 충차, 충차!"

급히 고개를 돌려 보니 리온 자작군의 충차 한 대가 빠른 속도로 성문을 향해 진격하고 있었다.

"이런 젠장!"

율리아가 거친 말을 뱉으며 화살집에서 네 대의 화살을 한꺼번에 꺼내 들었다.

끼이이이익!

식지와 중지로 시위에 걸린 화살을 당긴다. 그리고 나머지 세 대의 화살은 각각 손가락 사이에 낀 채 차례를 기다린다. 율리아의 특기인 연사를 위한 준비였다.

퉁, 투두둥!

네 대의 화살이 조금의 틈도 없이 연달아 허공을 가른다. 하지만 충차의 엄폐물에 몸을 숨기고 있는 병사들에게까지 도달하지는 못한다.

"아우, 썅! 진짜!"

율리아의 입에서 욕이 튀어나오는 순간, 안톤이 불쑥 몸을 내밀었다.

"내 차례냐?"

말이 끝나기가 무섭게 안톤이 저 멀리 보이는 충차를 향해 공 같은 것들을 집어 던진다. 동시에 급히 손을 들어 올리며 큰소리로 외쳤다.

"버닝 애로우(Burning Arrow)!"

외침이 끝나기가 무섭게 안톤의 손끝에서 화살 모양의 불꽃이 허공을 갈랐다.

마법이 만든 불화살이 노리는 것은 안톤이 던진 둥근 공들. 마침 충차 바로 위까지 도착한 둥근 공에 마법의 불화살이 작렬한다.

터져 나간 공에서 액체가 사방으로 퍼지고, 그 액체가 순식간에 불덩이로 변한다.

화르르르륵!

둥근 공은 돼지 오줌보로 만든 것이었는데, 그 속에 기름이 가득 들어 있었던 것이다.

촤아아악!

기름과 불꽃이 한꺼번에 충차를 덮쳐들었다.

"으아아악!"

충차를 밀고 가던 병사들이 온몸이 불에 뒤덮인 채 바닥을 뒹굴었다.

안톤은 전투마법사였다.

쉴 새 없이 화살이 날아오고, 도검과 난무하는 전장에서 마법사라는 존재는 크게 쓸모가 없다.

그들은 체력도 형편없고 날렵하지도 않기 때문에 거친 전장에서 적응 할 수 없기 때문이다.

그나마 전투에 도움이 되는 마법사라면 컨덕터급은 되어야 했다. 마법의 사정거리라는 것은 그들이 가진 마나의 양과 수준에 비례하기 때문이다. 컨덕터급의 마법사라면 그 사정거리만으로도 적을 공격할 수 있는 것이다.

그런데 그 컨덕터급 마법사라 해도 한두 명으로는 전투에 도움이 되지 않는다. 마법이라는 것이 범위가 넓고 대량 살상이 가능하기는 하기는 하지만, 그 마법사 본인은 외부로 부터의 공격에 아주 취약하기 때문이다.

마법사가 등장하면 그쪽으로 모든 화살이 집중되는데 어찌 그것을 감당한단 말인가?

그렇기 때문에 전투에서 마법사가 큰 효용을 내기 위해서는 부대 단위가 되어야 했다. 그리고 마법사로 부대를 만들어 운영하는 것은 적어도 한 왕국의 중앙군에서나 가능했다. 그래야만 그 엄청난 운영비를 감당할 수 있기 때문이다.

그런데 용병들 중에는 아주 특이한 마법사들이 있었다. 아주 간단한 마법들만을 몸에 배도록 수련한 후에, 육체를 단련시킨 이들이다.

흔히들 전투마법사라고 부르는데, 방금 안톤이 한 것처럼 마법만이 아니라 단련한 육체와 간단한 도구들을 이용해 마법의 효과를 극대화시켜 전투에 사용하는 이들이었다.

"제길, 넌 그래서 재수가 없는 거야."

율리아가 으스대며 말하는 안톤을 향해 면박을 주면서도 손으로는 끊임없이 화살을 날렸다.

그때 리온 자작군의 보병들이 마침내 성벽 아래까지 도착했다. 그것을 본 율리아가 와락 인상을 구기며 말했다.

"왔다!"

한꺼번에 성벽에 기대어진 사다리들. 뒤이어 속속 도착하는 공성탑.

아비규환의 전장을 뚫고 마침내 도착한 충차가 성문을 두드린다.

퍼억!

사다리를 타고 오르던 병사의 머리 위로 주먹만 한 돌덩이들이 우수수 쏟아져 내린다.

"크아아아악!"

머리가 깨진 병사가 그대로 추락하면서 뒤따르던 병사들이 휩쓸린다.

성벽 위에서 쏟아지는 것은 돌만이 아니었다. 펄펄 끓는 물, 혹은 기름이 쏟아진다. 기름 위로는 당연하다는 듯 불화살이 내리꽂힌다.

수성을 돕기 위해 나선 영지민들과 그것을 독려하는 프로커스 백작이 만든 결과물들이었다. 모든 병사들이 전투에 임할 수 있도록 돌이나 기름, 혹은 화살을 나르고 기름을 끓이는 일들을 영지민들이 하고 있는 것이다.

곳곳에서 불길이 솟아오른다. 성벽 아래는 추락한 병사들의 시체가 쌓이고, 그 시체를 타고 다른 병사들이 성벽을 향해 달린다.

시체가 불에 타며 역한 냄새가 진동을 한다.

"진격하라, 진격하라!"

리온 자작군 사령관 베르터스가 악을 쓰며 외쳤다. 평소였다면 서로가 어느 정도 피해를 입은 상황에서 병사들을 뒤로 물렀을 것이다. 하지만 오늘은 그럴 수가 없었다. 반드시 저 성을 함락해야 했다.

그때 베르터스의 눈에 병사들의 피로가 극에 달한 것이 보였다.

세상 그 어떤 일도 전투만큼 격렬한 것은 없다. 언제 죽을지 알 수 없는 두려움을 안은 채 끊임없이 적진을 향해 진격하는 행동은 인간의 몸을 삽시간에 피로하게 만든다.

지금이 바로 그 순간이었다. 주춤거리며 앞으로 나서기를 저어하는 병사들의 뒷모습.

그것을 확인한 베르터스가 횡으로 길게 늘어서 있는 기사들을 향해 외쳤다.

"시작해라!"

그와 동시에 기사들이 검을 뽑아 들었다. 그리고 일말의 망설임도 없이 앞에 보이는 병사의 등을 향해 롱소드를 찔러 넣었다.

"으아아아악!"

난데없는 곳에서 비명이 터져 나왔다. 깜짝 놀라 뒤를 돌아보던 병사들의 얼굴이 경악으로 물들었다. 죽은 병사의 몸에서 롱소드를 뽑아내는 기사들의 모습을 본 것이다.

"진격해라!"

그리고 그 위에 베르터스의 외침이 다시 한 번 터져 나왔다.

"으아아아악!"

가장 뒤에 선 병사들이 비명을 지르며 앞에 있는 병사를 밀기 시작했다.

푸우욱!

또 한 명의 병사가 쓰러졌다. 너무 놀라 멍하니 서 있는 순간 기사의 롱소드가 그의 심장을 꿰뚫은 것이다.

앞으로 나가지 않으면 죽는다. 앞으로 나가면 어쩌면 살 수도 있다.

절박한 순간에 성립되는 단순하면서도 처절한 판단.

기사들은 너무 빠르지도, 느리지도 않은 걸음으로 끊임없이 앞으로 나서며 검을 휘둘렀다. 원래 느리게 다가오는 공포가 더 무서운 법이다.

그리고 공포는 원래 빨리 전염되는 법.

"우와아아아!"

함성이 아니라 비명이 메아리친다. 짙은 공포가 리온 자작군을 지배하며 그들을 앞으로 내몰았다. 그리고 리온 자작군의 진격이 한층 빨라졌다.

처음으로 리온 자작군 병사가 성벽 위에 올랐다.

주변에 대기하고 있던 백작군 병사의 창이 그대로 자작군 병사의 몸뚱이를 꿰뚫는다.

푹, 푸욱!

"껵!"

비명 한 번 제대로 내지르지 못하고 죽음을 맞이한 병사. 하지만 그 병사가 가지는 의미는 컸다. 성벽 위에서의 수성만으로 자작군 병사가 올라오는 것을 막지 못했다는 의미이기 때문이다.

그렇게 한 명이 두 명이 되고, 두 명이 세 명이 되다가 마침내 부대 단위의 적병이 성벽 위로 올라오게 되는 법이다.

바로 물꼬가 트인 것이다.

성벽 위에서는 순식간에 자작군과 백작군이 뒤엉키기 시작했다. 성벽 위에서 백병전이 시작되면, 성벽 위로 올라오는 적을 막을 방법이 없다. 즉, 위로 올라오는 적군이 몇 배의 속도로 증가한다는 뜻.

"으윽! 이것들이 미쳤나!"

볼프가 버럭 소리를 지르며 창을 휘둘렀다. 손을 타고 전해지는 묵직한 충격과 함께 세 명의 적병이 와르르 무너진다. 하지만 그 뒤에는 그보다 더 많은 적병들이 창을 내밀며 다가오고 있었다.

'이건 뭐야!'

볼프가 당혹스러운 표정으로 적병들을 보았다. 하나 같이 눈동자가 풀려 있었다. 하나같이 공포에 질린 얼굴로 이쪽을 향해 뛰어오는 모습.

순식간에 열 명을 쓰러뜨렸다. 그럼에도 불구하고 적병들은 꾸역꾸역 위로 올라오고 있었다.

볼프가 있는 곳만이 아니었다. 거의 모든 성벽이 마찬가지의 상황.

"백작군은 대열을 가다듬어라!"

그순간.

푸우욱!

"컥!"

화끈한 통증이 허벅지를 꿰뚫는다. 갑작스레 중심을 잃고 비틀거리는 찰나, 적병들의 창이 볼프를 향해 날아든다.

"끄윽, 이 잡것들이!"

으드득!

어금니를 악물었다. 이대로 무너지면 말 그대로 고슴도치가 되고 만다. 꿰뚫린 다리로 바닥을 지지한 채 있는 힘껏 철창을 휘두른다.

부아아아앙!

철창이 무지막지한 힘으로 거대한 원을 그렸다. 폭발하는 터져 나간 힘에 주변에 있던 자작군이 단번에 휩쓸리며 한꺼번에 성벽 밖으로 밀려 나갔다.

잠시나마 여유를 찾은 볼프가 숨을 헐떡이면서도 힘겨운 걸음으로 사다리를 향해 갔다. 걸쳐져 있는 사다리를 하나라도 더 치워야 성을 지킬 수 있다는 생각에서였다.

"이, 이런!"

하지만 사다리를 밀던 볼프의 얼굴이 절망으로 물들었다. 꾸역꾸역 밀려 올라오는 자작군의 무지막지한 돌격을 도저히 막을 수 있을 것 같지 않았던 것이다.

'이런 제기랄, 이따위로 죽는 건가?'

그때였다.

콰아아아아아앙!

거대한 폭음과 함께 리온 자작군 후미에서 뿌연 먼지가 솟구쳤다.

그리고 터져 나오는 사자후.

"볼프, 이 멍청한 새끼!"

아비규환의 전장 위로 쩌렁쩌렁 울리는 호통. 볼프는 귀가 번쩍 뜨이는 것 같았다.

그렇게나 기다렸던 목소리.

"리카이엔 님!"

Chapter 5.

리카이엔의 귀환

"저렇게 아군을 죽이다니!"

"자, 잔인해!"

페르온과 프리엘라가 질린 표정으로 한마디씩 던졌다. 두 사람이 보고 있는 장면은, 리온 자작군 기사들이 아군 병사들을 죽이면서 전진시키는 모습이었다.

하지만 리카이엔의 얼굴은 냉정하기 짝이 없었다. 오히려 차분한 목소리로 말했다.

"저 독전관(督戰官)들이 없으면 한결 편해지겠군."

생경한 단어에 프리엘라가 고개를 갸웃거리며 물었다.

"독전관이요?"

"저기 아군 병사들 등에 칼 쑤셔 박는 놈들 말이다. 보통은 후퇴하거나 도망치는 병사를 그 자리에서 참수하는 놈들인데, 가끔은 저러는 놈들도 있지."

"아무튼 아군을 죽이는 저 잔인한 놈들 말이죠?"

"그래. 저놈들이 밀어붙이기 시작하면서부터 성벽이 점령당하고 있으니까."

리카이엔 일행이 전장에 도착한 것은 양쪽 군대가 서로 화살을 퍼붓기 시작할 때쯤이었다. 아르엔 산에서부터 수시로 말을 갈아타며 밤낮 가리지 않고 달린 덕분에 늦지 않게 도착할 수 있었던 것이다.

혼잡한 와중에 다가갔다가는 오히려 아군 화살에 맞을 위험이 높아 일단은 상황을 지켜보고 있는 중이었다.

하지만 이대로 지켜보기만 하다가는 성이 함락될지도 모르는 일이었다.

"안 되겠다. 지금 끼어들어야겠다."

그 말에 조엘이 흠칫 놀란 표정으로 물었다.

"지금 가겠다고?"

"그럼 함락된 다음에 갈까?"

"그건 아니다만… 너무 위험하지 않냐? 나나 너는 괜찮겠지만, 프리엘라 님이나 페르온 님은 아무래도 위험한데?"

"니 머리는 장식이냐? 그러니까 방법을 생각해야지."

"호오, 그럼 너는 방법이 있다는 말이냐?"

조엘의 물음에 리카이엔이 고개를 끄덕이며, 방금 떠올린 방법을 일행들에게 말해 주었다.

이야기를 다 들은 조엘이 진지한 표정으로 고개를 끄덕였다.

"확실히 그렇게 하면 되기는 하겠네. 그럼 이쪽은 니가 알아서 해라. 나 먼저 움직인다."

말이 끝나기가 무섭게 조엘이 어디론가 몸을 움직였다. 그리고 리카이엔도 더 기다릴 수 없다는 듯 몸을 일으켰다.

"둘 다 내가 한 말 잘 기억하고 있지?"

두 사람이 무겁게 고개를 끄덕이자 리카이엔이 말 위에 올랐다. 그리고 프리엘라가 리카이엔과 같은 말에 올라 리카이엔의 양 옆구리의 옷깃을 틀어쥐었다. 그것을 본 리카이엔이 심각한 목소리로 말했다.

"잘 잡아라. 떨어지면 그냥 버리고 간다."

프리엘라가 흠칫 놀라며 리카이엔의 뒤통수를 노려보았다. 지금까지 줄곧 느껴 왔지만 확실히 리카이엔은 여성에 대한 배려라는 것이 눈곱만큼도 없었다.

하지만 지금은 그런 것을 따질 때가 아니었다. 프리엘라가 두 눈을 질끈 감고 리카이엔의 허리를 꼭 껴안았다.

그러자 헐렁한 옷 속에 가려져 있던 프리엘라의 풍만한 가슴이 리카이엔의 등을 압박했다. 프리엘라 스스로도 그것을 느끼며 저도 모르게 얼굴을 붉혔다. 하지만 문제는 또 하나의 당사자인 리카이엔이 그런 것에 조금도 신경을 쓰지 않는다는 점이다.

"간다!"

짧은 외침과 동시에 말이 달리기 시작했다.

공성전은 오직 정면에 보이는 성벽을 향해서만 나아가는 전투다. 다시 말해 뒤를 돌아볼 이유가 없었다.

더불어 전장은 여전히 소란스러웠고, 가장 후미에 있던 기사들은 여전히 일정한 속도로 걸으며 뒤처지는 병사들을 죽이기에 여념이 없었다.

즉, 리온 자작군의 그 누구도 리카이엔의 접근을 알아차리지 못했다.

리카이엔은 순식간에 거리를 좁혔다. 그리고 충분한 거리가 되었다고 생각되는 순간, 뒤를 향해 외쳤다.

"지금!"

리카이엔의 허리를 꽉 끌어안고 있던 프리엘라의 두 손이 활짝 펼쳐지며 낭랑한 외침이 터져 나왔다.

"풀멘 스프레드(Fulmen Spread)!"

순간, 엄청난 양의 마나가 한 점에 집중되었다. 정확하게 리온 자작군 우측 후미.

파지지지지직, 콰아앙!

아무것도 없던 허공에 갑자기 번개가 번뜩이는가 싶더니 거대한 폭발이 일어났다.

"끄아아악!"

갑작스러운 상황에 리온 자작군이 비명을 지르며 폭발에 휘말렸다. 그리고 그 순간 리카이엔은 몸을 일으키고 있었다.

타닥!

가볍게 안장을 박차고 뛰어오르더니 어느 순간 바닥에 착지해 리온 자작군 기사단을 향해 달리기 시작했다.

쿵, 쿠쿠쿵!

연달아 힘찬 진각을 밟으며 무서운 기세로 달려가는 동시에 성벽을 쳐다보며 크게 숨을 들이마신다.

"볼프, 이 멍청한 새끼!"

우렁차게 터져 나온 사자후가 전장 곳곳에 메아리치는 순간, 리카이엔은 첫 번째 기사와 맞닥뜨리고 있었다.

준비 동작은 없다. 이곳까지 달려오면서 그가 밟았던 진각이 바로 준비 동작이다.

내찌른 창이 첫 번째 기사를 꿰뚫는다. 하지만 리카이엔의 철창은 멈추지 않았다.

빠아악!

두 번째 기사는 회전하는 창대에 두개골이 깨졌다.

크게 휘두른 창날에 목이 잘린 세 번째 기사, 그리고 배가 갈려 내장을 쏟아 내는 네 번째 기사.

쿵, 쿠쿠쿵!

쉼 없이 진각을 밟으면 창을 휘두르는 리카이엔의 앞을 막을 수 있는 것은 아무것도 없었다.

순식간에 오른쪽에 있던 기사의 절반이 목숨을 잃었다.

"크르르륵!"

가장 왼쪽 후미에서 병사들을 독전하던 기사가 갑자기 피거품을 부글거리며 허물어졌다.

그 갑작스러운 상황에 옆에 있던 기사가 급히 쓰러진 동료를 향해 다가갔다. 하지만 그는 채 다섯 걸음도 걷지 못하고 두 다리 힘줄이 잘렸다.

"끄어어억!"

기사의 비명에 다른 기사들이 깜짝 놀라 시선을 돌렸다. 하지만 그들의 눈에 비친 것은 쓰러진 두 명의 동료들 뿐이었다.

"뭐, 뭐지?"

한 기사가 갑자기 소름이 돋는 것을 느끼며 사방을 둘러본다. 그리고 그 기사가 조엘의 세 번째 희생양이 되었다.

인간의 시각이라는 것은 어떤 때는 한 치의 오차까지도 감지해 내지만, 또 어떤 때는 눈앞에 있는 것조차 보지 못하는 경우도 있다.

인간은 자신이 관심 있는 것, 혹은 보고 싶은 것에 집중하는 순간 그 외의 것을 인지하는 데는 지극히 짧은 순간이지만 아주 조금 시간이 걸린다. 그것이 심리적인 사각(死角)이다.

그 심리의 사각을 극한까지 활용하는 것이 바로 클레우스의 비술 '그림자 밟기'였다.

리온 자작군 왼쪽 후미에 있던 기사들의 절반이 순식간에 영문도 모른 채 죽어 나갔다.

"어?!"

갑자기 뒤가 허전해 고개를 돌리던 병사 하나가 실성을 터뜨렸다. 자신들을 죽이려고 달려들던 기사들이 피를 흘리며 바닥을 나뒹굴고 있는 것이 아닌가.

그리고 하나둘 뒤를 돌아보는 병사의 수가 많아지기 시작했다.

"뒤돌아보지 마!"

"앞으로 나가라!"

아직 살아 있는 기사들이 버럭 호통을 쳤지만 그들과 꽤 멀리 떨어져 있는 병사들의 발걸음은 이미 늦춰진 상태였다. 당장의 위협이 없어지자 머릿속을 가득 채우고 있던 공포도 눈 녹듯 사라진 것이다.

"이놈들이!"

그들과 가장 가까이 있던 기사가 버럭 소리를 지르며 그쪽을 향해 달려갔다.

스걱!

그리고 채 두 걸음을 움직이기도 전에 기사의 목에 붉은 선이 그어졌다.

"컥, 커어어억!"

기사가 황급히 목의 상처를 붙들었지만 이미 뜨거운 피가 쏟아져 나오고 있었다.

그 기사의 죽음과 동시에 또 한 무리의 병사들의 발걸음이 늦춰졌다.

"이놈들이, 정말 죽고 싶은 것이냐!"

그다음 기사가 버럭 소리를 질렀지만, 섣불리 그쪽으로 다가가지는 못한다. 자신의 동료가 갑자기 고꾸라지며 죽는 것을 보았기 때문이다.

병사들을 지배하던 공포가 기사들을 지배하기 시작한 순간이다.

"저자는!"

베르터스의 시선이 한곳에 고정되었다. 부대의 오른쪽 후미에서 기사들을 꿰어 죽이며 달려오고 있는 은발의 사내.

"설마……."

잔뜩 인상을 찡그리며 은발의 사내를 노려보던 베르터스의 두 눈이 화등잔 만하게 커졌다.

찬란한 은발의 머리에 선홍색의 눈동자. 그것은 프로커스 백작령의 후계자 리카이엔 프로커스의 특징이 아닌가.

저만큼이나 독특한 외모가 또 있을 리는 없다고 생각한 베르터스가 크게 숨을 들이키더니 큰소리로 외쳤다.

"리카이엔!"

베르터스의 외침이 쩌렁쩌렁 울려 퍼졌다. 그 순간 이쪽으로 시선을 돌리는 은발의 사내. 그리고 그의 얼굴에 떠오른 미소.

'리카이엔 프로커스가 맞다!'

확신이 드는 순간 베르터스는 곧장 그쪽을 향해 말을 몰아갔다.

'이게 갑자기 어찌 된 일인지는 모르지만 차라리 잘됐다!'

그는 자신의 주군이 리카이엔을 얼마나 죽이고 싶어 하는지 잘 알고 있었다. 이번 기회에 그를 죽여 잃었던 신뢰를 되찾아야 했다.

그렇게 생각하니 입가에 절로 웃음이 떠올랐다.

'잘도 죽을 자리를 찾아왔구나!'

아무리 자기 실력에 자신이 있어도 말도 없이 맨몸으로 이곳에 오다니. 미치지 않고서야 할 수 없는 일이었다.

베르터스가 리카이엔을 향해 큰소리로 말했다.

"나는 리온 자작령 쉐테른 기사단의 단장, 베르터스 보즐이다. 오늘 너의 목을 가져가겠다!"

그 순간 리카이엔이 한쪽 입꼬리를 심하게 비틀어 올리는 것이 보였다. 명백한 비웃음이었다.

그 모습을 본 베르터스가 심한 모멸감을 느끼며 달리는 말에 한층 박차를 가했다. 그 순간 리카이엔이 입을 열었다.

"지랄하지 말고 덤벼!"

'이, 이게 무슨!'

베르터스는 당황하지 않을 수 없었다. 도대체 저게 무슨 상스러운 언행이란 말인가.

"이런 기사로서의 명예라고는 눈곱만큼도 없는 놈!"

그 순간 베르터스의 장창과 리카이엔의 철창이 맞부딪쳤다.

카아앙!

요란한 금속성과 함께 온몸이 저릿해질 정도의 충격이 베르터스의 뇌리를 뒤흔들었다.

'이럴 수가!'

너무 놀라 말문이 막혔다. 말을 타고 달려가 후려친 자신의 창을 가만히 서서 막아 내다니. 아니, 막아 낸 것만이 아니라 오히려 자신에게 뇌리를 뒤흔들 정도의 충격까지 주었다.

'만만히 볼 상대가 아니다!'

그렇게 생각한 베르터스가 재빨리 말에서 내렸다. 말을 타고 싸우면 강력한 힘을 얻을 수 있다는 점은 좋지만, 민첩한 몸놀림이 힘들다.

저 정도로 강력한 힘을 지닌 상대는 차라리 빠른 몸놀림으로 상대하는 것이 낫다. 그리고 베르터스는 크고 두꺼운 근육 때문에 일견 둔하게 보이지만, 오히려 빠른 창술이 특기였다.

'만만한 상대는 아니군!'

말에서 내린 베르터스를 보며 리카이엔도 방금까지의 여유로운 태도를 버렸다.

서로 창을 겨눈 채 노려보는 두 사람.

슈악!

먼저 움직인 사람은 베르터스였다. 가볍게 한 발 뻗는가 싶더니 순식간에 거리를 좁히며 창을 찔러 넣는다.

"흡!"

리카이엔도 놀랄 정도로 정교하면서도 빠른 창격. 아니 빠른 것은 창만이 아니었다. 몸놀림 또한 잔상이 남을 정도로 빠르다.

"크윽!"

리카이엔의 입에서 신음이 새어 나왔다. 그만큼 베르터스의 움직임은 빨랐다.

조엘의 몸놀림도 빠르다고는 하지만, 그것은 사각을 찾아 움직이기 때문에 상대적으로 그렇게 보이는 것이다. 단순히 속도만을 따지자면 베르터스가 더 빨랐다.

바람처럼 빠른 몸놀림과 함께 조금도 쉬지 않고 뻗어오는 날카로운 창날.

섬뜩한 예기가 리카이엔을 향해 쉴 새 없이 날아들었다.

칵, 카카칵!

쇠의 마찰음이 연달아 울려 퍼진다.

"젠장!"

빠른 공격 속에 깃들어 있는 강렬한 힘. 베르터스는 힘과 속도, 그리고 정교함까지 모든 것을 완벽하게 갖추고 있었다.

하지만 가만히 앉아서 당할 수는 없는 일.

리카이엔이 급히 호흡을 가다듬었다.

그 순간 또다시 리카이엔의 목을 노리고 파고드는 베르터스의 장창.

"흡!"

순간 리카이엔이 호흡을 끊었다. 직선으로 파고드는 장창을 향해 철창을 내뻗었다.

카르르륵!

또다시 쇠 긁는 소리가 울려 퍼진다. 하지만 이번에는 거기서 끝나지 않는다.

베르터스의 창을 아래에서 위로 걸어 올린 리카이엔의 창대가 빙글 돌며 베르터스의 창대를 휘감는다. 그리고 그다음 순간, 베르터스의 장창을 위에서 아래로 누르고 있었다.

"헛!"

갑자기 창에 뻐근할 정도로 무게가 실리자 깜짝 놀란 베르터스가 뒤로 빠지려는 찰나.

꽈앙!

리카이엔이 진각을 밟았다. 동시에 베르터스의 장창을 누르고 있던 무게가 사라졌다.

직감적으로 위험을 느낀 베르터스가 급히 몸을 뒤로 물리는 순간, 리카이엔은 이미 베르터스의 품 안으로 들어오고 있었다.

푸우욱!

베르터스의 허리가 직각으로 굽혀졌다. 그리고 그런 그의 등을 뚫고 나온 철창의 창극.

베르터스는 그렇게 단말마의 비명조차 지르지 못한 채 그대로 숨을 거두었다.

리카이엔이 죽은 베르터스와 주춤거리고 있는 성벽 위의 전투 상황을 번갈아 보았다.

'이참에 성 앞에 있는 이것들을 치워 버리는 게 좋겠군!'

마음을 먹은 리카이엔이 이쪽으로 달려오고 있는 페르온을 향해 큰소리로 외쳤다.

"검!"

갑작스러운 요구에 영문을 몰라 어리둥절하던 페르온이 황급히 롱소드를 뽑아 던졌다.

리카이엔의 손에 들린 롱소드가 하늘 높이 들리는 듯하더니 그대로 수직으로 떨어져 내렸다.

츠컥!

툭, 데구르르르!

뼈와 뼈 사이의 공간을 가르는 소리와 함께 베르터스의 목이 바닥으로 떨어져 내렸다.

그 사이 가까이 다가온 페르온이 리카이엔을 불렀다.

"공자님!"

리카이엔이 떨어져 내린 베르터스의 목을 집어든 후 페르온을 향해 고개를 끄덕였다.

"가랏!"

페르온이 큰소리로 외치며 고삐를 잡고 함께 끌고 오던 말을 리카이엔 쪽으로 보냈다.

리카이엔이 가볍게 몸을 날려 안장에 올라앉는 순간, 흩어져 있던 프리엘라와 조엘이 그를 중심으로 모여들었다.

리카이엔 옆으로 다가오던 프리엘라가, 그의 손에 들린 무언가를 확인하고는 깜짝 놀라 외쳤다.

"흡, 리카이엔 그건!"

지금껏 말을 달리며 기사들을 향해 마법을 퍼부어댔던 프리엘라였기에 이곳의 상황을 몰랐던 것이다.

하지만 리카이엔은 일언반구 설명도 없이 리온 자작군 쪽으로 방향을 돌리고는 그 자리에 멈춰 섰다. 프로커스 백작성과 리온 자작군의 뒷모습이 한꺼번에 시야에 들어왔다.

"후우우웁!"

크게 숨을 들이마신 리카이엔이 왼손으로 베르터스의 머리를 번쩍 들어 올리며 사자후를 터뜨렸다.

"베르터스의 목을 잘랐다!"

전장 전체에 퍼진 그 소리에 일순간 모든 리온 자작군의 동작이 멈췄다. 이 무슨 날벼락 같은 소리인가. 사령관이 죽다니!

전장에 있던 모두의 시선이 리카이엔이 들고 있는 둥근 물체에 집중되었다.

그 순간, 아직 남아 있던 기사들이 한꺼번에 몰려들었다.

"놈을 잡아라!"

"단장님의 시신을 보존해라!"

"흐아아앗!"

기사들이 저마다 한소리씩 외치며 달려들고, 리카이엔도 자유로운 오른손으로 철창을 들었다.

"나 참, 너 의외로 화려한 걸 좋아하는 거 같다?"

조엘이 한 소리 내뱉으며 클레우스의 대거를 뽑아 들었다. 페르온도 롱소드를 들어 올리고, 세 사람의 사이에 있던 프리엘라도 마법을 준비했다.

"플레임 타워(Flame Tower)!"

프리엘라의 뾰족한 외침과 동시에 아무것도 없는 땅바닥에서 화르륵 불기둥이 솟아올랐다.

"크아아악!"

가장 가까이 있던 기사들이 죄다 바닥으로 떨어지며 비명을 지르는 사이 리카이엔이 먼저 앞으로 나갔다.

다각, 다각!

천천히, 아주 천천히 말을 몰아 나간다. 프리엘라와 조엘, 페르온도 원래의 대형을 유지한 채 똑같은 속도로 앞으로 나간다.

쉐테른 기사단의 입장에서는 최악의 상황이었다. 지휘관인 베르터스 단장이 죽은 것으로도 모자라 저렇게 목을 잘라 계속 들고 있게 되면 병사들의 사기는 더 이상 전투를 수행할 수 없는 지경에 이른다.

한시라도 빨리 막아야 한다는 생각에 기사들이 무작정 돌격을 시도했다. 아무리 강하다고 해도 단 네 명이서 자신들을 모두 막을 수는 없을 것이다.

하지만 결과는 정반대였다. 네 사람을 향해 달려든 기사들은 단 한명도 빠짐없이 그 자리에서 죽음을 맞이했다.

순식간에 서른 명의 기사들이 죽어 나갔다. 남은 기사도 이제 몇 남지 않은 상황.

다각, 다각!

리카이엔 일행은 여전히 변함없이 느리게 말을 몰았다. 그의 왼손에 들린 베르터스의 잘린 목에서는 아직도 붉은 피가 간헐적으로 떨어져 내리고 있었다.

마침내 리카이엔이 말을 멈췄다. 그 앞에서 어찌해야 좋을지 몰라 두 눈을 질끈 감고 있는 리온 자작군의 병사들.

그 순간 리카이엔이 저 멀리 보이는 성벽을 향해 외쳤다.

"프로커스 백작군은 성문을 열고 진군하라!"

볼프가 목이 터져라 외쳤다.

"공자님이 오셨다! 조금만 힘내라! 우리는 이길 수 있다!"

제일 먼저 힘을 되찾은 사람들은 기사들이었다. 가장 가까운 곳에서 리카이엔이 가지고 있는 능력에 대해 직접 목격했던 그들이기에, 그의 등장이 전세를 뒤집을 수도 있다는 것을 직감적으로 느낀 것이다.

기사들이 젖 먹던 힘까지 쥐어짜며 성벽 위로 올라온 적병들을 베어 넘겼다.

지휘관들의 활약은 곧 병사들의 사기로 이어지는 법. 기사들이 점점 승기를 잡아가자, 병사들 역시 활기를 되찾았다. 그리고 그것은 곧장 사기로 이어졌다.

아무리 리온 자작군의 진군이 무섭다고는 해도, 성벽 위의 상황만으로 따진다면 프로커스 백작군이 훨씬 더 수적으로 우세했다. 아까까지는 꾸역꾸역 밀려오는 적군들에 질려 사기가 떨어진 것뿐이다.

성벽 위에서 아래로 추락하는 리온 자작군의 숫자가 점점 늘어났다.

"후우, 후우!"

겨우 한숨 돌린 볼프가 눈으로 리카이엔을 좇았다. 꽤 멀기는 했지만 리카이엔이 누군가와 싸우고 있다는 것을 확인할 수가 있었다.

"그나저나 여기로 들어오시려면……."

거기에 생각이 미친 볼프가 급히 주변을 훑어보며 외쳤다.

"잭, 지금부터는 네가 맡아라!"

성벽 위의 적군들이 거의 정리가 되었고, 적군들도 뒤가 불안해 사기가 떨어진 상태였다. 이런 때라면 잭이 지휘를 한다 해도 크게 무리가 되지 않는다.

잭이 당황하는 표정을 지으면서도 급히 주변을 향해 외쳤다.

"지금부터 내가 지휘한다!"

그리고 볼프는 곧장 아래로 뛰어 내려가고 있었다.

"나머지 기사들은 나를 따라와! 공자님을 맞이하러 갈 준비를 해라!"

"우웃! 저 오빠 멋있는데?"

율리아가 눈을 반짝이며 말했다. 그 말에 안톤이 괴상한 표정을 지으며 구시렁거렸다.

"멋있기는 개뿔."

"야야, 저 정도면 멋있지. 보아하니 여기 백작님의 아드님인 것 같은데, 영지를 구하겠다고 저렇게 달려들어 싸우는 게 안 멋있냐? 게다가 얼굴도 잘 생겼단 말이야."

"허어, 저기까지 보이냐?"

"그럼, 당연하지~"

리카이엔이 있는 곳은 리온 자작군의 제일 후미. 그리고 율리아가 서 있는 곳은 성벽 위. 그 사이에는 꽤 거리가 있었다. 그런데 얼굴이 보인다고 말한다.

안톤이 질린 표정으로 말했다.

"니 눈이 진짜 사람 눈이냐?"

"잘 보이면 좋지 뭐. 이 눈이 있으니까 활도 잘 쏘는 거야 인마~ 그나저나 저 오빠 진짜 잘생겼는데? 하아!"

"어이구, 또 나왔다. 저 얼굴 밝힘증."

"히히, 내가 얼굴을 좀 밝히기는 하지."

그때 사령관인 볼프의 외침이 울려 퍼졌다.

"나머지 기사들은 나를 따라와! 공자님을 맞이하러 간다!"

"오옷, 나도 갈래. 나도 갈래!"

"야야, 아서라. 넌 그냥 여기서 활이나 쏴."

"쳇!"

율리아가 입을 삐죽이는 사이 안톤이 고개를 갸웃거리며 말했다.

"그나저나 아까 그 폭발은…… 분명 '풀멘 스프레드' 였던 것 같은데?"

"응? 그거 센 마법이냐?"

"음… 나 같은 어프렌티스급 마법사가 그걸 쓸려면 한세월이지. 아까 그 위력을 보아하니 적어도 컨덕터급 중에서도 중급 이상은 되는 것 같더라."

"흐음, 그 여자가 그렇게 센 마법사였어?"

"여자 마법사였어?"

"응, 그것도 꽤 예쁘게 생긴. 흠, 이거 말하고 보니 괜히 마음에 안 드네? 그러고 보니 아까 달려올 때 저 여자가 잘생긴 오빠 뒤에 찰싹 달라붙어 있었단 말이지……."

"야야, 됐어. 아서라 아서."

그때 또 한 번 리카이엔의 목소리가 울려 퍼졌다.

"베르터스의 목을 잘랐다!"

그 말이 가지는 파급 효과는 엄청났다.

총 지휘관의 죽음, 그것은 꼭 패전을 의미하지는 않지만 병사들의 사기를 땅에 떨어뜨리기에는 충분한 사건이었다.

리카이엔의 말이 터져 나오기가 무섭게 리온 자작군 병사들이 주춤주춤 뒤로 물러서기 시작했다.

그런데 그다음 리카이엔의 행동이 말 그대로 점입가경. 적장의 목을 한 손에 들고 천천히 이쪽을 향해 다가오고 있는 것이다.

"흐음, 저 사람 전쟁을 좀 아는데?"

율리아가 감탄한 표정으로 하는 말에 안톤도 고개를 끄덕였다.

"그러게. 듣기로는 얼마 전까지는 병석에 누워서 골골거렸다던데……."

"그래도 그 전에는 거의 천재였다며."

"그렇기는 하지만 이건 좀 다르잖아. 전투 경험 한 번 없는 사람이 어떻게 저런 게 가능한 거야?"

안톤이 보기에는 확실히 그건 아니었다. 아무리 천재라고 해도 저렇게 할 수는 없는 일이다.

'저건 뭐랄까…… 마치 백전노장 같은 노련함인데?'

저 리카이엔이라는 사람은 이 짧은 시간에 전투의 분위기를 반전시켰다. 적군의 뒤에 있는 독전관을 처리하고, 아군에게 자신의 존재를 알리고, 적 사령관을 죽이고 그 목을 잘라 높이 들어 보여 주었다.

그리고 거기서 그치지 않고 달려오는 기사들을 모조리 도륙했다.

이렇게 많은 사람들이 모여 있는 장소에서 그런 행동은 엄청난 전시효과를 불러일으킨다. 적군의 사기는 완전히 바닥에 떨어지고, 반면 아군의 사기는 하늘을 찌를 듯 올라간다.

그리고 안톤이 보기에, 리카이엔은 그 모든 행동을 계산이 아닌 감각에 의지해서 하고 있었다.

전쟁을 수 없이 치러 본 사람만이 할 수 있는 일이다.

가지고 있는 힘은 끊임없는 단련으로 일정 이상의 수준에 도달하는 것이 가능했다. 하지만 경험이라는 것은 온전히 직접 겪고 느껴야만 얻을 수 있는 것이다.

'어디에서 저런 전쟁 경험을 얻은 거지?'

안톤히 혼자 그렇게 상념에 잠겨 있을 때, 율리아가 갑자기 놀라는 듯한 목소리로 말했다.

"어머! 안톤 혹시 질투하는 거야? 천재에 대한 범부의 시기? 뭐 그런 거?"

"어우, 진짜. 내가 저 인간을 왜 질투해야 되는데?"

안톤이 잔뜩 억울한 표정을 지으며 구시렁거리자, 율리아가 재미있어 죽겠다는 얼굴로 깔깔거렸다.

"호호호, 그러니까 니가 만날 나한테 지는 거다. 응?"

"됐다. 아무튼, 이번 전쟁 잘하면 이길 수도 있겠는데?"

그때였다.

리카이엔의 입에서 결정적인 한마디가 터져 나왔다.

"프로커스 백작군은 성문을 열고 진군하라!"

그 말을 들은 율리아가 어안이 벙벙한 표정으로 벌어진 입을 다물지를 못했다.

"우와~ 결국 저질렀어. 오빠, 멋쟁이!"

성문 밖에는 무려 세 배나 되는 적군이 모여 있다. 아무리 사기가 떨어져 있다 해도 세 배라는 숫자는 단순히 높아진 사기로 어찌할 수 있는 규모가 아니었다.

그런데 저 괴상한 백작가의 후계자는 망설임 없이 성문을 열고 나오라고 한다.

"도박을 하는 건가?"

안톤이 의구심 가득한 표정으로 중얼거렸다.

이럴 경우 결과는 둘 중 하나다. 적군을 성 앞에서 완전히 몰아내든지, 함락당하든지.

그리고 그 순간 성벽 아래, 성문 안쪽에서 프로커스 백작군의 지휘자인 볼프의 외침이 쩌렁쩌렁 울려 퍼졌다.

"프로커스 백작군은 대열을 갖춰라! 진군이다!"

그그그그긍!

묵직한 쇳소리가 울려 퍼졌다. 지난 닷새 동안 단 한 번도 열리지 않았던 프로커스 백작성의 성문이 마침내 열렸다.

리카이엔은 당연히 승리를 예견하고 있었다. 이런 상황에서 성문을 열었을 때 이길지 질지는 결국 흐름의 문제였다. 그리고 리카이엔이 보기에 지금의 흐름은 분명히 리온 자작군을 몰아낼 수 있는 분위기였다.

그그그긍!

성문이 열리고 가장 먼저 모습을 드러낸 것은 볼프와 기사들. 그리고 그 뒤로 프로커스 백작군 병사들이 끊임없이 도열하고 있는 모습이 보였다.

철창을 들고 말을 탄 채 밖으로 나오고 있는 열 명의 기사들. 그리고 그 뒤를 따라 형형한 안광을 번뜩이며 나오는 프로커스 백작군.

이미 기가 꺾인 리온 자작군 병사들이 주춤주춤 뒷걸음질치기 시작했다. 그들을 성을 함락시키기 위해 온 것이지 평원의 백병전을 하러 온 것이 아니었다. 그런데 난데없이 기사대가 대열을 형성하고 있었다. 보병들에게는 가장 지옥과도 같은 상황.

그때 리온 자작군 후미에서 다시 한 번 큰소리가 쩌렁쩌렁 울렸다.

"무기를 버리고 도망치는 놈들은 살려 주겠다!"

지휘관의 목을 자르고 달려드는 기사들을 모조리 죽여 버린 무시무시한 사내의 목소리였다.

순간 병사들은 저도 모르게 온몸에 소름이 돋는 것을 느꼈다. 무서워서 그런 것이 아니었다.

'살 수 있다!'

정면에서는 기사대가 돌격을 준비하고, 뒤에는 무시무시한 사내가 버티고 서 있었다. 이제 꼼짝없이 죽었구나 생각했는데 살길이 열렸다.

리카이엔이 준비한 마지막 한 수였다.

실제적인 위협이 아닌 공포감을 조성해 죽음의 위협을 느끼게 한 후, 살 길을 열어 준다. 이럴 때 대부분의 병사들이 택할 선택은 오직 하나였다.

무수히 많은 전장을 전전했던 리카이엔은 그러한 사실을 누구보다 잘 알고 있었기에 이렇게 일을 진행할 수 있었던 것이다.

무려 2천 명이 모여 있는 전장이 찬물을 끼얹은 듯 정적에 잠겼다. 하지만 그 정적은 오래가지 않았다. 갑자기 누군가가 외쳤다.

"퇴각하라!"

뭐든 첫 번째가 어려운 법이다. 누군가 한 사람이 그렇게 외치는 순간, 리온 자작군 진영 곳곳에서 장교들의 외침이 터져 나왔다.

"퇴각하라! 퇴각하라!"

"물러서라!"

그들 역시 더 이상 어떻게 할 수 없다는 것을 알고 있기 때문이다. 차라리 병력을 보존해 퇴각하는 것이 지금 할 수 있는 최선이었다.

마지막 발악을 생각하는 장교들이 몇 명 있기는 했지만, 사기가 바닥까지 떨어진 병사들을 이끌고 성을 공략해 봐야 헛수고일 뿐이다.

철컹, 철컹!

병사들이 하나둘 무기를 버리기 시작했다. 전장 곳곳에는 순식간에 병사들이 버린 무기로 가득 찼다. 그리고 어느 순간을 기점으로 가득 모여 있던 리온 자작군 병사들이 썰물처럼 물러나기 시작했다.

물론 리카이엔이 베르터스의 목을 들고 서 있는 곳은, 암초라도 만난 듯 좌우로 갈라졌음은 당연한 일이었다.

프로커스 백작성 앞은 순식간에 휑한 공간으로 변하고 말았다. 1천5백이나 되는 군대를 한꺼번에 후퇴하도록 만드는 엄청난 기적.

리카이엔이 가지고 있는 힘이었다. 무수히 많은 전장을 누볐던 전생의 기억이 지금의 기적을 만든 것이다.

"후우, 일단 상황은 정리되었는데……."

리카이엔이 씁쓸한 표정으로 들고 있던 베르터스의 머리를 페르온에게 건넸다.

"시신을 수습해 장례를 치러 주도록."

"알겠습니다."

그때였다. 저 멀리서 한 떼의 기마가 기를 쓰고 달려오고 있었다.

"리카이엔 공자님!"

반가움이 가득 배인 볼프의 목소리였다. 그 소리에 리카이엔이 순간적으로 신경질적인 표정을 짓더니 큰소리로 외쳤다.

"볼프 너 이 자식, 오늘 나한테 죽었다고 복창해라!"

순간 볼프의 표정이 핼쑥하게 변했지만, 그 누구도 볼프의 얼굴은 신경 쓰지 않았다.

Chapter 6.

명분 만들기

"와아아아!"

"공자님, 만세!"

"리카이엔 공자님 만세!"

성 안으로 들어서는 리카이엔을 향해 함성이 쏟아졌다. 성이 함락되기 직전에 리카이엔이 나타나 적군들을 뒤로 물러나게 만들었다는 사실을, 성 안의 모든 사람들이 알고 있었던 것이다.

그리고 리카이엔의 정면에서 환희에 찬 표정으로 그를 기다리고 있는 또 한 사람.

지저분하기 짝이 없는 옷을 걸치고 있는 프로커스 백작이었다. 영지민들과 함께 전투를 돕기 위해 이리 뛰고 저리 뛰다보니 옷을 갈아입을 시간도, 씻을 시간도 없었던 것이다.

그 모습을 본 리카이엔은 저도 모르게 마음이 짠해지는 것을 느끼며 얼른 말에서 내려 백작을 향해 달려갔다. 그러고는 인사를 하며 죄스러운 목소리로 말했다.

"아버님, 조금 늦었습니다."

그 말에 프로커스 백작의 노안에 그렁그렁 눈물이 맺혔다.

"허허, 아니다, 아니야. 내 너를 못 보고 죽는 줄 알았는데……."

조금 전 성의 상황을 보면 정말 그럴 수도 있는 일이었다. 그 말에 리카이엔이 있는 힘껏 고개를 저으며 말했다.

"그게 무슨 말씀이십니까? 이제 제가 왔으니 걱정하지 마십시오. 리온 자작 그 변태 같은 놈이 감히 우리를 건드렸다면 그 죗값을 치르게 만들어야지요."

"그럴 수 있다면야 좋겠지만……."

백작이 자신 없는 목소리로 중얼거렸다. 아무리 그래도 리온 자작군과 자신들은 전력에서 너무 큰 차이가 났다. 하지만 리카이엔의 얼굴에는 자신감이 넘쳤다.

"걱정 마십시오. 제가 이겨 보이겠습니다."

하긴 이러는 게 맞는 말이다. 아직 끝나지도 않은 전쟁을 미리 졌다고 생각할 필요는 없다. 프로커스 백작이 굳은 얼굴로 고개를 끄덕이며 아들의 어깨를 두드렸다.

그때 백작의 뒤쪽에서 놀람에 찬 목소리가 들렸다.

"리크!"

프로커스 백작령에서 리카이엔을 '리크' 라는 애칭으로 부를 수 있는 사람은 오직 한 명이었다.

힐더가 종종걸음으로 이쪽을 향해 달려오고 있었다. 힐더 역시 백작과 다름없는 꾀죄죄한 모습. 그녀는 시녀들을 이끌고 영지의 아낙들과 함께 부상병들을 돌보는 곳에서 몸소 일을 하고 있었던 것이다.

"어머니!"

리카이엔이 한달음에 힐더를 향해 뛰어갔다. 아들과 마주선 힐더가 눈물을 글썽이며 리카이엔을 위아래로 살펴보았다.

"몸은 이제 괜찮은 거니?"

떠날 때만 해도 마차에 누워 실려 갔던 아들이 이렇게 멀쩡한 모습으로 돌아오니 그렇게 기쁠 수가 없었다.

이런 상황에서도 자신의 건강을 걱정해 주는 어머니를 보니 리카이엔은 그녀를 속인 것이 한층 더 죄스러워졌다.

"예, 이제 정말 건강해졌으니 걱정하지 마세요."

"그래. 다행이다. 아, 먼 길 왔을 텐데 배고프지 않니? 어서 들어가자꾸나. 오늘은 이 어미가 직접 요리를 해 주마."

치열한 전쟁 중에, 그것도 영지의 안주인의 입에서 나올 수 있는 이야기는 아니었지만 적어도 지금 이 순간만큼은, 힐더는 자기 아들의 어머니로 돌아가고 싶었다. 그리고 그 마음을 알기에 리카이엔 역시 밝게 웃으며 말했다.

"어머니께서 직접 만드신 요리를 먹어 보는 게 얼마만인지 모르겠네요."

"호호, 뭐 먹고 싶은 거라도 있니?"

"어머니가 만들어 주시는 거라면 그냥 끓인 물도 맛있어요."

"이 녀석 넉살은~ 알았다. 내 준비를 하고 있을 테니 얼른 들어오너라."

힐다가 밝게 웃으며 내성을 향해 걸음을 옮겼다. 리카이엔은 다시 원래 있던 곳으로 돌아가 조금은 뻘쭘한 자세로 서 있는 프리엘라와 조엘을 향해 다가갔다.

"내 집으로 가자. 일단 먹고 이야기하는 게 좋겠어."

영지민들의 갑작스러운 환대에 내버려지는 바람에 상당히 민망한 표정을 짓고 있던 두 사람이 급히 고개를 끄덕였다. 두 사람과 함께 걸음을 옮기던 리카이엔이 갑자기 뒤를 돌아보며 말했다.

"페르온, 볼프 그 자식 도망 못 가게 붙잡아 놔라."

"예, 공자님!"

볼프가 원망스러운 표정을 지었지만, 페르온은 그에게 시선도 주지 않고 있었다.

쾅!

리온 자작이 거칠게 테이블을 내려치며 버럭 소리를 질렀다.

"제길, 이게 무슨 망신이란 말이냐!"

그 말에 같이 방 안에 있던 짧은 갈색 머리에 균형 잡힌 체구, 얼굴이나 목 할 것 없이 온통 흉터로 뒤덮인 사내가 말했다.

　"너무 흥분하지 마십시오. 제가 이야기만 들어서 확실치는 않지만, 오늘은 그 리카이엔이라는 놈이 대단했던 겁니다. 베르터스 그놈이 약해서 그런 겁니다."

　리온 자작의 친동생이자, 제1기사단인 리온 기사단의 단장 지터 리온이었다.

　"베르터스 그 멍청한 놈! 공을 세우라고 기회를 줬더니 제대로 일은 하지도 못하고 뒈지기나 하고 말이야……."

　"아무튼, 너무 걱정 마십시오, 형님. 제가 리카이엔인가 하는 그놈을 잘근잘근 다져 놓을 테니 말입니다."

　"음? 너는 싫다고 하지 않았더냐? 그래서 베르터스 그놈을 사령관으로 앉힌 것이 아니냐."

　"아아~ 그때야 별로 재미가 없어 보였으니까 그런 거지요. 프로커스 백작령 같은 허약한 성을 함락시키는 따위의 일을 제 경력에 넣기가 부끄러웠던 거지요. 하지만 리카이엔 그놈은 제법 흥미가 도는군요."

　리온 자작이 반색을 하며 물었다.

　"그럼 해 주겠느냐?"

　지터는 로베이노스 주 안에서 가장 강한 인물이라는 평가를 받는 인물이다.

평소에는 조용한 편이지만 일단 싸움이 시작되면 물불 안 가리고 달려드는 저돌적인 성격이다. 갓 스무 살이 되었을 때, 자신의 길을 막는 산적 떼와 전투가 벌어져 온 산을 다 헤집어 놓은 적도 있었다.

당시 싸움이 끝났을 때 산 곳곳에 널린 시체만 해도 백여 구, 지터 본인은 온몸이 난도질당하고 갈비뼈와 팔이 부러지고 배에는 내장까지 삐죽 튀어나와 있었다는 이야기는 아직도 유명한 일화였다.

어쨌든 그가 싸움을 맡아 준다고 하면 그만큼 든든한 일은 없었다.

지터가 시원스럽게 고개를 끄덕였다.

"방금 하겠다고 말하지 않았습니까?! 이제 더 걱정하실 필요는 없을 겁니다."

"하하, 네가 맡아 주겠다고 하면 내 걱정할 일이 무어 있겠느냐?"

"그럼 이만 가 보겠습니다."

성문 앞에서 진을 치고 있던 적들이 보이지 않자, 프로커스 백작성 안은 조금씩 활기를 되찾고 있었다. 여전히 전쟁 중이라는 사실은 변하지 않았지만, 그래도 사람들은 얼굴에 웃음을 되찾고 있었다.

하지만 오히려 점점 웃음을 잃어 가는 사람들도 있었다.

"끙끙!"

끊임없이 앓는 소리가 울려 퍼졌다. 그 소리에 잔뜩 신경질이 난 리카이엔이 조용히 한마디 했다.

"시끄럽다."

하지만 앓는 소리는 그칠 줄을 몰랐다. 결국 리카이엔의 시선이 그쪽으로 향했다.

앓는 소리를 내고 있는 사람은 바로 볼프였다.

볼프는 두 손은 뒤로 돌려 등허리에 딱 붙이고, 허리를 직각으로 굽힌 후 두 발과 정수리만으로 자신이 몸을 지탱하고 있었다.

그리고 똑같은 자세를 하고 있는 사람이 또 한 명 있었다. 바로 톰이었다. 절대 들어가지 말라는 엄명을 받고도 회의용 막사에 들어갔다가, 벌을 받고 있는 볼프를 보고는 '왜 머리를 땅에 심어요?' 라고 하는 바람에 똑같은 벌을 받게 된 것이다.

볼프가 이 자세로 벌을 받기 시작한 지는 만 하루. 쓰러지지 않는 것이 용할 정도로 볼프는 끈질기게 버티고 있었다.

리카이엔이 한참 동안 볼프를 지긋이 노려보더니 조용히 입을 열었다.

"일어나."

"으흐윽!"

볼프는 입에서 기묘한 신음을 뱉으며 힘겹게 몸을 일으켰다. 만 하루를 그런 자세로 있다 보니 머리로 피가 쏠려 얼굴이 시뻘게져 있었다.

그러다 갑자기 모두의 시선이 볼프 옆으로 향했다. 눈치 없는 톰이 볼프와 함께 몸을 일으킨 탓이다.

"히이익!"

그리고 날카로운 시선에 자신이 실수한 것을 깨달은 톰이 쿵 하는 소리까지 내며 다시 '머리를 심었다'.

리카이엔이 볼프를 향해 물었다.

"억울하냐?"

그 말에 볼프가 악을 쓰듯 외쳤다.

"아닙니다!"

"그럼 조용히 해라."

"알겠습니다!"

막사가 떠나가라 큰소리로 대답한 볼프가 갑자기 두 손으로 자신의 셔츠를 부욱 찢었다. 그리고 그것을 자기 입에 물고 또다시 아까와 같은 자세로 돌아갔다.

볼프가 다시 땅바닥에 머리를 박는 것을 확인한 리카이엔이 조용히 의자에 몸을 기댔다.

'예상외의 일이 일어나기는 했지만, 그래도 일이 틀어진 건 아니고… 어차피 치러야 할 전쟁이기는 했지.'

애초에 리카이엔은 리온 자작령과의 영지전을 염두에 두고 있었다. 그것은 이전 리카이엔의 계획에도 들어 있었던 부분이었는데, 영지의 발전을 위해서는 어쩔 수 없는 일이었다.

영지가 발전하기 위해서는 많은 인구가 필요했다. 그것은 단순히 세금이 많아진다거나, 혹은 인구에 비례한 군대가 커진다는 의미가 아니었다.

많은 사람이 살고 왕래하는 곳이 아니면 변화가 오지 않고, 변화가 오지 않으면 발전이 느리기 때문이다.

그리고 인구가 많아지기 위해서는 당연히 그 사람들이 모두 살 수 있는 땅이 필요했다.

그래서 생각한 것이 바로 리온 자작령이었다. 리온 자작령의 땅 중 절반 이상이 과거 프로커스 백작령의 땅이기 때문이다.

지난 전투에서 리카이엔이 리온 자작군 병사들에게 살 기회를 준 데는 그런 이유도 조금은 포함되어 있었다.

그런데 리카이엔이 영지를 떠나 있는 동안 리온 자작가에서 먼저 움직이는 바람에 예상보다 훨씬 영지전이 앞당겨진 것이다.

'뭐, 어쩔 수 없지. 그나저나 지금 우리가 리온 자작가를 흡수하거나 땅을 뺏게 되면… 좀 문제가 되기는 하는데……'

현재 명분을 가지고 있는 쪽은 리온 자작가였다. 전쟁이 일어난 원인이 프로커스 백작가에 있기 때문이다.

그런 상황에서 상대적으로 열세에 있는 프로커스 백작가가 리온 자작가와의 전쟁에서 승리하게 된다면? 비밀리에 준비를 하고 있다가 시비를 건 후, 전쟁으로 자작가를 흡수한 것으로 보이게 되는 것이다.

물론 그것은 어디까지나 전쟁 전의 명분이다. 전쟁이 끝난 후의 명분은 이유가 어찌 되건 승자가 쥐게 되는 법이니까. 하지만 이번 전쟁에서는 그 명분에 대해 심각하게 고민을 해야 했다.

리온 자작의 배경 때문이다.

'그 변태 놈이 선을 대고 있는 자가 아이젠 백작이었던가?'

브렌 왕국의 귀족 파벌은 동부의 아이젠 백작 일파와 서부의 로몬 백작 일파로 나뉜다. 리온 자작은 그중 아이젠 백작에게 선을 대고 있었던 것이다.

즉, 이번 전쟁을 통해 리온 자작가를 흡수하게 되면 아이젠 백작이 전면에 나설 수도 있는 문제였다.

'결국 우리가 또 다른 명분을 쥐는 수밖에 없는데……'

한참을 고민하던 리카이엔이 갑자기 벌떡 몸을 일으켰다.

"조엘한테 신세를 좀 져야겠군."

리카이엔이 밖으로 나간 후, 막사 안에는 머리를 '심고' 있는 두 사람만 남게 되었다.

리카이엔이 완전히 간 것을 확인한 볼프가 옆에 있는 톰을 향해 나지막한 목소리로 말했다.

"왜 머리를 '심고' 있느냐고? 오냐, 내가 영원히 머리를 심도록 해 주마!"

"야, 안톤, 안톤!"

갑자기 후다닥 달려온 율리아가 다급한 목소리로 안톤을 불러댔다.

"뭐야? 소식이 왔냐? 얼른 가라. 뒷간 비어 있다."

순간 율리아의 주먹이 옴팡지게 안톤의 뒤통수를 쥐어박았다.

따악!

"야, 내가 누누이 말하지만 내 배변 생활을 니가 신경 써 줄 필요는 없거든?"

"이게 걱정해서 말해 주니까."

"그러니까 그 걱정도 하지 말라고!"

"젠장, 변비가 뭐 자랑이라고? 그나저나 그럼 왜 불렀냐?"

안톤의 물음에 그제야 원래의 목적을 상기한 율리아가 두 눈을 반짝이며 말했다.

"내가 여기 병사들한테 들었는데 말이야. 여기 영지의 기사들 있잖아?"

"어."

"원래는 병사들이었다네?"

그 말에 시큰둥하게 앉아 있던 안톤이 드디어 반응을 보였다.

"병사들?"

"그래, 리카이엔 공자가 병사들 중에 뽑아서 훈련시킨 거래."

"허어~ 그 인간 참 알면 알수록 희한한 짓만 하네?"

기사는 영지군에서는 전투의 지휘관인 동시에, 필요에 따라 전투의 승패를 결정짓는 중심 부대이기도 했다. 그렇기에 기사를 뽑을 때 가장 먼저 보는 기준은 다름 아닌 검술, 혹은 창술 등 개인의 무력이다.

그런데 병사들 중에서 기사를 뽑다니. 보통은 전혀 생각할 수 없는 방법이었다.

안톤이 갑자기 무언가에 생각이 쏠렸는지 손바닥으로 무릎을 탁 치며 말했다.

"아하, 그래서 기사들이 죄다 똑같은 철창에 똑같은 창술을 썼구나!"

"그러고 보니 그러네?"

"기사가 된 지는 얼마나 됐다고 하든?"

"반년 정도?"

"뭐!"

안톤이 대경실색하며 외쳤다. 들으면 들을수록 놀라운 이야기였다.

그들이 원래 병사들이었다면 특별한 검술이나 창술은 전혀 몰랐을 가능성이 농후하다. 다시 말해 리카이엔은 개인의 전투에 전혀 문외한인 사람들을 단 여섯 달 만에 그 정도로 강하게 키웠다는 뜻이다.

"여기 진짜 그 프로커스 백작령 맞냐?"

안톤이 이해할 수 없다는 표정으로 중얼거렸다. 그가 아는 프로커스 백작령은 원래 이렇지 않았다. 영지민들에게는 충분히 살기 좋은 곳이었지만, 특별히 강군이 있다거나 탁월한 기사가 있는 곳은 아니었다.

그러던 곳이 어느 순간, 지칠 줄 모르고 싸울 수 있는 강병을 보유하고 여섯 달 만에 제 몫을 해내는 기사를 키워 내는 곳으로 변한 것이다.

그리고 그 중심에는 리카이엔 프로커스가 있었다.

"점점 그 인간의 정체가 궁금해지는데?"

안톤의 말에 율리아가 반색을 하며 외쳤다.

"정말?! 나도 그래, 나도!"

"야야, 어디 니 관심하고 내 관심을 같은 걸로 묶어? 나는 그런 취미 없다. 난 예쁜 여자가 좋아."

"넌 나 안 좋아하잖아!"

"니가 여자냐? 앞뒤로 납작해 가지고서는……."

그 말에 율리아가 와락 인상을 구기며 주먹을 치켜들었다.

그리고 그런 행동은 안톤의 말이 맞다는 뜻이기도 했다. 확실히 그녀는 조금 깡마른 편이었다. 머리도 짧게 자르고 다니는 것은 물론, 하는 행동 또한 남자 쪽에 가까웠다. 얼굴도 조금은 남성적인 느낌이 많이 났다.

"이런 걸 두고 중성적인 매력이라고 그러는 거야, 인마!"

"아, 됐어, 됐어."

"쳇, 아무튼. 난 왠지 여기서 좀 더 머물러 봐야겠다."

"뭘 위조하라고?"

조엘은 요즘 들어 자신이 점점 표정 관리가 힘들어진다고 여기고 있었다. 도대체 리카이엔과 만나기만 하면 하나같이 얼굴 근육이 일그러지는 일밖에 안 생기는 것 같았다.

하지만 리카이엔은 태연한 표정으로 말했다.

"공문서. 리온 자작가의 공문서."

"인장은 위조가 힘들어. 내가 무슨 전문 위조 기술자도 아니고…… 아니지 전문 위조 기술자도 인장은 위조를 못해."

"인장은 있으니까 종이만 만들면 돼."

"응?"

조엘이 뭔가 잘못 들은 게 아닌가 하는 표정으로 되묻자, 리카이엔이 품에서 무언가를 꺼내 보여 주었다.

펄럭.

아무것도 적혀 있지 않고 오직 하나 리온 자작가의 인장만이 찍혀 있는 백지였다. 리카이엔이 리온 자작에게서 강탈해 만든 이른바 '백지 인장'.

"이걸로 뭘 어떻게 하라고?"

"이 종이가 한 백 년 정도 된 물건으로 만들 수 있을까?"

"백 년? 으음, 그런 건 골동품 위조하는 쪽에서 많이 한다고 는 들었는데 나는 못해."

"그래도 할 수 있는 사람은 알고 있겠네?"

"그렇기는 하지."

"그럼 니가 만나고 오면 되겠네."

그 말에 조엘이 정말이지 궁금하다는 표정으로 물었다.

"내가 왜?"

그리고 리카이엔이 반문했다.

"그러게? 니가 왜 해야 될까?"

"제길! 넌 분명히 나중에 크게 벌 받을 거다. 이리 줘."

내밀어진 조엘의 손바닥 위에 리온 자작의 인장이 찍힌 백지가 놓였다.

"어? 야, 날 뭘 믿고 이걸 덥썩 주는 거냐?"

그 말에 리카이엔이 부드러운 미소를 지으며 말했다.

"니가 그걸 들고튀면 뭐 별수 있냐? 사람 잘못 본 내 눈을 탓해야지. 물론 고생은 내 발바닥이 하겠다만."

풀이하면 지옥 끝까지라도 쫓아가겠다는 뜻이다.

"에라이, 치사해서 안 가져간다. 한 사흘 정도 걸릴 거야. 그러니 느긋하게 기다리고……."

그때였다.

뿌우우우!

성벽 위에서 다급한 나팔 소리가 울려 퍼졌다. 이어서 성 곳
곳에서 경보용 종소리가 터져 나오기 시작했다.

땡땡땡땡!

"적이다!"

"병사들을 성벽 위로 모여라!"

"적이다!"

리카이엔이 피식 웃으며 말했다.

"느긋하게는 못 기다리겠다. 갔다 와라."

"응? 나는 필요 없냐?"

"너 하나 없다고 내가 이 성 하나 못 지키겠냐?"

"언제는 도둑놈 손이라도 아쉽다며!"

하지만 리카이엔은 이미 성벽 위로 뛰어올라 가고 있었다.

"기다릴 테니 갔다 와라!"

"페르온, 볼프 끌고 와라!"

이미 대기하고 있던 페르온이 황급히 회의용 막사를 향해
달려갔다. 그 사이 리카이엔은 이쪽으로 다가오고 있는 리온
자작군 병사들의 모습을 살폈다.

"역시 사기가 떨어진 그대로군."

무기를 버리고 달아난 지 이제 하루밤에 지나지 않았다. 한
번 떨어진 사기가 그렇게 쉽게 회복될 리가 없었다.

"그렇다면 일단은 진을 치고 기다리겠다는 건가?"

하지만 리카이엔의 예상은 보기 좋게 빗나갔다. 리온 자작군은 주둔지를 정리할 생각도 없는 듯 계속해서 이쪽으로 다가오고 있었다.

"이런 미친, 저 꼴을 하고 싸우겠다는 건가? 사령관이 누구야?"

하지만 아직까지 거리가 너무 멀리 떨어져 있는 탓에 얼굴을 확인할 수가 없었다.

그때 옆에서 누군가 다가오며 말을 걸었다.

"공자님, 제가 확인해 드릴까요?"

낯선 목소리에 고개를 돌려보니 키는 크지만 깡마른 체구의 여자가, 자기 키만큼이나 큰 장궁을 빗겨 맨 채 빙긋 웃고 있었다.

그러고 보니 들었던 기억이 났다. 리오 자작가에서 미리 손을 쓰는 바람에 용병이라고는 딱 두 명밖에 고용을 못했다고 했던가.

리카이엔이 그때 들은 이름을 떠올리며 물었다.

"네가 율리아?"

"어머, 제 이름을 어떻게 하세요?"

율리아가 기쁜 듯이 방긋 웃으며 물었지만 리카이엔은 또다른 쪽으로 말을 걸고 있었다.

"그렇다면 네가 안톤이겠군."

"맞습니다, 공자님."

아마 여자 쪽이 궁수이고 남자 쪽이 전투마법사인 모양이었
다.

리카이엔이 율리아를 향해 물었다.

"사령관의 얼굴을 확인할 수 있나?"

"물론이죠. 잠시만 기다려 봐요."

율리아가 성벽 밖으로 고개를 불쑥 내밀고 적진의 뒤쪽에서
말을 몰고 있는 사람들의 얼굴을 살폈다.

"으음, 머리는 짧은 갈색 머리에 키는 공자님 정도 되 보여
요. 온몸을 근육으로 두른 것 같아요. 아, 자세히 보니까 얼굴
이랑 목에 흉터가 있어요."

설명을 모두 들은 리카이엔이 저도 모르게 신음을 뱉었다.
그러고는 한 이름을 조용히 뇌까렸다.

"지터 리온이군. 제길 이렇게 빨리 나올 줄은 몰랐는데. 병
사들 사기가 저 모양인데 밀고 올라오는 이유가 저거였어."

최악의 적이었다. 지터 리온은 정치든 전투든 어지간해서는
마주하고 싶지 않은 인물이었다.

정치로 마주치면 말이 통하지 않고, 전투로 마주치면 저돌
적으로 밀고 들어오는 습성 때문에 받아치기가 곤란하기 때문
이다.

하지만 이미 나온 지터를 다시 들어가라고 할 수는 없는 일
이지 않은가.

"그래도 설마 저 병력을 가지고……."

리카이엔이 그렇게 중얼거리는 순간, 느릿하게 다가오던 리온 자작군의 진군이 멈췄다. 그 광경을 본 리카이엔이 고개를 끄덕이며 중얼거렸다.

"역시 그러면 그렇지. 아무리 천하의 지터라도 저런 병력으로는 힘들지."

하지만 이번에도 리카이엔의 생각은 빗나갔다.

"멈춰라!"

지터의 외침에 발을 질질 끌며 진군하던 병사들이 그 자리에 멈춰 섰다.

"주목!"

지터의 외침에 병사들의 시선이 그에게 모였다. 그 순간, 지터가 갑자기 오른손을 손을 뻗더니 한 병사의 뒷덜미를 잡아 올렸다.

"모두 잘 들어라! 지금부터 내 눈에 군기가 빠졌다고 생각되는 놈들은……."

말이 끝나는 순간, 비어 있던 지터의 왼손에 날카로운 롱소드가 쥐어져 있었다.

"이렇게 만들어 줄 것이다!"

말이 끝나는 순간 지터의 롱소드가 그대로 병사의 명치에 박혔다.

"커헉, 커허어어억!"

명치를 꿰뚫린 병사가 갑자기 호흡이 곤란해졌는지 갑갑한 숨소리와 함께 비명을 흘리며 버둥거리는 순간, 지터가 오른손에 쥐고 있던 롱소드를 아주 천천히 끌어 내렸다.

"끄윽, 악! 아아아악!"

천천히 아주 천천히 병사의 배가 세로로 갈라졌다. 이미 배의 절반이나 갈라진 상태, 그 갈라진 틈으로 내장이 비집고 나오기 시작했다.

"끅, 끄으으윽!"

병사는 아직도 살아 있는지 번개에 맞은 것처럼 온몸을 격렬하게 떨기 시작했다. 그럼에도 불구하고 지터의 오른손을 멈출 생각을 하지 않는다.

마침내 병사의 배가 완전히 갈라졌다.

촤아아악!

갈라진 틈 사이로 내장이 주르륵 흘러나와 길게 늘어뜨려진다.

지터가 병사의 시체를 높이 치켜들고 흔들며 말했다.

"이것이 본보기다!"

한겨울 북풍보다 더 한 한기가 병사들 사이를 훑고 지나갔다. 뒤이어 거대한 공포가 리온 자작군 병사들의 머릿속에 자리 잡았다. 몇몇 병사들은 너무 겁에 질려 저도 모르게 오줌을 지릴 정도였다.

수십 명의 독전관이 뒤에서 롱소드를 휘두르는 것과는, 혹

은 사령관의 머리를 잘라 들고 있던 리카이엔과는 비교도 할
수 없을 정도의 엄청난 공포.

"돌격하라!"

"으윽! 저, 저 미친 놈!"

율리아가 황급히 고개를 돌리며 두 눈을 질끈 감았다. 산 사
람의 배를 가르고 내장을 끄집어내다니! 진짜 미친놈이 아니
고서는 할 수 없는 일이다.

율리아만큼 눈이 좋은 것은 아니었지만, 리카이엔은 적진
에서 무슨 일이 벌어지고 있는지 대충 짐작해 낼 수가 있었
다.

리카이엔이 두 눈을 날카롭게 빛내며 낮은 목소리로 중얼거
렸다.

"저런 걸 보면 머리가 나쁜 놈은 아닌데……."

공포를 공포로 누른다. 아주 효율적인 방법이다. 물론 리카
이엔이라면 절대 사용하지 않을 방법이지만, 지터는 충분히
그럴 수 있는 인물이다.

그때 페르온을 따라 볼프가 헐레벌떡 뛰어왔다.

"부르셨습니까?"

리카이엔은 이쪽을 향해 돌진해 오고 있는 리온 자작군을
한 번 살펴본 후, 입을 열었다.

"네가 뭘 잘못했는지 아냐?"

"그릇된 내용으로 백작님의 판단을 흐리게 만든 겁니다."

"지랄하네."

"네?"

"네 잘못은 적군에게 성벽을 허용했다는 거다!"

적의 계략에 말려드는 것은, 돌이킬 수 없을 정도만 아니라면 충분히 눈감아 줄 수 있었다. 하지만 전투 지휘관으로서 자신이 해야 할 일을 하지 못하는 것은 절대 용서할 수 없는 일이었다.

볼프는 그제야 자신이 뭔가를 잘못 생각했다는 것을 깨달았다. 그리고 당시의 상황을 다시 한 번 되짚었다. 만약 그때 공자님이 나타나지 않았다면? 프로커스 백작성은 분명 함락당했을 것이다. 그야말로 전쟁을 이끄는 장수로서 절대 하지 말아야 할 실책.

"알겠습니다!"

"그럼 앞으로도 수성 지휘는 네가 해라."

"예, 믿고 맡겨 주십시오. 두 번 다시 실수하지 않을 겁니다!"

금세 활기를 되찾은 볼프가 이쪽으로 달려오고 있는 적군을 살폈다.

"와아아아아악!"

함성인지 비명인지 구분이 되지 않은 소리를 내지르며 눈이 반쯤 풀린 채 달려오는 적병들. 하지만 아직은 아주 약간의 여유가 있었다.

볼프가 좌우를 둘러보며 큰소리로 외쳤다.

"궁병대 준비! 나팔수, 기수 제 위치로 서라!"

그때였다. 계속해서 적진을 살펴보던 율리아가 갑자기 한 곳을 가리키며 말했다.

"어? 저건 누구지?"

리카이엔의 시선이 율리아가 가리키는 곳으로 향했다. 한 기의 인마가 리온 자작군 기사들에게 쫓기고 있었다. 가끔 서로 거리가 가까워지는 순간이 오면 주변에서 불꽃이 번뜩이는 것이 격렬하게 싸우는 듯한 광경이었다.

"음, 설마? 이봐 율리아, 저기 저 말에 타고 있는 사람 얼굴 확인되나?"

"먼지도 많이 일어난 상태라 힘들어요. 그래도 여자 한 명이… 왠 남자애를 데리고 달린다는 것까지는 확인이 돼요. 어? 자, 잠깐! 저 여자는 공자님과 똑같은 은발 머리예요!"

리카이엔과 똑같은 은발 머리라면 세이나밖에 없었다. 그때 율리아의 이야기를 들은 페르온이 저도 모르게 말했다.

"설마 그날이랑 똑같은 함정일까요?"

프로커스 백작이 함정에 빠졌을 때와 유사한 상황인 것이다.

"글쎄……."

리카이엔은 잠시 갈등에 휩싸였다. 진짜 동생일까? 아니면 적군의 함정일까? 하지만 고민은 오래가지 않았다.

진짜 세이나인데 구하러 나가지 않아 그녀가 죽게 된다면, 친구 리카이엔의 낯을 볼 면목이 없기 때문이다. 나가 봤는데 함정이더라 하는 상황이 더 나은 것이다.

즉, 해도 문제 안 해도 문제라면 일단은 해 보는 게 좋다는 생각이다.

"페르온, 프리엘라 날 도와줘. 이봐, 안톤. 그리고 율리아. 너희도 날 좀 도와줘야겠다."

Chapter 7.

괴물 지터

"음?"

지터가 두 눈을 가늘게 좁혀 저 멀리 보이는 프로커스 백작성의 성문을 노려보았다.

프로커스 백작성의 성문이 살짝 열리는 것을 본 것이었다. 그리고 그 열린 문틈으로 다섯 기의 인마가 쏜살같이 튀어나왔다.

그 모습을 확인하던 지터가 갑자기 두 눈을 크게 뜨며 놀란 목소리로 중얼거렸다.

"저놈이 미쳤나?"

성문 틈으로 뛰쳐나온 다섯 기의 인마 중에 햇빛을 받아 반짝이는 은발을 본 것이다. 적을 맞이해야 하는 성의 문을 열고 뛰어나올 수 있는 은발 머리. 그런 일을 할 수 있는 사람은 단 한 명 리카이엔밖에 없었던 것이다.

다섯 기의 인마가 달려가는 방향으로 눈을 돌리던 지터가
저도 모르게 미소를 지었다.

"그러고 보니 저기 쫓기는 년도 은발이었지?"

리카이엔이 달려가는 방향의 연장선에 또 한 무리의 인마가
있었던 것이다. 기사들이 쫓고 있는 한 기의 인마. 사실 아까
부터 눈에 거슬려 치워 버리고 싶은 것을 형님의 호위 기사들
이라 억지로 참고 있었는데, 지금 보니 참기를 잘한 것 같았
다.

"이렇게 빨리 만날 줄은 몰랐는데? 크흐흐."

상당히 기분이 좋은 듯 나직한 웃음을 터뜨리던 지터가 옆
에 있는 기사를 향해 말했다.

"코린트, 전장의 지휘를 맡아라."

그 말에 리온 기사단의 부단장 코린트가 앞으로 나서며 절
도 있게 외쳤다.

"코린트, 지휘권을 받습니다!"

그사이 옆으로 빠진 지터가, 열을 맞춰 도열해 있는 기사들
을 향해 외쳤다.

"9열, 10열 따라와!"

리온 기사단에서 상급자의 명령이라는 것은 절대적인 진리
와도 같은 것. 항명이나 불복은 곧 죽음과 이어지는 곳이 바로
리온 기사단이었다. 지터가 단장이 되면서 만든 리온 기사단
의 유일한 법이다.

한 열에 다섯 명씩, 모두 열 명의 기사들이 타고 있던 말에 박차를 가했다.

두두두두!

빠른 속도로 달리는 와중에도 기사들은 순식간에 줄을 맞췄다. 2열로 맞춰진 대열에 한 치의 흐트러짐도 보이지 않는다. 평소에 철저한 훈련을 거치지 않았다면 보여 줄 수 없는 모습이다.

가장 선두에서 달리던 지터가 세이나를 공격하고 있는 호위 기사들을 향해 외쳤다.

"비켜!"

그 소리에 깜짝 놀라 뒤를 돌아보던 기사들이 다급한 목소리로 외쳤다.

"자작님의 명령입니다!"

그사이 지터가 기사들 옆으로 붙었다.

"비키라고 했다!"

"하, 하지만 자작님께서… 끄헉!"

기사는 자신의 말을 채 끝맺기도 전에 땅바닥으로 굴러 떨어지고 있었다.

"말이 많다!"

그 모습에 깜짝 놀란 다른 호위 기사들이 황급히 흩어졌다. 아무리 지터라 해도 자작님의 명령을 수행하는 것까지 어쩌지는 못할 거라 여겼던 그들의 생각이 죽음으로 이어진 것이다.

그사이 호위 기사들이 포위하고 있던 세이나가 황급히 앞으로 달아났다. 하지만 리온 기사단에게 지급되는 말은 리온 자작령 안에서 가장 훌륭한 전마들.

두두두두!

몇 번 말발굽을 놀리는 사이 지터는 세이나와 말 머리를 나란히 할 수 있었다. 그리고 그 순간.

쉐에에엑!

맹렬한 파공성과 함께 한 자루 아밍소드가 횡으로 날아들었다. 꽤나 매서운 공격.

하지만 그것은 어디까지나 일반적인 수준에서의 평가. 지터에게는 그저 어린애 수준에 지나지 않는 공격이었다.

지터가 피식 웃으며 롱소드를 가볍게 휘두른다. 하지만 다음 순간, 지터의 얼굴에 떠올랐던 미소가 사라졌다.

아밍소드가 갑자기 아래로 툭 떨어지더니 옆구리를 찔러 오는 것이 아닌가.

의표를 찌르는 일격.

하지만 그 역시도 지터를 어찌할 수는 없었다.

채애앵!

"크윽!"

세이나가 신음과 함께 아밍소드를 놓쳤다. 뒤이어 지터의 목소리가 들려왔다.

"크흐흐, 앙칼진 맛이 있구나. 조금 탐이 나지만 지금은 방해가 되니 일단 꺼져라!"

외침과 동시에 지터의 손이 세이나의 뒷덜미를 잡아채려는 찰나.

쉬우우욱!

또 한 번의 파공성이 지터의 귀를 자극했다. 재빨리 고개를 돌려 보니 화살이 날아들고 있었다. 무려 다섯 대의 화살이 연달아 날아들고 있었다.

그것도 제각각 다른 부위를 노린 채.

탁, 타다다닥!

날아든 화살을 죄다 옆으로 쳐 낸 지터가 정면을 힐끗 노려보더니, 그대로 세이나가 타고 있는 말의 옆구리를 걷어차 버렸다.

퍼어어억!

걷어차인 말이 휘청거리며 비틀거리는 사이, 지터가 다시한 번 말을 향해 발길질을 했다.

히이이잉!

"아아악!"

높은 말 울음소리와 세이나의 비명이 겹쳐지는 순간, 말이 지터의 힘을 이기지 못하고 그대로 옆으로 쓰러졌다.

그 사이 지터는 저 멀리서 달려오는 리카이엔 쪽으로 말을몰며 큰소리로 외쳤다.

"리카이엔 프로커스!"

"젠장, 지터가 나섰군. 서둘러!"

리온 자작군 후미에 있던 지터가 기사들을 이끌고 움직이는 것을 발견한 리카이엔은, 말에 더욱 박차를 가했다.

하지만 세이나가 있는 곳까지의 거리는 너무 멀었다. 그사이 지터는 세이나를 공격하는 기사들 옆으로 다가서고 있었다.

그리고 다음 순간, 기사가 피를 뿜으며 그대로 말 위에서 굴러 떨어졌다.

하지만 이미 아군 병사의 배를 가르는 모습을 본 일행들에게는 놀라운 모습이 아니었다.

"율리아!"

다급해진 리카이엔의 부름에 율리아가 이미 대기하고 있었다는 듯 힘껏 시위를 당겼다.

통, 투투투통!

달리는 말 위에서 무려 다섯 대의 화살을 연사한 것만으로도 놀라운데, 그 화살들이 모두 조금의 오차도 없이 노린 곳으로 날아간다.

리카이엔이 순간적으로나마 처해 있는 상황을 잊을 정도로 놀라운 궁술이었다.

하지만 그 엄청난 궁술도 지터라는 강자 앞에서는 아무런 힘도 발휘하지 못했다.

지터는 화살들을 모조리 쳐 내더니 곧장 세이나를 옆으로 넘어뜨려 버렸다. 그러고는 이쪽으로 달려오며 외쳤다.

"리카이엔 프로커스!"

그때 이미 리카이엔은 엄청난 속도로 앞으로 튀어 나가고 있었다.

"지터!"

세이나는 자신의 혈육인 동시에 죽은 친구의 혈육. 그런 세이나가 발에 차여 말과 함께 바닥을 구르는 장면은 리카이엔의 이성을 날려 버리기에 충분했다.

두 사람 사이의 거리가 순식간에 0이 되었다.

카카칵!

귀를 자극하는 거친 쇠 마찰음이 터져 나왔다.

"크윽!"

맞부딪친 것도 아니고 그저 스친 것뿐인데도 전해지는 충격은 상상 이상이다. 하지만 물러설 수는 없는 일. 리카이엔은 급히 철창을 회수한 후 재차 지터를 향해 찔러 넣었다.

그동안의 수련과 실전을 통해 그는 혈하공의 공력을 꽤 자유자재로 다룰 수 있는 상태가 되어 있었다. 공력의 전이는 생각의 속도를 상회했다.

단 한줄기 근육의 움직임에도 단전의 혈하공이 꿈틀거리며 경맥을 타고 치솟는다.

쿠오오오!

전율스러운 파공성과 함께 리카이엔의 철창이 한줄기 화살처럼 공간을 꿰뚫었다.

창날과 롱소드가 과격하게 부딪친다.

까아아앙!

귀가 따가울 정도로 엄청난 쇳소리가 울려 퍼진다.

'만만하게 볼 놈이 아니구나!'

지터는 어깨가 통째로 뒤로 밀리는 듯한 충격에 적잖이 놀라고 있었다. 그리고 한편으로는 엄청난 쾌감을 느끼고 있었다.

"크하하하, 네놈 마음에 든다!"

리카이엔은 강자였다. 지금껏 한 번도 만난 적이 없는 새로운 종류의 실력자.

보통 기사들이 중시 여기는 양날 검이 아닌 창을 쓰는 것이 그랬고, 그가 사용하는 창술의 성격도 전혀 새로운 것이었다.

"닥쳐!"

거기에 귀족답지 않게 입도 거칠다. 그래서 반가웠다. 이런 놈일수록 누르고 밟아 주는 맛이 탁월한 법이니까.

지이이잉!

기묘한 소리와 함께 지터의 롱소드에 아지랑이가 일렁거린다. 검에 마나를 주입해 그것이 희미하게 형상화된 것이다.

'검기!'

리카이엔이 지터의 롱소드를 노려보며 미간에 주름을 잡았다. 몸속의 공력이 외부에 저 정도로 형상화가 될 정도라면, 지터는 이미 익스퍼트 상급 이상의 수준이라는 뜻이다.

물론 그런 틀에 박힌 등급 나누기를 그리 믿는 편은 아니었다. 하지만 공력을 저 정도로 운용할 수 있다는 것은 그만큼의 강자는 된다는 뜻이다.

리카이엔 역시 이제는 완전히 자기 것으로 만든 혈하공을 끌어 올렸다. 느리면서도 장중한 힘을 지닌 공력이 천천히 온몸의 경맥을 따라 퍼지더니 두 손을 타고 창대로 전해진다. 뒤이어 창대를 타고 피어오르는 붉은 아지랑이.

그것을 본 지터가 갑자기 광소를 터뜨렸다.

"크하하하, 정말 마음에 드는 놈이구나!"

그리고 리카이엔은 철창으로 대답을 대신했다.

그긍, 그앙!

창과 검이 허공에서 격하게 얽혀 들고, 기묘한 굉음이 울려 퍼진다.

땅이 들썩일 정도로 강렬한 힘의 충돌이었다. 두 사람이 사용하는 검술과 창술은 그 성격이 똑같았다. 강한 힘과 격렬한 공격으로 상대를 완전히 눌러 버리는 것.

그렇기에 더욱더 싸움이 격렬했다. 하지만 힘의 우위는 명백했다.

리카이엔이 타고 있는 말이 연방 뒷걸음질을 치고 있는 것이다. 해소되지 못한 충격이 말까지 통째로 뒤로 밀어붙이는 것이다.

"큭, 크으윽!"

리카이엔의 입에서 쉴 새 없이 신음이 흘러나왔다. 팔의 감각이 없어진 지는 이미 오래전이다.

"크크큭!"

리카이엔이 저도 모르게 비틀린 웃음을 흘렸다. 그는 이번에도 예전 에드몬드와 싸울 때 느꼈던 한계를 똑같이 느끼고 있었다. 바로 힘의 부족이었다. 그리고 자연스럽게 떠오르는 생각.

'역시 땅을 밟아야!'

그러다 리카이엔의 머릿속에 순간적으로 싸움과는 관련 없는 생각이 떠올랐다.

'빨리 방법을 찾아야지, 이거 원!'

마상에서 이런 자들과 싸울 일은 앞으로도 아주 많을 것이다. 그런데 그럴 때마다 말에서 내려야 한다면 아주 우스운 일이 아닐 수 없었다.

어쨌든 지금은 지터를 처리해야 할 때였다. 마침 지터의 롱소드가 횡으로 큰 궤적을 그려 오고 있었다.

'지금!'

마음속으로 타이밍을 재던 리카이엔이 급히 창을 밀어 넣었다. 당연한 듯 부딪치는 창과 검. 하지만 이번에는 리카이엔의 또 다른 의도가 숨어 있었다. 두 무기가 격렬하게 부딪치는 순간, 황급히 철창에 힘을 실어 아래로 내리누른 것이다.

히이이잉!

말이 크게 울음을 터뜨리며 앞발을 들고 발광을 하는 순간, 리카이엔은 재빨리 바닥으로 뛰어내렸다.

"우리는 세이나 아가씨를 구하러 가야 될 것 같습니다!"

안톤의 말에 프리엘라와 율리아, 페르온이 고개를 끄덕였다. 리카이엔과 지터의 싸움은 자신들이 끼어들어서 좋을 게 없었다. 그러니 원래의 목적대로 움직이는 것이 지금 할 수 있는 전부였다.

그때 프리엘라의 눈에, 리카이엔을 향해 달려가는 열 명의 기사들이 보였다. 아무리 봐도 리카이엔을 포위하거나 협공하려는 움직임.

더 생각할 것도 없다는 듯 오른손을 들어 올렸다.

"아쿠아 익스플로젼(Aqua Explosion)!"

순간 리카이엔에게 달려들던 기사들의 진로에 갑자기 거대한 물방울이 불룩 솟아올랐다. 깜짝 놀란 기사들이 급히 말을 멈추려는 찰나!

쿠아아아앙!

급격하게 부풀어 오른 물방울이 폭발했다.

기사들이야 어떻게든 몸을 날려 피했다지만, 그들이 타고 있던 말들은 순식간에 거대한 고깃덩이로 변하고 말았다.

뒤이어 율리아가 화살집에서 화살을 꺼내 들며 페르온을 향해 말했다.

"우리가 기사들을 맡은 테니 기사 오빠는 저기 저 아가씨나 구출해요!"

끼이이익!

시위에 걸린 화살과 나머지 손가락 사이에 걸려 있는 화살들. 연사를 위한 준비였다.

그런데 이번에는 그걸로 끝이 아니다.

"안톤!"

말이 끝나기가 무섭게 안톤이 율리아가 꺼내 든 모든 화살촉을 일일이 손으로 만지며 외쳤다.

"버닝 애로우!"

급하게 펼치기 때문에 위력은 작다. 하지만 율리아의 화살을 모두 불화살로 만들기에는 충분했다.

"얼른 해!"

율리아의 외침과 동시에 안톤이 항상 들고 다니는 주머니에서 무언가를 꺼내 들었다. 돼지 오줌보로 만든 기름 공이었다.

"이거나 먹어라!"

안톤이 큰소리로 외치며 기사들을 향해 기름 공을 집어 던졌다. 정확하게는 기사들의 머리 위. 그리고 율리아의 손이 시위를 놓았다.

연달아 네 대의 불화살이 허공을 꿰뚫는다.

화르르르륵!

기사들의 머리 위 허공에서 터져 나간 기름 공에 순식간에 불이 붙으며 기사들을 덮쳤다.

"크억!"

깜짝 놀란 기사들이 황급히 자리를 떠나는 순간, 안톤이 다시 한 번 기름 공을 집어 던진다. 그리고 율리아도 화살을 날렸다.

불이 붙은 화살은 아니었다. 하지만 불이라면 이미 기사들의 주변에 기세 좋게 타오르고 있었다. 필요한 것은 기름을 퍼부어 주는 것뿐이다.

하늘 높이 기름 공이 떠오르고, 화살이 공을 터뜨렸다. 기름에 붙은 불이다 보니 쉽게 꺼지지도 않는다.

마법과 궁술이 만나면서 만든 기가 막힌 협공이었다.

"아아악!"

순식간에 세 명의 기사들이 불에 휘감긴 채 타올랐다.

"제길, 겨우 세 놈이냐?"

율리아가 안타깝다는 듯 외쳤지만, 그 상대가 리온 기사단이라는 걸 생각하면 충분히 훌륭한 성과였다.

그때 나머지 기사들이 이쪽을 향해 달려오고 있었다.

지금껏 마나를 모으고 있던 프리엘라가 두 손을 활짝 펼치며 외쳤다.

"그리디 소일!"

콰르르르릉!

핑음과 함께 지축이 흔들리는가 싶더니 어느 순간 기사들의 발밑이 갈라진다. 기사들이 급히 두 발을 놀리며 그 일대를 벗어나는 순간, 율리아가 화살을 날렸다.

두 명의 기사가 더 죽었다. 남은 기사의 수는 모두 다섯. 그리고 서로 간의 거리는 겨우 십여 미터 남았을 뿐이다.

프리엘라가 잔뜩 눈가에 주름을 접으며 기사들을 노려보았다. 만만한 자들이 아니었다. 마법을 써도 어지간해서는 피해내고, 당한다 해도 순간적인 판단으로 피해를 최소화한다. 그러면서 착실하게 거리를 좁혀 오고 있다.

운 좋게 다섯 명을 없앨 수 있었지만, 더 이상 거리가 좁혀진다면 여기 있는 세 명만으로는 벅찬 상대였다. 그렇다면 조금 더 큰 마법을 쓰는 수밖에.

프리엘라가 율리아를 향해 외쳤다.

"시간을 벌어 줘요!"

"네에?"

깜짝 놀란 율리아가 급히 반문했지만, 프리엘라는 이미 눈을 감고 있었다.

"이, 언니 뭐야?"

율리아가 작은 목소리로 구시렁거리면서도 어쩔 수 없다는 표정으로 화살을 꺼내 들었다.

"이 괴물!"

라카이엔이 버럭 소리를 지르며 튕기듯 땅을 박찼다. 땅이 움푹 파이며 라카이엔의 몸이 철창과 하나가 되어 앞으로 쏘아져 나간다.

또다시 검과 창이 부딪쳤다. 그리고 라카이엔의 몸뚱이가 뒤로 주르륵 밀려났다.

라카이엔의 말대로 지터는 괴물이었다. 장가창법에 있어서 진각은 그 시작인 동시에 완성이다. 진각이 빠진 장가창법은 빈껍데기나 다름없었다. 그래서 라카이엔은 말을 버리고 땅을 밟고 선 것이다.

그런데도 지터를 어찌할 수가 없었다. 오히려 그 저돌적인 힘에 라카이엔이 밀리고 있었다.

"허억, 헉!"

라카이엔이 가쁜 숨을 몰아쉬며 지터를 노려보았다. 도대체 이 괴물을 어떻게 이겨야 할지 감이 오지 않았다. 하지만 지터는 라카이엔에게 생각을 할 시간을 주지 않았다.

단숨에 거리를 좁히며 그 저돌적인 성격만큼이나 과격하게 검을 휘두른다.

수직으로 원호를 그리며 아래로 뚝 떨어지는 검격.

후우우웅!

검이 안고 오는 바람 소리가 거세다. 그리고 그 바람과 함께 온몸을 찢어발길 듯한 압력이 온몸을 내리눌렀다.

빠드드득!

리카이엔이 이가 부서져라 갈아붙이며 철창을 불끈 쥐었다. 어쨌든 그가 가장 잘할 수 있는 것은 장가창법이었고, 가장 큰 힘을 발휘할 수 있는 것도 장가창법이었다.

쿠우우웅!

또 한 번 진각을 밟았다.

온몸의 관절에서 삐걱대는 소리가 들릴 정도로 힘을 끌어올린다.

"이제 죽어라, 리카이엔!"

그아아아앙!

창과 검이 허공에서 맞붙었다. 검날과 창극이 만나는 한 점. 그 한 점에서 무시무시한 힘이 소용돌이쳤다.

"끄으윽!"

이를 악물고 신음을 참는 리카이엔의 입술 사이로 붉은 선혈이 비집고 나왔다.

아래로 내리누르는 지터의 롱소드에서 뿜어져 나오는 가공할 압력. 금방이라도 온몸이 짜부라질 것 같은 고통이 전신을 휩쓸었다.

"끄으윽, 이대로 죽을 것 같으냐!"

리카이엔이 악을 쓰며 창을 밀었다. 하지만 지터는 마치 산이라도 된 듯 그 자리에서 꿈쩍도 하지 않는다.

그때였다.

갑자기 지터가 롱소드를 회수한다.

"흡!"

갑작스러운 상황에 리카이엔이 무너지는 중심을 황급히 붙잡으며 몸을 뒤로 뽑아내는 찰나. 지금까지와는 차원이 다른 검격이 날아들었다.

"크아아앗!"

그리고 리카이엔이 철창을 앞으로 내뻗으며 비명 같은 기합을 내질렀다.

"흡!"

시종일관 승기를 잡고 리카이엔을 가지고 놀 듯 압박하던 지터의 두 눈이 화등잔만 하게 커졌다.

'이건 뭐지?'

리카이엔의 철창이 아주 느리게 움직이고 있었다. 저대로 움직인다면 분명 자신의 검을 막지 못하고 그대로 두 동강 날 터였다.

그런데 이상했다.

그 느린 철창의 움직임이 이상하게도 자신의 검격을 집어삼키고 있는 듯한 느낌이 들었다. 간단하게 표현하자면 마치 빨려 들어가고 있는 것 같았다.

하지만 그의 냉정한 머리는 그것이 사실이 아니라는 것을 알고 있었다. 검은 분명 제대로 궤적을 그리고 있었고, 이대로

라면 리카이엔을 정수리부터 그대로 갈라낼 수 있을 것 같았다.

그 순간.

카아앙!

너무 느려 도저히 자신의 검을 막을 수 없을 것 같았던 리카이엔의 철창이 어느새 자신의 검과 부딪치고 있었다.

놀라기는 리카이엔도 마찬가지였다.

다급한 와중에 뻗은 철창이 그려 내는 궤적. 그것은 장가창법이 아니라 북진무사 이율의 독문무공 혈하의 검로였던 것이다. 지금의 몸에서 깨어난 후, 틈만 나면 수련을 거듭했지만 아직까지 능숙하지 못하다는 이유로 꺼려 했던 검술. 그 검술이 창을 통해 펼쳐진 것이다.

창으로 검로를 그린다는 것은 불가능에 가까운 일이다. 단순히 같은 궤적을 쫓는 것은 가능할지라도, 실제 싸움에서 아무런 효용이 없기 때문이다.

하지만 그의 철창이 그려 내는 것은 분명 혈하의 다섯 번째 초식인 회하(廻河)였다.

끼긱, 끼기긱!

롱소드가 철창에 딱 달라붙은 채 빠져나오지를 못한다. 아니, 오히려 천천히 돌아가는 철창의 창대에 휘말려 든다.

"이, 이놈이!"

지터가 버럭 소리를 지르며 롱소드를 쥔 손에 더욱 힘을 밀어 넣는다.

그 순간.

파아아앙!

공기가 터져 나가는 듯한 소리와 함께 거대한 압력이 지터의 몸뚱이를 쳐올렸다.

"끄으윽!"

참고 있던 신음이 붉은 선혈과 함께 입술 사이를 비집고 새어 나왔다.

리카이엔의 사정 또한 다르지 않았다. 지터가 뒤로 날려 가는 순간, 그 역시 힘을 이기지 못하고 뒤로 내팽개쳐진 것이다. 검으로 제대로 펼쳤다면 그럴 일은 없었겠지만, 창으로 펼친 것은 물론 완벽하지도 않았다.

완벽하지도 않은 무공으로 이 정도의 위력을 낸다는 것은 엄청난 일이 아닐 수 없었다. 물론, 그동안 리카이엔이 이것을 완벽하게 자기 것으로 만들기 위해 피나는 수련을 거듭했기에 나올 수 있는 결과이기는 했다.

리카이엔이 비틀거리며 몸을 일으켰다. 저 멀리 뒤로 날려 간 지터가 땅바닥에 드러누운 채 몸을 일으키지 못하고 있었다. 그런데도 뭐가 그리 좋은지 키들키들 웃어 대고 있다.

"크크크, 쿨럭! 놈 정말 대단하구나. 이런 한 수가 있었어! 아주 마음에 든다. 정말 죽이는 보람이 있겠어!"

'지금 죽여야 된다!'

리카이엔은 그렇게 마음먹으며 힘겹게 발을 떼었다. 방금의 충격으로 그 역시 정상적인 상태가 아니었기에 한 걸음 한 걸음이 힘에 부쳤다.

그러나 지금 지터를 죽이지 못하면 그다음이 큰일이었다. 나중에 또다시 저자와 붙었을 때 이만큼의 결과를 낼 수 있을까?

하지만 이내 그의 두 눈은 절망으로 물들었다. 저 멀리 열 명의 기사들이 말을 타고 급히 이쪽으로 달려오는 것을 보았기 때문이다.

"제길!"

지터를 죽이는 게 아니라 오히려 자신이 죽을 위기였다. 그 순간, 옆에서 누군가의 외침이 들렸다.

"공자님!"

페르온의 목소리였다. 고개를 돌려 보니 페르온이 안장에 기절한 세이나와 한 소년을 걸쳐 놓은 채 이쪽으로 달려오고 있었다.

"페르온! 저 새끼 얼른 죽여!"

리카이엔이 온 힘을 쥐어짜 외쳤다. 하지만 저쪽은 이미 기사들이 도착하고 있었다. 페르온이 세차게 고개를 저으며 리카이엔에게 다가와 손을 내밀었다.

"어서 벗어나야 합니다."

페르온에게 언제 이런 결단력과 행동력이 생긴 걸까? 리카이엔은 순간 그런 생각을 하다 그대로 눈앞이 깜깜해지는 것을 느꼈다.

"제길, 저 언니 미쳤나 봐!"

율리아가 악을 써 댔다.

"앞이나 잘 봐!"

안톤이 황급히 몸을 날려 율리아를 밀어냈다.

촤아악!

"끄으윽!"

붉은 피가 튀었다. 하지만 안톤은 그 순간을 놓치지 않았다.

"더스트 볼텍스(Dust Vortex)!"

순간 급격한 와류와 함께 뿌연 흙먼지가 기사의 눈으로 파고들었다.

"율리아, 지금!"

말이 끝나기가 무섭게 율리아가 손에 든 화살을 그대로 기사의 목으로 찔러 넣었다.

푸우욱!

"그륵, 크르르륵!"

기사가 비명 대신 피거품을 뿜어내며 그대로 고꾸라졌다.

"허억, 헉! 제길, 이번에는 어깨냐?"

두 사람은 말 그대로 악전고투를 치르고 있었다. 안톤은 방금 다친 어깨를 포함 열 군데나 검상을 입었다. 율리아 역시 장궁의 시위는 끊어진 지 오래라 활대를 몽둥이 대신 쓰고 있는 형편이었다.

그나마 지금까지 버틸 수 있었던 것은, 두 사람이 오랜 시간 함께 다니며 맞춰 왔던 기가 막힌 호흡 덕분이었다.

"아직 네 놈이나 남았는데?"

방금 죽인 기사가 처음으로 만들어 낸 성과였다. 그만큼 리온 기사단의 기사들은 강했다.

"미치겠… 웅?!"

뭐라고 구시렁거리려던 안톤이 갑자기 화들짝 놀라며 뒤를 돌아보았다.

"비켜요!"

그곳에는 하늘로 번쩍 두 손을 들어 올리고 있는 프리엘라가 서 있었다. 얼마나 마나를 끌어모았는지, 주변에서 휘도는 마나가 거센 바람이 되어 휘몰아치고 있었다.

"으, 으! 율리아 피해!"

안톤이 더 볼 것도 없다는 듯 그대로 율리아를 끌고 몸을 날렸다. 그와 동시에 프리엘라가 기사들을 향해 두 손을 뻗었다.

"템페스타스 루푸스!"

얼마 전 폭포에서 테하스가 리카이엔을 죽일 뻔했던 그 마법이다.

쿠허어어엉!

포효와도 같은 굉음이 터져 나오며, 거대한 늑대와 같은 형상으로 실체화 된 바람이 기사들을 덮쳤다.

콰아아아앙!

사방으로 흙먼지가 비산했다.

"으허엉! 저 언니 진짜 미쳤나 봐!"

율리아가 거의 울 듯한 표정으로 절규했다. 그때 페르온이 세 명이나 되는 사람들을 말안장에 걸치고 어깨에 메고 달려왔다.

"돌아갑시다!"

세이나는 자신의 눈을 의심했다. 아니, 눈만이 아니라 귀도 의심했다. 분명 잘못 보고 있는 거다. 분명 잘못 들은 거다. 그러니 확인을 해야 된다.

"오빠, 다시 한 번 말해 봐."

"죽을래?"

역시 잘못 들었다. 자상하고 따뜻한 우리 오빠가 저런 말을 당연하다는 듯 내뱉을 리가 없다. 더불어 저런 험악한 얼굴로 노려볼 리도 없다.

세이나는 그렇게 끊임없이 현실을 외면했다.

물론 지금 세이나가 보고 있는 리카이엔 프로커스는, 그녀가 예전에 알던 그 리카이엔이 아니다. 그러나 그것은 오직 본인만이 알고 있는 사실이다.

"네가 한 실수 하나로 우리 영지 전체가 저놈들에게 짓밟힐
수도 있었다는 말이다."

한참 동안 공황 상태에 빠져 있던 세이나가 겨우 현실로 돌
아왔다. 그리고 심각하게 스스로를 합리화했다.

'그래, 내가 너무 위험한 행동을 했던 거야. 혼날 만하지.
오빠는 날 걱정해서…….'

세이나는 애써 스스로를 다잡으며 조용한 목소리로 말했다.

"잘못했어, 오빠. 나도 조용히 몰래 오려고 했었는데 실수
로 들켜서 그랬던 거란 말이야."

그러나 그다음 이어지는 말에 세이나는 결국 공황 상태에
빠지고 말았다.

"죽으려거든 혼자 죽어라, 이것아!"

그녀를 걱정한 것이 아니었다. 영지가 위험에 빠지는 것이
걱정이었던 것이다.

"오, 오빠!"

눈물이 그렁그렁한 눈으로 리카이엔을 간절하게 쳐다보았
지만, 리카이엔의 반응은 냉담하기만 했다.

"넌 이번 전쟁이 끝날 때까지 네 방에서 나오지 말아라!"

냉담하기만 한 것이 아니라 가혹하기까지 했다. 장소가 내
성의 방이라는 것만 다르지 쉽게 말해 감금시키겠다는 말이
아닌가.

"어떻게 나한테 이럴 수가… 게다가 그게 무슨 말이야? 혼

자 죽으라니. 내가 걱정도 안 됐던 거야?"

세이나가 닭똥 같은 눈물을 뚝뚝 흘리며 말했지만, 리카이엔은 더 이상 대답하지 않았다.

물론 걱정은 된다. 염려하고 아낀다. 그러니 적은 병력으로 뛰어나가 구해 온 것이 아닌가. 하지만 그건 그거고 이건 이거다.

그러다 리카이엔의 시선이 세이나 옆에 있는 소년에게로 옮겨 갔다.

"이름이 뭐라고 했지?"

소년이 여유로운 표정으로 답했다.

"라울 스텐서라고 합니다, 주군."

그 말에 리카이엔이 저도 모르게 허탈한 표정으로 물었다.

"주군?"

"그렇습니다. 주군을 모시기 위해 세이나 님과 함께 이곳으로 온 것입니다. 마침, 전쟁 중이니 제 머리가 필요하실 것 같습니다."

그때 세이나가 재빨리 끼어들었다.

"라울이 어리기는 해도 왕립 아카데미에서는 천재라고 불렸어. 게다가 전쟁도 벌어졌다고 하고. 그래서 라울이 도움이 될 것 같아서 급하게 데리고 왔던 거란 말이야."

조금이라도 오빠의 눈 밖에 난 것을 만회하고자 하는 동생의 눈물겨운 호소였다.

하지만 리카이엔의 입에서 흘러나온 말은 예상과는 전혀 다른 말이었다.

"이건 또 뭐야?"

"네, 네?"

"자칭 천재라는 놈이 그 상황에서 여기로 오면 안 된다는 것도 몰랐단 말이냐?"

"아, 아니 그건 세이나 님이 반드시 가야 된다고 하셔서 어쩔 수가 없었습니다."

"천재라는 놈이 사람 하나 설득을 못 시켜?"

"네? 하지만……."

"거기다가 그래서 들어온다는 게 무작정 달려오는 거였냐?"

"그건 정말……."

라울이 뭐라고 항변하려 했지만 리카이엔은 이미 듣고 있지 않았다.

"어린놈이 되바라지기만 했지 제대로 할 줄 아는 게 없군. 자기가 천재면, 스스로 능력으로 그걸 보이는 법이다."

라울의 얼굴에는 당황하는 빛이 역력했다. 물론 자신이 나이가 어리고, 어떻게 보면 가소롭게 보일 수도 있는 면이 있다는 것은 알고 있었다.

게다가 오늘 세이나가 들어오면서 잡힌 것에 대해서는, 핑계일 수도 있지만 정말 세이나가 너무 우겨서 그렇게 된 것이다. 그것도 빨리 가야 되니 말 타고 직선으로.

그런데 이렇게 면전에 대놓고 무시를 당하다니. 라울로서는 크나큰 굴욕이 아닐 수 없었다. 하지만 그는 범인과는 다른 천재. 화가 나기보다는 어떻게든 자신을 인정하도록 만들어야겠다는 오기가 불끈 솟았다.

'하지만 아직은 아니야. 이야기를 들어 보니 수성전을 다시 치러야 된다고 했었지. 그때가 되면 자연스럽게 나를 인정하게 될 거다.'

라울이 속으로 그런 다짐을 하는 사이 리카이엔이 가만히 세이나를 보았다.

'으음, 그런 거였나?'

'기억' 속에 있는 세이나의 모습은 활달한 성격에 똑똑하기까지 해서 많은 사람들의 사랑을 받는 아이였다. 그런데 막상 직접 보니 그 외에 다른 면이 있었다.

사실 리카이엔도 직접 보기 전에는 생각도 못했다. 그런데 직접 보고 있으니 알 수가 있었다. 평소에는 제멋대로인데 '오빠' 라는 존재만 있으면 어떻게든 예쁨 받고 싶어 하고 칭찬 받고 싶어 하는 것이다. 그리고 오빠의 한마디 한마디에 과한 반응을 보였다.

'지 오빠가 너무 완벽해서 다른 놈들이 남자로 안 보이는 모양이군. 아직 어려서 그런 것도 있을 테고.'

지금의 리카이엔은 제3자의 관점에 설 수 있기에 그 원인과 결과가 너무 명확하게 보였다. 어쨌든 과거의 리카이엔은 말 그대로 완벽한 놈이 아니었는가.

'그렇게 보니 좀 불쌍해 보이기도 하고…….'

이런저런 생각을 하던 리카이엔이 세이나를 향해 말했다.

"세이나, 너는 방에 가기보다는 어머니께 가서 일을 도와드리도록 해라."

일단 방에 감금이 아니라는 것만으로도 세이나는 살 것 같은 기분이었다.

"응, 알았어!"

Chapter 8.

의문의 암살자

혼자가 된 리카이엔은 지터와 싸울 당시 마지막에 썼던 무공에 대해 차분한 마음으로 떠올렸다.

"분명 혈하……."

지금 생각해도 놀라운 일이었다. 실제 싸움에서 창으로 검초를 펼쳐 제대로 된 효과를 보았다는 것은 꽤 충격적인 사실이었다.

하지만 충격적인 감정보다 더 리카이엔의 마음속을 가득 메우고 있는 것이 있었다.

바로 가능성이었다.

'불가능할 것 같지는 않은데…….'

리카이엔의 혈하는 그동안의 꾸준한 수련을 통해 혈하공에 이어 꽤나 능숙해진 상태였다. 실전에서 사용한다 해도 어색함이 없을 정도의 수준.

하지만 이상하게도 검이라는 무기에 가지는 선입견 때문에 좀처럼 사용하기가 꺼려졌다. 어떻게 보면 참으로 미련한 짓일 수도 있었지만, 전생에 오랫동안 가지고 있던 생각이 쉽게 바뀔 수는 없었던 것이다.

그런 리카이엔 앞에 새로운 가능성이 생긴 것이다. 바로 혈하를 창식으로 바꿀 수 있지 않을까 하는 생각이었다.

직접 해 보지 않았다면 상상도 못했을 일이지만, 이미 한 번 경험해 본 일. 거기에 리카이엔의 기억 속에는 북진무사 이율의 영혼으로부터 배운 수많은 무공의 이치들이 들어 있었다. 지금까지는 별로 신경을 쓰지 않았지만, 그것들을 통해 방법을 찾을 수 있을 것도 같았다.

생각을 했으면 실천에 옮겨야 하는 법. 리카이엔은 당장 철창을 들고 밖으로 나왔다.

리카이엔은 철창을 들고 천천히 머릿속에 있는 혈하의 초식을 떠올렸다.

혈하는 느리면서도 강한 힘을 갈무리하고 있는 검법. 굳이 분류를 하자면 쾌검의 정반대 선상에 있는 만검의 일종이었다. 리카이엔은 그 검식을 따라 천천히 철창을 움직였다.

창은 두 손으로 쥐고 사용하는 무기이고, 검은 주로 한 손을 사용하며 때때로 두 손을 쓰는 경우가 있는 무기다. 당연히 검술과 창술은 몸의 움직임에서부터 많은 차이가 있다.

리카이엔은 최대한 자신의 움직임에 대해서는 신경을 차단

했다. 몸의 흐름 따위는 잊고 오로지 창의 움직임에만 모든 신경을 집중했다.

하지만 역시나 쉬운 일은 아니었다.

느리지만 무한정의 힘을 품고 있는 혈하를 펼치려 하는데, 창은 그저 허공에서 갈피를 잡지 못하고 허우적거릴 뿐이다. 손이 꼬이고 발이 제대로 땅을 밟지 못한다.

"이이익!"

리카이엔이 이를 악물고 다시 창을 고쳐 잡았다. 이미 한 번 해 봤으니 가능한 일이다. 완전히 불가능한 것이 아닌 한, 끊임없이 하다 보면 언젠가는 되는 법이다.

"헉, 허억!"

얼마 움직이지도 않았는데 벌써 숨이 차올랐다. 창술과 검술의 괴리에서부터 시작된 그 힘겨움은 보통이 아니었다.

하지만 리카이엔은 절대 포기하지 않았다. 쉬지 않고 창을 휘두르며 제대로 된 길을 찾기 위해 몸을 움직였다.

그만큼 절실함을 느끼기 때문이다. 이곳의 검술들은 주로 외공과 외가기공을 위주로 발전을 해온 듯했다. 리카이엔의 장가창법과 그 궤를 함께하는 셈이다.

하지만 장가창법은 다수와 다수가 싸우는 곳에서 가장 큰 효과를 발휘하는 전장의 무공. 다시 말해 개인과 개인의 싸움에서는 취약할 수밖에 없었다.

오늘 지터와의 대결에서 리카이엔은 그 한계를 뼈저리게 느졌다. 그러니 절실해질 수밖에 없는 것이다.

"흐어어억!"

한참을 허우적거리며 창을 휘두르던 리카이엔이 바닥에 털썩 주저앉았다. 무려 세 시간을 쉬지 않고 창을 휘둘렀지만 아무런 성과도 찾을 수가 없었다.

하지만 포기를 한 것은 아니었다. 쉬운 일이 아니라는 것은 이미 알고 있던 만큼, 천천히 길을 찾다 보면 될 일이다.

그때 뒤쪽에서 인기척이 들렸다.

"음?"

급히 뒤를 돌아보니 페르온이 이쪽으로 다가오고 있었다.

"무슨 일이냐?"

"성벽 보수 문제로 상의 드릴 일이 있어서 왔습니다."

"흐음……."

리카이엔이 고개를 끄덕이며 자리에서 일어났다. 오늘의 전투는 아주 치열했다. 리카이엔이 밖으로 나가 벌인 전투만이 아니라 성을 지키기 위한 전투 역시 말도 못할 만큼 치열했다.

'그놈들도 참 지독한 놈들이군!'

전투 도중 지터는 리카이엔의 일격에 맞고 큰 충격을 받은 상태였다. 리카이엔은 그 정도라면 일단은 병력을 뒤로 물릴 것이라고 예상을 했다.

하지만 웬걸. 리온 자작군은 오히려 더 거센 공격을 펼쳤다. 정확하게는 리온 기사단이 더욱 혹독하게 병사들을 밀어붙인 것이다.

그 결과 성벽 여기저기 무너진 곳이 생겼고, 그것은 수성에 있어서 치명적인 약점이었다.

"그래 무슨 문제가 생긴 거냐?"

'걸렸다, 놈!'

베르무크는 겉으로 드러나지 않게 회심의 미소를 지었다. 그가 익히고 있는 클리머스는 자신의 외형을 바꾸는 술법이었다. 정확하게는 외형을 바꾸는 것이 아니라, 다른 사람으로 하여금 그렇게 여기도록 만드는 술법.

인식의 클리머스였다.

그는 그 술법을 이용해 성 안으로 숨어들었고, 지금은 페르온으로 변해 리카이엔에게 다가가고 있는 것이다.

리온 자작에게 리카이엔 처리에 대한 대가를 약속받은 후 베르무크는 사라진 그의 행방을 찾기 위해 많은 노력을 기울였다. 그런데 그렇게 찾아도 보이지 않던 리카이엔이 뜬금없이 프로커스 백작령에서 튀어 나왔던 것이다.

리온 자작의 약속은 아직 유효했다. 그러니 오늘 밤 그는 자신이 해야 할 일을 완전히 마무리한 후, 받을 것을 받고 사라질 생각이었다.

베르무크는 손목을 꺾어 손끝으로 소매 속에 감춘 뾰족한 송곳을 확인한 후 천천히 리카이엔에게 다가갔다.

"그래 무슨 문제가 생긴 거냐?"

리카이엔의 물음에 베르무크가 태연한 목소리로 말했다.

"동쪽 무너진 부분에 균열이 심해서 당장에라도 무너질 것 같다고 합니다."

베르무크의 대답에 리카이엔이 천천히 이쪽으로 다가오며 고민스러운 표정을 지었다. 그리고 베르무크는 소매 속에 감추고 있던 송곳을 뽑아 들고 리카이엔이 다가오기를 기다렸다.

"균열이라… 그거 큰일이군. 일단 가 보자."

마침내 리카이엔과 마주 섰다. 리카이엔이 성벽으로 가기 위해 걸음을 멈추지 않고, 베르무크는 그런 리카이엔의 뒤를 따라가려는 듯 서둘러 방향을 틀었다.

하지만 그 순간 베르무크의 손에는 길고 뾰족한 송곳이 들려 있었다.

베르무크가 조금의 망설임도 없이 송곳을 찔러 넣으려는 순간.

"근데 너 누구세요?"

싸늘하고 나직한 목소리.

"흡!"

베르무크는 순간적으로 온몸의 털이 쭈뼛 곤두서는 느낌을 받았다. 그 목소리가 자신을 향하고 있다는 것을 알기 때문이다.

인식의 클리머스를 익힌 후 단 한 번도 진짜 정체를 들킨 적이 없었다. 그런데 이자는 어떻게 그것을 알아챘단 말인가. 베르무크는 이것저것 생각할 것도 없이 급히 뒤로 몸을 뺐다.

"거 재밌는 놈이시네?"

리카이엔은 황급히 뒤로 물러서고 있는 베르무크를 향해 들고 있던 철창을 겨누었다.

다가오는 페르온이 진짜 페르온이 아니라는 것은 말을 하는 순간 이미 알고 있었다.

이유가 있는 것은 아니었다. 하지만 페르온을 보는 순간, 저놈은 페르온이 아니라는 느낌을 받았다. 아니, 단순한 느낌이 아니라 확신이었다.

그리고 확인을 해 본 결과 자신의 느낌이 틀리지 않았다는 것을 알 수 있었다.

리카이엔은 건들거리는 걸음으로 페르온의 모습을 하고 있는 놈을 향해 다가갔다.

"아무래도 이번 전쟁도 너하고 관련이 있는 것 같은데……. 너 오늘 나하고 얘기 좀 해야겠다."

페르온이 아니라 페르온의 모습을 하고 있는 놈이라는 것을 안 순간, 리카이엔의 머릿속에 떠오른 것은 이번 전쟁의 원인이었다.

볼프가 한 점 의심조차 없이 세이나라고 믿어 버렸던 마차 안의 인물. 리카이엔은 그때의 그 세이나가 지금 눈앞에 있는 이놈일 거라는 느낌을 받은 것이다.

리카이엔이 천천히 다가가자 베르무크가 반사적으로 뒷걸음질 치며 물었다.

"어떻게 나를 알아본 거지?"

"글쎄? 어떻게 알아봤을까요."

리카이엔이 고개까지 갸웃거리며 피식 웃어 보여 주었다. 그때 베르무크가 갑자기 손을 좌우로 펼쳤다.

화르르륵!

갑자기 사방에서 마나가 폭풍처럼 휘몰아치며 리카이엔을 향해 쏟아졌다.

"흡!"

깜짝 놀란 리카이엔이 급히 뒤로 물러서는 순간, 베르무크가 몸을 날렸다.

리카이엔의 철창이 사방에서 날아드는 마나 덩어리들을 막아 내는 사이 베르무크는 이미 리카이엔의 품 안으로 파고든 상태였다.

뛰어난 몸놀림은 아니지만 충분히 위협적인 공격. 그것을 발견한 리카이엔이 재빨리 철창을 휘둘렀다.

촤아아악, 퍼버버벅!

철창의 창날이 베르무크의 어깨를 가르는 순간, 마나 덩어리들의 리카이엔의 몸뚱이를 난타했다.

"커헉!"

"끄윽!"

동시에 신음이 터져 나왔다.

리카이엔이 허리를 직각으로 굽힌 채 얼굴을 일그러뜨렸다. 숨을 쉬는 것조차 힘들 정도의 충격. 하지만 놈은 어쩌면 이번 전쟁의 원인을 파악할 수 있게 해 줄지도 모르는 인물이다. 재빨리 철창을 고쳐 잡고 베르무크를 향해 겨누었다. 그리고 그 순간, 리카이엔의 얼굴이 경악으로 물들었다.

"넌, 바이론 족?!"

페르온의 얼굴을 하고 있던 베르무크가 어느새 원래의 모습으로 돌아가 있었던 것이다.

"헛!"

스스로도 깜짝 놀란 베르무크가 급히 얼굴을 가렸다.

'제길, 일단은 피해야겠구나!'

어깨의 근육이 뼈가 보일 정도로 깊이 갈라져 있었다. 팔을 들어 올릴 수가 없었다. 이럴 때 덤빈다는 건 섶을 지고 불에 뛰어드는 거나 마찬가지.

결정을 한 베르무크가 망설임 없이 그 자리를 피했다.

"거기 서!"

리카이엔이 급히 그를 쫓아가기 위해 땅을 박찼다.

"끄으윽!"

하지만 몸이 움직이지 않았다. 마나 덩어리의 공격에 너무 큰 타격을 입은 탓이다.

"크윽!"

몸을 다시 움직일 수 있게 된 건 꽤 시간이 지난 다음이었다. 리카이엔은 옅은 신음을 흘리며 힘겹게 몸을 일으켰다.

그런 그의 눈에 이상한 것이 보였다. 바닥에 화려한 색상의 무언가가 떨어져 있었던 것이다.

급히 가서 주워 보니 주먹만 한 크기의 나무 조각이었다. 한 번도 본 적이 없는 괴이한 모양의 얼굴 형상을 하고 있는, 조금은 조잡해 보이는 조각상.

흰색과 녹색이 마구 뒤섞여 있는 얼굴에 붉은색과 노란 색의 두 쌍의 눈, 늑대와 같은 주둥이와 위아래로 뾰족하게 솟아 있는 송곳니. 조잡하기는 하지만 금방이라도 아가리를 벌리고 물어뜯을 것 같은 생동감 넘치는 모양이었다.

그리고 또 한 가지.

'이건……'

작은 나무 조각상에서 희미하기는 하지만 마나가 느껴졌던 것이다.

바이론 민족에 괴이한 술법, 이상한 조각상. 이 모든 것과 곧장 연관시킬 수 있는 인물이 한 명 있었다. 바로 바이론 왕족의 혈통이라고 했던 테하스였다.

그리고 이 성 안에는 그 테하스와 연관된 사람이 한 명 있었다.

"일단은 물어봐야겠군."

"네? 그게 무슨 말씀이십니까?"

안톤이 멍한 표정으로 프리엘라를 보았다. 방금 그녀의 입에서 나온 말이 너무 황당했던 것이다. 혹시 자신을 놀리러 온 것은 아닌가 하는 생각이 들 정도였다.

하지만 프리엘라의 얼굴에는 진지함이 가득했다.

"마법을 쓰는 법을 가르쳐 달라고 했어요."

안톤의 입장에서는 충분히 자신을 조롱하는 것으로 여길 만한 말이다. 컨덕터급의 마법사가 어프렌티스급인 자신에게 와서 저런 말을 한다면 충분히 오해를 살 만했다. 하지만 프리엘라의 얼굴에 떠오른 표정이 너무 진지했다.

안톤이 잠시 프리엘라의 말을 곱씹은 후 조용한 목소리로 물었다.

"마법을 쓰는 법을 가르쳐 달라는 건… 혹시 전투에 있어서의 마법의 활용을 말하는 건가요?"

"네, 맞아요."

프리엘라는 굳은 얼굴로 고개를 끄덕였다. 사실 여기까지 오는데 그녀 역시 크게 고민을 하지 않을 수가 없었다. 아무리 그래도 자신은 컨덕터급이었고 안톤은 어프렌티스급이었다. 그녀 역시 사람인 이상, 자신보다 낮은 등급의 마법사에게 그런 것을 가르쳐 달라고 하는 것이 쉬운 일은 아니었던 것이다.

하지만 낮에 있었던 싸움 이후, 성으로 돌아온 프리엘라는 깊은 고민에 잠겨 있었다.

마법이라는 학문은 고대에는 세상을 지배하던 학문이었다. 그 자체가 누구도 대적할 수 없는 강대한 힘.

하지만 세상에 변하지 않는 것은 없는 법. 전사라 불리는 계층들이 서서히 마법에 대항하고, 언젠가부터 마나의 또 다른 활용에 대해 깨달으면서부터 전세는 변했다.

마법의 단점을 알고 그 약점을 파고들면 이길 수 있다는 것을 알게 된 것이다.

물론 마법은 여전히 대단한 학문이다. 높은 수준의 마법사는 어디를 가든 융숭한 대접을 받을 수 있었고, 전쟁에 있어서도 핵심적인 전력으로 대우를 받는다.

하지만 그것은 어디까지나 전사라는 계층의 보호, 혹은 그들과의 연계가 있을 경우의 이야기였다. 마이스터급의 마법사가 아닌 한, 홀로 전투에 나가 활약을 하기에는 여러 가지 제약이 너무 많았다.

그다지 외부와 접촉이 없었던 프리엘라가 처음으로 전투에 참여하고 싸우게 된 것은 리카이엔을 만나면서 부터였다. 그리고 지금까지 리카이엔이라는 강력한 전사와 함께 싸워왔기에 마법이 가지는 한계에 대해서 크게 인식을 못하고 있었다.

그러던 것이 오늘 새로운 경험을 하게 된 것이다.

리카이엔과 페르온이 빠진 후 느꼈던 무력함. 그 후에 제대로 된 판단을 하지 못하고 무조건적으로 강한 마법에만 집착하게 된 미숙함.

그 모든 것이 프리엘라에게는 큰 충격이었다. 그리고 한참을 고민한 끝에 안톤에게 온 것이다. 어프렌티스급에서도 가장 밑바닥 수준인 안톤이, 그 기초적인 마법만으로도 그만큼 훌륭한 전투를 할 수 있는 것은 전투 방법의 차이라고 생각했기 때문이다.

잠시 뭔가를 생각한 안톤이 조용히 입을 열었다.

"어프렌티스인 제가 컨덕터인 프리엘라 님을 가르친다는 게 좀 말이 안 되기는 합니다만… 스스로 필요하다고 생각하셨기에 그런 말씀을 하신 거겠지요. 뭐, 별로 대단할 건 없습니다만 제가 알고 있는 한도 내에서는 알려드리도록 하겠습니다."

컨덕터급인 그녀가 자신에게 이런 말을 하러 왔을 때는 스스로 크게 깨닫고 느낀 바가 있기 때문이라는 걸 알 수 있었기에 내린 결정이었다.

안톤의 말이 끝나자, 처음부터 이 상황을 지켜보고 있던 율리아가 호들갑을 떨며 말했다.

"우와~ 안톤, 다시 봤어. 너무 대단하신 거 아니야? 안톤 선생님?"

프리엘라가 슬며시 율리아 쪽으로 시선을 주며 싱긋 웃어 보였다. 그러고는 아주 상냥한 목소리로 말했다.

"아참, 율리아라고 하셨죠? 낮에 했던 말은 잘 기억하고 있을 게요."

순간 뭔가 알 수 없는 살기를 느낀 율리아가 흠칫 몸을 떨며 어색한 웃음을 흘렸다. 가만히 생각해 보니 낮에 싸울 때 프리엘라를 향해 미쳤다는 말을 연달아 했던 것이다.

율리아가 멋쩍은 표정으로 뒤통수를 긁으며 어색한 웃음을 흘렸다.

"아하하하… 언니, 그때는 너무 급박하다 보니 나도 모르게……. 그, 그게 진심이 아니라는 건 아시죠?"

하지만 여전히 그 알 수 없는 살기는 사라지지 않고 있었다. 그 모습을 가만히 지켜보던 안톤이 몸을 일으키며 말했다.

"일단 따라오십시오."

프리엘라는 안톤을 따라 밖으로 나가며 다시 한 번 율리아를 향해 생긋 웃어 주었다.

그리고 율리아는 갑자기 오한이 몰려와 두 손으로 어깨를 쓰다듬으며 중얼거렸다.

"으으, 갑자기 왜 이렇게 추운 거야?"

밖으로 나온 안톤이 프리엘라를 향해 물었다.

"일단 한 가지 짚고 넘어가야 할 부분이 있습니다. 마법을 쓰는 방법을 가르쳐 달라고 하셨지요?"

"네."

"하지만 제가 특별히 마법을 어떻게 써야 한다고 가르쳐 드릴 만한 건 없습니다. 어떤 때에 어떤 마법을 써야 한다고 정해진 건 없으니까요. 전투라는 건 어떤 특정한 상황이 정해진 것이 아니고 작은 변수만으로도 다양한 상황이 만들어지기 때문입니다."

프리엘라가 천천히 고개를 끄덕였다. 그녀도 바보가 아닌 이상 그렇다는 것 정도는 이미 깨닫고 있었다.

"그렇기 때문에 제가 특별히 무언가를 가르쳐 드리기보다는, 프리엘라 님이 다양한 관점에서 상황을 살필 수 있도록 여러 가지를 제시하는 방법이 좋을 것 같습니다."

"알겠어요."

"우선 첫 번째 명심할 것은, 전투 시 마법사는 돋보여서는 안 된다는 점입니다."

프리엘라가 저도 모르게 고개를 갸웃거렸다. 마법이라는 것은 어찌 되었건 눈에 띌 수밖에 없다. 그런데 돋보여서는 안 된다고 말하니 이해할 수가 없었던 것이다.

그에 대해 안톤의 설명이 이어졌다.

"전투의 주역이 누구인지에 대해서 생각해 보면 그 의미를 알 수 있을 겁니다. 누가 뭐라고 하건 전투를 치르는 사람은 병사들과 기사들입니다. 그 속에서 마법사들은 병사들이 조금 더 수월하게 전투를 치를 수 있도록 도와주는 역할을 해야 한다는 겁니다. 좀 더 단정적으로 이야기하자면 1, 2클래스의 마법만 사용해야 합니다."

그제야 프리엘라가 고개를 끄덕였다.

"아아, 그러니까 큰 마법으로 큰 효과를 보려고 하지 말라는 거군요?"

"네, 그렇습니다. 조금 극단적으로 이야기하자면 전투는 결국 누가 더 사람을 많이 죽이고, 적을 전투 불능 상태로 만드느냐로 승패가 결정 납니다. 거기에서 마법사들이 좀 더 많이 죽이려고 할 필요가 없다는 거지요. 마법으로 백 명을 죽이는 것이나 병사들이 백 명을 죽이는 것이나 결과는 똑같습니다. 그렇다면 아군 병사들의 피해를 줄이고, 아군 병사들이 좀 더 손쉽게 적을 죽일 수 있도록 하는 정도의 역할이면 충분하다는 말이지요."

"흐음, 그렇게 하면 싸우고 있는 전 지역에 걸쳐서 도움을 줄 수 있고, 마나의 소모도 줄어들겠군요?"

안톤이 묘한 미소를 지으며 고개를 끄덕였다. 꽤 많은 마법사들이 전투마법사가 되려고 하지만 이러한 가장 기본적인 개념을 이해하지 못해 전장에서 죽는 경우가 많았다.

그런데 프리엘라는 고위급이라 할 수 있는 컨덕터급이면서도 그런 기본에 대해 빨리 이해하는 것이다.

"두 번째는, 지금 말씀하셨던 마나의 소모입니다. 마나를 어떻게 관리하는가 하는 것은 전적으로 마법사 본인에게 달려 있는 일인데……."

그때 누군가가 이쪽을 향해 다가왔다. 고개를 돌려 보니 리카이엔이 심각한 표정으로 걸어오고 있었다.

프리엘라가 고개를 갸웃거리며 물었다.

"무슨 일 있나요? 표정이 안 좋네요?"

"물어볼 게 있어서 말이지."

"누구요? 저요?"

프리엘라의 물음에 리카이엔이 고개를 끄덕였다. 그러고는 안톤을 향해 말했다.

"잠시 자리 좀 비켜 줄 수 있을까? 좀 급한 거라서 말이야."

"하하, 그러지요. 프리엘라 님 나중에 마저 이야기를 하도록 하시지요."

안톤이 자리를 비키자 리카이엔이 바로 본론을 꺼냈다.

"바이론 민족이 사용한다는 그 이상한 술법에 대해 얼마나 알고 있나?"

"음, 스승님께 여러 가지 들은 게 있기는 하죠."

"그럼 혹시 그 술법들 중에 다른 사람으로 변하는 술법도 있어?"

곰곰이 기억을 더듬던 프리엘라가 고개를 끄덕였다.

"있어요. 인식의 클리머스라고 하는데… 악용될 우려가 커서 과거 바이론 왕국에서는 금지된 술법에 포함되어 있었다고 들었어요."

리카이엔이 아까 주운 나무 조각상을 프리엘라에게 내밀며 물었다.

"이게 뭔지 알아보겠나?"

리카이엔이 내민 물건을 받아 든 프리엘라가 깜짝 놀란 표정을 지었다.

"어? 이건 토템 같은데요?"

"응?"

"간단하게 설명하면 클리머스의 매개체 같은 거죠."

"이게 있어야 그 클리머슨지 하는 술법을 쓸 수 있다는 말이냐?"

"네. 그런데 그게 어디서 난 거예요?"

"날 암살하려던 놈이 떨어뜨리고 간 거야."

"네에?!"

프리엘라가 깜짝 놀라 큰소리로 외쳤다. 클리머스의 술법사가 리카이엔을 암살하려고 했다니. 하지만 그다음 나온 이야기는 더 충격적이었다.

"그리고 그 모습을 바꿀 수 있는 술법사가 이번 전쟁의 계기를 제공한 것 같단 말이야."

"그, 그럴 수가!"

프리엘라는 믿을 수 없다는 말을 하면서도 고개를 끄덕이고 있었다. 이번 전쟁의 원인에 대해서는 그녀도 들어서 알고 있었다. 리온 자작가가 세이나를 공격해서 싸움이 벌어졌는데, 나중에 보니 세이나는 없어졌더라는 이야기.

그 사건에 등장하는 세이나가 인식의 클리머스를 쓰는 클리먼이라면 이야기의 앞뒤가 들어맞는 것이다.

리카이엔이 확인하듯 물었다.

"테하스 할망구가 바이론 왕족이라고 했는데… 그 할망구가 움직일 수 있는 바이론 난민이 얼마나 되냐?"

"네? 설마 스승님을 의심하는 건가요?"

"글쎄? 정황만 따진다면 의심을 안 하는 게 이상하기는 한데… 딱히 할망구를 의심하는 건 아니야. 직접 와서 죽이려고 들면 들었지, 이따위로 번거로운 짓을 할 성격은 아니잖아?"

"맞아요. 스승님이 그런 일을 하실 리가 없잖아요. 게다가 인식의 클리머스는 과거 바이론 왕국에서 금지된 술법 중 하나라고요."

"아, 누가 뭐래?"

그 말에 프리엘라가 갑자기 날카로운 목소리로 물었다.

"그런데 스승님은 왜 걸고넘어지는 건데요?"

가끔 나오는 그 다채로운 성격이 갑자기 폭발한 것이었다. 하지만 리카이엔도 그리 좋은 성격이라고 할 수는 없었다. 프리엘라가 앙칼지게 묻자, 리카이엔 역시 버럭 소리를 질렀다.

"너 바보냐? 날 암살하려고 했던 놈은 분명히 바이론 민족이었다. 그런데 할망구는 바이론 왕국을 다시 세우려고 하잖아. 그런데 정작 할망구의 바이론 민족에 대한 지배력은 크지 않다. 여기서 뭐 느껴지는 거 없냐?"

"그게 뭔데요?"

"바이론 왕국을 다시 세웠는데 엉뚱한 짓을 하는 놈들이 있을 수도 있다는 거잖아. 그것도 금지된 술법까지 쓰는. 그런 놈들이 있는데, 할망구가 왕국을 다시 세운다고 그 나라가 제대로 돌아가겠냐? 게다가 그놈들이 밖에 나가서 엉뚱한 짓을 하고 다니는데, 바이론 왕국이 다시 재건되면 다른 왕국들한테 그 나라가 어떻게 보이겠냐?"

"음! 그건……."

생각해 보니 위험했다.

과거 바이론 왕국의 정치 체계는 여러 씨족들이 하나의 세력을 구축하고, 그 세력의 대표자인 장로들과 국왕의 협의하에 나라가 운영되는 체제였다. 현재 확인된 씨족들은 모두 50여 개.

그중 테하스가 움직일 수 있는 씨족은 겨우 20여 개 정도밖에 되지 않았다. 만일 왕국을 재건했는데 나머지 씨족들이 들어와 테하스와 대립하게 된다면?

그리고 그 씨족들 중에 방금 리카이엔이 말한 금지된 클리머스를 쓰는 이들이 있다면?

여러 가지로 위험한 상황에 직면하게 될지도 모를 일이었다. 프리엘라가 고민에 잠기자 리카이엔은 더 이상 할 이야기가 없는 듯 방향을 돌렸다.

"나중에 할망구가 오거든 알려 줘라."

그러고는 성벽 위에 따로 만들어 놓은 자신의 막사로 성큼성큼 발걸음을 옮겼다.

'일단은 그런 놈들이 있다는 것과 바이론 민족의 술법이라는 걸 확인한 정도로 만족해야겠군.'

어찌 되었든 지금은 직면한 전쟁에 집중해야 할 때였다.

리카이엔이 베르무크로부터 암습을 당한 지 닷새가 지났다. 그동안 리온 자작군은 두 번의 공성과 한 번의 야습을 시도했고, 프로커스 백작군은 무난하게 공격을 막아 냈다.

아니, 정확하게는 리온 자작군의 공격이 그리 큰 힘이 없었다. 적당히 두드리다 금세 뒤로 빠지기를 반복하는 정도.

쉽게 말해 전투가 잠시 소강상태에 접어든 것이다. 서로의 상황이 그렇게 맞아떨어졌던 것이다.

프로커스 백작군에서는 성이 쉽사리 함락당하지는 않을 거라는 걸 알기에 조금 여유를 가질 필요가 있는 상태였고, 리온 자작군은 결정적인 수단을 강구하기 전에는 쉽게 무너뜨릴 수 없다는 걸 알기에 공격을 하는 시늉만 했던 것이다.

그리고 닷새째 저녁, 리카이엔이 기다리던 것이 도착했다. 조엘이 돌아온 것이다.

조엘이 내민 것은 색이 누렇게 바래고 바깥 부분이 낡고 해진 한 장의 종이였다.

"조심해서 잡아라. 잘못하면 부스러진다."

리카이엔이 맡겼던 리온 자작가의 인장이 찍힌 백지가, 백 년 전의 종이로 변해 돌아온 것이다.

"후후, 정말 솜씨가 좋은데?"

리카이엔이 만족스러운 표정으로 종이를 살펴보았다. 전체가 누렇게 빛이 바랬고, 군데군데 구멍이 뚫리는 등 누가 봐도 백 년 전의 물건으로 여길 만했다.

탁자 위에 종이를 펼친 리카이엔이 조엘에게 펜을 건넸다.

"자, 써라."

"응? 니가 쓰면 될 걸 왜 날 시키냐?"

"확실하게 하는 게 좋지. 내 필적으로 쓰면 혹시 모르잖아. 그러니 알려진 게 없는 니 필적으로 써라."

"쳇, 별걸 다 시키네. 뭐라고 쓰면 되냐?"

조엘이 구시렁거리면서도 펜을 쥐고 탁자 앞에 앉았다. 그리고 리카이엔은 탁자 위에 또 한 장의 종이를 올려놓았다.

"여기 쓰여진 대로 똑같이 써라."

"음?"

종이를 집어 들고 읽어 내려가던 조엘이 갑자기 두 눈을 크게 뜨고는 리카이엔을 쳐다보았다.

"야! 이거 너무 통이 큰 거 아니냐?"

"흠, 그 정도는 있어야 돼."

"도대체 이걸로 뭘하려고? 이 정도 돈이면 갚기도 힘들걸?"

"당연하지. 못 갚으라고 쓰는 건데."

"응?"

"돈을 못 갚으면 뭐로 대신해야 되냐?"

"그야 현물이지."

"그것도 없으면?"

"설마… 땅?"

그제야 리카이엔이 고개를 끄덕였다. 조엘이 질린 표정으로 중얼거렸다.

"도대체 땅을 얼마나 뜯어내려고 그러는 거야? 이 정도 돈이면… 가만, 백 년 전 차용증이면 이자는? 서, 설마 리온 자작가를 통째로 삼키려는 거냐?"

"당연하지."

"나보다 더 한 도둑놈이었군."

"원래 뭐든 하려면 통 크게 해야 되는 법이다."

그날 밤, 프로커스 백작령에서 한 대의 마차가 조용히 성을 빠져나갔다.

다시 닷새가 흘렀다.

전투는 완전히 소강상태에 빠져 있었다. 하지만 처음 소강 상태에 접어들었을 때와는 다른 이유였다.

처음에는 서로의 필요가 맞아떨어지면서 만들어진 것이었 지만, 이제는 서로를 확실하게 잡을 기회를 노리기 위해 조용히 기다리는 것이다.

그리고 리온 자작군에서 먼저 움직였다.

"형님이 보내 주신다던 놈들인가?"

지터가 앞에 서 있는 세 사람을 훑어보며 말했다. 복장도 제각각이고 생김새나 분위기도 제각각이지만 유일한 공통점이 하나 있었다. 세 명 모두 온몸에서 기묘한 살기를 풀풀 풍기고 있다는 점이다.

가장 오른쪽에 있던 험상궂은 사내가 꾸벅 인사를 하며 말했다.

"보겐입니다. 용병대에 속해 있는 용병의 수는 쉰 명입니다. 공성전에 많이 불려 다니는 편인데, 저희가 성벽을 넘어서 문을 열어드리도록 하지요."

가운데 있는 사내 역시 꽤 좋은 덩치에 인상도 사나운 편이었다.

"해릴입니다. 머릿수는 예순. 대부분 궁수들입니다. 장교들 대가리를 전문으로 잡습니다."

마지막은 키는 작지만 단단한 체격을 가진 사내였다.

"네스터라고 합니다. 소속 용병들은 모두 전투마법사로 스무 명입니다."

지터가 저돌적인 성격이기는 하지만 상황도 제대로 파악하지 못하는 바보는 아니었다. 지금 가지고 있는 병력만으로도 함락을 시킬 수 있을 것 같기는 했지만, 그러자니 꽤나 큰 피해가 예상되었다. 결국 영지전에서 전문적으로 활약하는 용병대를 고용하기에 이른 것이다.

용병들은 크게 두 가지로 나뉜다. 하나는 율리아나 안톤 같은 개인의 자격으로 의뢰를 받는 용병들이다. 그들은 가끔 개인적으로 전쟁에 참여하기도 하지만 주로 하는 일은 호위 임무였다.

그리고 또 다른 하나는 바로 전쟁에 특화된 전쟁 용병대였다. 그들은 주로 어떤 한 방향으로 특화된 방식으로 전투에 참여하곤 했는데, 지금 지터 앞에 있는 세 용병대가 좋은 예이다.

"이제 움직여야겠군."

지터가 만족스러운 표정으로 고개를 끄덕였다. 지금까지의 기다림은 좀 더 확실하게 적을 죽이기 위한 기다림이었다. 그리고 이제 그 기다림이 끝난 것이다.

지터가 세 용병대장들의 얼굴을 한 번씩 훑어본 후 입을 열었다.

"각자 특기들이 있다고 하니 믿어 보겠다. 오늘 가장 큰 공을 세우는 놈은 형님께서 두둑이 보상을 하실 것이다."

용병대는 돈을 받고 전투를 하는 이들. 그들에게 가장 큰 보상은 역시 돈이었다.

지터의 말을 들은 세 용병대장이 하나같이 눈을 번뜩이며 깊이 고개를 숙였다.

"맡겨만 주십시오!"

"각자 뭘해야 할지는 부단장에게 따로 통보를 받아라."

지터의 말이 끝나자, 그의 뒤에 부동자세로 서 있던 코린트가 앞으로 나섰다. 그리고 지터는 방향을 돌려 프로커스 백작성의 성벽 위를 노려보았다.

"오늘 완전히 마무리를 하자."

그 시간 리카이엔은 율리아와 함께 리온 자작군의 진영을 살펴보고 있었다.

"용병들이 추가된 것 같아요."

율리아가 조금은 자신 없는 목소리로 말했다. 그녀의 눈이 아무리 보통 인간의 수준을 넘어선다고 해도, 리온 자작군의 주둔지까지는 엄청난 거리가 있었기 때문이다.

"용병이라… 저걸 기다리느라 지금까지 대충 싸웠던 거로 군. 그렇다면 이제 제대로 쳐들어오겠다는 말인데……."

리카이엔은 굳은 표정으로 깊은 생각에 잠겼다. 그 역시 모든 사전 준비는 마무리를 한 상태였다. 이제 남은 것은 성벽 앞에 진을 치고 있는 리온 자작군을 밀어내고, 리온 자작령으로 역공을 가하는 것이다.

며칠 동안 전투가 없었던 탓에 병사들의 체력은 완전히 회복된 상태. 하지만 그것은 적들도 마찬가지였다. 프로커스 백작군이 유리한 점은, 리온 자작군보다 훨씬 더 강인한 체력을 가지고 있다는 정도였다.

"흐음……."

리카이엔은 인상을 찡그리며 대열을 갖추고 있는 적진을 노려보았다. 지금 당장 성문을 열고 역공을 가하는 것은 무리가 있었다. 아무리 유리한 부분이 있다 해도 병력의 열세라는 것은 큰 약점이기 때문이다.

게다가 새롭게 합류한 용병들이 어떤 식으로 나올지도 알 수가 없었다.

"결국 일단은 버티는 수밖에 없겠군."

Chapter 9.

빛은 제때 갚아야 한다

쉬우욱!

가벼운 듯하면서도 장쾌한 파공성이 울린다.

"끅!"

잔뜩 시위를 당긴 채 몸을 일으키던 궁병이 그대로 이마가 꿰뚫린 채 뒤로 넘어가고, 그의 손에 들린 활이 그대로 탄력을 잃으며 화살이 바닥으로 널브러진다.

"젠장, 저 빌어먹을 용병 놈들!"

잭이 성벽의 엄폐물에 몸을 숨긴 채 이를 부득부득 갈았다. 그가 지휘하던 2중대의 궁병 중 벌써 절반이 저 빌어먹을 화살에 맞고 숨을 거두었다.

리온 자작군이 고용한 용병대의 위력은 단연 발군이었다. 특히 가장 먼저 두각을 나타낸 것은 해럴이 이끄는 용병대였다. 그들이 가지고 있는 장궁은 특별히 제작한 물건으로 일반 장궁에 비해 사정거리나 위력 면에서 훨씬 우위에 있었다.

그리고 그 무기의 우위를 앞세워 잭의 2중대 궁병들을 차례차례 죽이고 있는 것이다.

"젠장, 저것들 좀 가까이 올 것이지!"

잭과 가까운 곳에서 불만스럽게 중얼거리는 사람은 바로 율리아였다. 그녀가 아무리 활을 잘 쏜다고 해도 사정거리 자체가 용병대에 비해 짧다 보니 어떻게 해 볼 도리가 없었던 것이다.

"크윽, 내 활만 있었어도!"

율리아가 쓰던 장궁 역시 특별히 제작한 것으로, 해럴의 용병대가 쓰는 것 못지않은 사정거리와 위력을 가지고 있었다. 하지만 세이나 구출 당시 부러져 버리는 바람에, 지금은 프로커스 백작군에 보급되는 장궁을 사용하고 있었던 것이다.

고개를 빼꼼 내밀고 아래를 살펴보니, 문제의 용병대는 자신들의 사정거리 한계선에서 한 발도 움직이지 않은 채 시위만 당기고 있을 뿐이다.

"으으윽, 치사한 것들! 좀 가까이 오던가!"

결국 참지 못한 율리아가 옆을 향해 버럭 소리를 질렀다.

"안톤! 저 새끼들 좀 어떻게 해 봐!"

"젠장, 저건 우리도 어떻게 할 수가 없단 말이다!"

보통의 장궁이 가지는 유효사거리는 200m 내외. 하지만 용병대가 사용하는 개량된 장궁은 근 300m에 달하는 유효사거리를 가지고 있었다.

프리엘라가 아무리 뛰어난 마법사라 해도 그 정도 거리에 있는 적에게 마법을 날리는 건 불가능했다.

"아아악, 내 활! 언니, 내 활 물어내!"

율리아가 발작적으로 소리를 지르며 안톤 옆에 있는 프리엘라를 노려보았다. 당시 프리엘라가 엉뚱한 짓만 하지 않았어도 장궁이 부러질 일은 없었을 것이 아닌가.

프리엘라가 조금 미안한 표정을 지어 보였지만, 지금 당장 어떻게 할 수 있는 일은 아니었다.

활약을 하고 있는 것은 해럴의 용병대만이 아니었다.

"뛰어!"

보겐의 외침이 떨어지기가 무섭게 가장 선두에 있던 쉰 명의 용병들이 온몸으로 받치고 있던 파비스를 뽑아 들었다.

그러고는 파비스에 완전히 몸을 밀착한 채 성벽을 향해 달렸다.

파비스는 거대한 장방형 방패의 일종으로 길이가 무려 1.5m에 달하고 무게 또한 만만치 않은 물건이었다. 원래는 말뚝을 박고 그 위에 기대어 고정시킴으로써 아군의 엄폐물 역할을 하는 것이지 이렇게 들고 다니는 물건이 아니었다. 하지만 보겐의 용병대는 그 거대한 방패를 들고 달리고 있었다.

타다다다당!

무수히 많은 화살들이 용병대의 파비스에 날아들었다. 하지만 하나같이 튕겨 나갈 뿐이다.

순식간에 20여 미터를 달렸다.

"멈춰!"

다시 보겐의 외침이 들리자 용병들이 즉시 그 자리에 멈추며 들고 온 파비스의 아랫부분을 땅에 찍어 박는다. 그러고는 파비스 뒤에서 온몸을 웅크린 채 전력 질주로 가빠진 호흡을 정리한다.

절대 서두르는 법이 없었다. 달리는 거리도 일정하고 쉬는 시간도 일정하다. 보통의 병사들로서는 절대 엄두도 낼 수 없는 접근 방식이었다.

가끔 성벽 위에서 날린 투석기가 용병대의 머리 위로 떨어져 내렸지만, 보겐의 노련한 지휘는 그 모든 공격으로부터 목숨을 지켜 주고 있었다.

"루페스 월!"

한 전투마법사가 두 손을 바닥에 댄 채 큰소리로 외쳤다. 순간, 10여 미터 앞에서 갑자기 흙더미가 솟아올라 커다란 토벽을 만들어 낸다.

동시에 한 장교가 큰소리로 외쳤다.

"뛰어~"

100여 명의 병사들이 발을 굴리며 토벽을 향해 달렸다. 병사들을 향해 무수히 많은 화살들이 쏟아져 내리지만, 솟아오른 토벽에 박힐 뿐 병사들에게는 아무런 타격도 주지 못한다.

병사들과 함께 달린 또 한 명의 마법사가 바닥에 손을 대고, 지금 솟아 있는 토벽 바로 뒤에 또 하나를 세운다.

첫 번째 토벽을 만들어 낸 마법사가 바닥에서 손을 뗀 그 순간, 처음 솟아올랐던 토벽이 순식간에 무너져 내린다. 하지만 그 뒤에 세운 토벽이 여전히 병사들을 보호한다.

처음 토벽을 세운 마법사가 병사들의 대열에 합류하고, 다시 처음 했던 것처럼 10여 미터 앞에 토벽을 세운다.

100명 당 두 명의 전투마법사가 끼어들어 차분하게 성벽으로의 전진을 돕는다.

가끔 달리는 중에 날아온 화살에 맞아 죽는 병사들이 있기는 했지만, 무작정 돌진을 하던 때와 비교하면 아무런 손해도 입지 않는 것과 같았다.

리온 자작군이 이전의 전투에 비해 편안하게 성벽으로 돌진한다면 그에 반비례해 프로커스 백작군은 그야말로 죽을 맛이었다.

"율리아, 저 마법사들만이라도 좀 어떻게 해 봐!"

안톤의 외침에 율리아가 버럭 소리를 질렀다.

"이마에 바람구멍 만들 일 있냐? 아주 시원~ 하겠다. 웅?!"

"젠장, 저것들 한꺼번에 몰리면 통째로 올라올 텐데!"

"으으~ 환장하겠네! 저거 어떻게 해야 되는 거야?!"

다시 고개를 빼꼼 내밀고 성벽 아래를 살피던 율리아가 갑자기 흠칫하더니 한곳을 뚫어져라 보았다. 정확하게는 병사들의 돌진을 돕고 있는 한 마법사를 보고 있었다.

몇 번이나 눈을 깜빡이며 그 마법사를 살피던 율리아가 다급하게 말했다.

"아, 안톤!"

"왜?"

"저, 저거 네스터다!"

"뭐?!"

순간 안톤의 표정이 무섭게 일그러졌다.

"용병대가 대단하긴 대단하군!"

리카이엔이 신음하듯 중얼거렸다. 겨우 백여 명 남짓의 용병대가 투입되었을 뿐인데도 전투의 양상이 크게 달라지는 것이다.

리카이엔이 싸늘한 시선으로 용병대를 노려보며 중얼거렸다.

"이 정도면 돈 좀 썼겠군."

단순한 용병대가 아니었다. 브렌 왕국 내에서도 수위에 꼽히는 전쟁 용병대였다. 그렇기에 단숨에 큰 우위를 점할 수 있는 것이다.

"이쯤 되면 성벽 아래에 도착할 때까지 기다리는 게 좋을 것 같기는 하지만……."

문제는 그다음이었다.

돌과 뜨거운 물, 기름과 불을 이용해 성벽 위로 올라오는 적을 막는 것은 한계가 있었다. 보통 때는 성벽 밑에 도착할 때까지 최대한 많은 적을 죽여, 도착하는 적군을 최소화시키지만 오늘은 그 일을 할 수가 없기 때문이다.

훨씬 많은 병력이 성벽 위로 올라오게 되면 그다음은 함락당하는 일밖에 없다.

"난감하군."

리카이엔은 잔뜩 표정을 일그러뜨리며 달려오는 적들을 노려보았다. 그때 리카이엔이 있는 곳으로 안톤과 프리엘라, 율리아가 달려왔다.

"공자님!"

"무슨 일이지?"

"놈들의 기세를 꺾어 놓을 방법이 있습니다!"

"뭐?!"

토벽을 세우고, 병사들이 달려가고, 다시 토벽을 세우면 또 다른 마법사가 달려와 새로운 토벽을 만든다. 그다음은 다시 병사들의 돌진.

아주 번거로운 작업의 반복이었다. 하지만 그 효과만큼은 탁월해서 어느 순간 1천에 가까운 병사들이 가까이에 접근해 있었다. 성벽까지는 거의 20m의 거리였다.

토벽 뒤에 몸을 숨긴 네스터는 의구심이 가득한 눈으로 성벽 위를 쳐다보았다.

'이상한데? 분명 저쪽에도 전투마법사가 있다고 들었는데?'

과부 사정을 홀아비가 가장 잘 알듯이 전투마법사의 심리도 전투마법사가 가장 잘 안다. 백작군에 전투마법사가 있다면 지금쯤 뭔가 반응을 보여야 했다.

그런데 아직까지도 아무런 반응을 하지 않는 것이다.

그저 간간이 투석기로 돌덩이가 날아들고, 아군의 화살을 피해 궁수들이 활을 쏘아 댈 뿐이다.

'하긴 혼자서 뭘해 보기는 힘들겠지?'

한참을 고민하던 네스터가 그렇게 단정을 하고는 다시 한 번 성벽을 쳐다보았다.

'후후, 이제 깜짝 놀랄 일만 남았군.'

그러고는 한쪽 옆에서 자신들만의 방식으로 전진하고 있는 보겐의 용병대를 향해 딱하다는 듯 혀를 차 주었다.

'너희가 아무리 용을 써 봐야 가장 큰 공적은 우리 차지가 될 것이다.'

네스터가 옆에 있는 장교를 향해 말했다.

"아까 말한 대로 하시오!"

그 말에 장교가 급히 주변의 병사들을 향해 신호를 보내고, 병사들이 재빨리 다가와 커다란 방패로 네스터를 보호했다. 네스터만이 아니었다. 토벽을 쌓고 병사들을 보호하고 있는 모든 전투마법사들이 방패의 보호를 받는다.

그리고 품에서 피리를 뽑아 든 네스터가 힘차게 불었다.

삐이이이익!

높은 음의 피리 소리가 소란스러운 전장 곳곳에 울려 퍼졌다. 그와 함께 전장에서 일어난 변화.

성벽을 바라보며 솟아올라 있던 토벽들이 일제히 무너져 내렸다.

그리고 마법사들이 일제히 두 손으로 땅을 치며 외쳤다.

"루페스 윌!"

쿠르르르륵!

순간 성벽 앞의 흙들이 불끈불끈 솟아오르기 시작했다. 전투 중에 만들어 내던 높은 토벽이 아니었다.

자작군이 있는 곳에서부터 서서히 솟아오른 흙더미들이 성벽을 향해 갈수록 점점 높아지더니 마침내 성벽 높이까지 솟아올랐다.

마치 성벽을 정상으로 하는 작은 언덕과 같은 흙더미. 다시 말해 성벽 아래에서 성벽 위까지 이어지는 폭이 10m에 달하는 거대한 경사로가 만들어진 것이다.

공성을 하는 입장에서는 그야말로 최상의 돌격 경로. 사다리나 공성탑이 없어도 곧장 성벽 위까지 돌격할 수 있는 길이 만들어진 셈이다.

이런 수준의 경사로라면 기사들이 말을 타고 곧장 성벽 위까지 돌격하는 것이 가능할 정도다.

스무 명의 마법사들이 동시에 순차적인 높이로 토벽을 세워 만든 것이다. 마법의 응용과 완벽한 호흡이 없이는 불가능한 일이다.

네스터는 자신들이 만든 경사로를 보며 흐뭇한 미소를 지어 보였다. 전투마법사로서 공성전을 도울 때는 여러 가지 방법이 있는데, 지금의 이 방법은 어지간해서는 잘 보여 주지 않는 것이다. 하지만 리온 자작이 걸어 놓은 어마어마한 액수의 상금은 이 방법을 선보일 충분한 가치가 있었다.

두두두두우!

"길을 열어라!"

경사로에 첫발을 내디딘 이들은 기사들이었다.

성벽 위쪽은 수성전을 치르기 위해 충분한 공간을 확보하는 편이기는 하지만 그렇다고 대단히 넓지는 않다. 그런 길을 따라 기사들이 돌격을 한다면? 그야말로 파죽지세로 밀어붙일 수 있는 것이다.

횡으로 늘어선 중무장한 기사 다섯이 경사로를 타고 순식간에 성벽 위까지 도착했다. 이제 남은 것은 성벽 위의 적들을 쓸어버리는 것뿐.

"엇!"

아무 거리낌 없이 경사로 정상에 도착했던 기사의 입에서 신음이 터져 나왔다. 막 성벽 위로 뛰어오르려는 순간 눈앞에 펼쳐진 것은 빽빽하게 세워져 있는 창이었다.

이미 경사로를 타고 오르면서 얻은 힘 때문에 말을 세울 수는 없었다. 그렇다고 뛰어넘으면 그대로 성벽 안쪽으로 추락한다.

기사가 반사적으로 말고삐를 잡아당겼다.

히이이잉!

갑작스러운 고통에 깜짝 놀란 말이 급히 발을 멈췄다. 하지만 이미 말의 몸뚱이는 빼곡하게 세워져 있는 창을 향해 뛰어들고 있었다.

푸우우우욱!

날카로운 창이 말의 배를 꿰뚫더니, 그 위에 타고 있는 기사의 몸뚱이까지 뚫고 올라갔다. 온몸에 구멍이 뚫린 채 즉사한 기사와 말. 하지만 그런 꼴이 된 기사는 그뿐만이 아니었다.

함께 올라왔던 기사들이 죄다 같은 꼴로 그 자리에서 즉사했다.

그리고 아직까지 앞 열의 상황을 파악하지 못한 두 번째 열의 기사들이 그 위로 뛰어들었다.

"으아아악!"

일부 기사들이 다급한 김에 말을 그대로 뛰어오르게 한다. 그리고 그 속도 그대로 성벽 안쪽으로 추락한다.

운 좋게 그 자리를 벗어난 기사들도 있었다. 말이 창에 꿰뚫리는 순간, 그대로 안장을 박차고 바닥으로 뛰어내린 기사들이었다.

하지만 그런 기사들을 기다리고 있는 것은 방패수들과 창수들. 방패수들이 들고 있는 방패 사이로 불쑥 날카로운 창이 튀어나왔다.

"크악!"

마치 이 경사로를 타고 온다는 사실을 미리 알고 있었던 것처럼 준비되어 있는 함정.

순식간에 서른 명가량의 기사들이 목숨을 잃었다. 위쪽의 상황을 알게 된 기사들이 황급히 병사들을 돌격시켰다.

하지만 준비된 함정은 거기서 끝이 아니었다.

갑자기 시커먼 액체가 경사로를 타고 흘러내린다. 그리고 누군가의 맑고 높은 미성의 외침이 들려왔다.

"버닝 애로우!"

화살의 형상을 하고 있는 한 줄기 불덩어리가 그대로 경사로 위로 떨어져 내렸다.

화르르르륵!

경사로를 타고 흐르는 검은 액체는 다름 아닌 기름. 기세 좋게 번지는 불에 의해 경사로를 타고 오르던 병사들이 순식간에 불길에 휩싸인다.

"이, 이게 무슨 일이냐!"

네스터가 버럭 소리를 지르며 황급히 손을 들어 올렸다. 나머지 마법사들도 뒤이어 손을 들어 올리자 솟아올랐던 경사로가 순식간에 무너졌다.

"도대체 누가 저런……."

이해할 수 없는 일이었다. 방금 프로커스 백작군이 보인 반응은 이 경사로에 대해 미리 알고 있어야만 보일 수 있는 대비책이었다.

하지만 아직까지 몇 번 사용한 적도 없는 기술이었다. 더불어 그들은 오늘 막 전장에 도착한 참이었다. 다시 말해 적들은 이쪽에 대한 정보가 없었다. 그런데도 알고 대비를 했다는 건 뭔가 앞뒤가 맞지 않는 상황이었다.

그때였다.

그그그궁!

갑자기 성문이 열렸다. 그리고 그곳에서 중무장한 십여 명의 기사들이 쏜살같이 튀어나왔다.

기사들의 가장 선두에 선 사람은 다름 아닌 리카이엔

"훗, 운이 좋았군!"

안톤이 상대가 어떤 방식으로 나올지 알고 있었던 것이 큰 도움이 되었다.

성벽을 타고 오르는 것이 아니라 아예 길을 만들어 올라오다니. 미리 알고 준비하지 않았다면 대책 없이 당했을 수도 있는 무시무시한 전술이었다.

하지만 때로는 위기가 기회가 되기도 하는 법. 회심의 전술이 막힌 순간, 자작군은 공황 상태에 빠졌다. 그리고 리카이엔은 그 순간을 기회로 보았다.

두두두두!

돌격을 위해 갑주를 걸친 전마들이 땅을 박차며 기세 좋게 달렸다.

쉐에에엑!

날카로운 파공성이 들리는가 싶더니 어느새 화살들이 이쪽을 향해 날아들고 있었다. 해럴이 이끄는 용병대가 이쪽을 향해 일제히 화살을 날린 것이다.

"안 그래도 네놈들한테 가던 참이었다!"

이번 수성 중에 가장 큰 방해가 되었던 이들이 바로 저 활을 쏘는 용병대였다. 긴 사거리와 정확한 사격으로 인해 아군 궁병들이 무력해졌던 것이다.

타다다닥!

날아오던 화살들이 리카이엔의 철창에 맞아 사방으로 흩어진다.

해럴의 용병대가 유지하던 거리는 300여 미터. 말들에 갑주를 씌워 놓아 속도가 떨어지기는 했지만, 그렇다 해도 인간의 다리로 도망을 치는 것은 무리였다.

순식간에 해럴의 용병대를 따라잡은 리카이엔과 기사들이 힘차게 철창을 휘둘렀다.

푸우욱!

손끝에 묵직한 충격이 전해져 왔다. 뽑아 든 철창을 타고 흐르는 붉은 핏줄기. 리카이엔의 철창은 그 핏줄기를 흩뿌리며 다음 제물을 찾아 긴 궤적을 그린다.

그때였다.

"리카이엔!"

갑작스러운 호통에 고개를 돌리던 리카이엔이 반사적으로 말을 달렸다. 이쪽을 향해 달려오는 지터를 발견했기 때문이다.

"톰, 네가 기사들을 통솔해라!"

"알겠습니다."

대답을 하는 사이 대열을 이탈한 리카이엔은 지터를 향해 달려가고 있었다.

"지터!"

우렁찬 고함 소리와 함께 두 사람의 무기가 충돌했다.

쩌저정!

"니들 이제 다 죽었어!"

기사들이 해럴의 용병대를 무너뜨린 것을 확인한 율리아가 급히 몸을 일으켰다. 이미 연사할 준비를 갖춘 그녀의 장궁이 쉬지 않고 화살을 뿜어 댔다.

활이 바뀌어도 한 치의 오차도 없는 정확한 활 솜씨는 바뀌지 않는다.

갑작스러운 경사로 전술의 실패에 우왕좌왕하던 마법사 네 명의 목을 정확하게 꿰뚫는 화살들.

뒤이어 프리엘라와 안톤도 몸을 일으켰다.

안톤이 성벽 바로 아래를 가리키며 큰소리로 외쳤다. 마침 자작군 한 부대가 성벽으로 사다리를 걸치던 중이었다.

"더스트 볼텍스!"

그리고 그 말을 들은 프리엘라가 똑같은 말을 외쳤다.

"더스트 볼텍스!"

피이이잉!

갑자기 땅바닥에서 거센 바람이 몰아쳤다. 문제는 그 바람이 안고 있는 자욱한 흙먼지들.

"으아아악!"

적진에서 갑작스러운 비명이 터져 나왔다. 크게 다친 것은 아니었다. 그저 갑작스러운 바람 때문에 두 눈으로 흙먼지가 들어간 것뿐이다. 하지만 그 결과는 컸다. 눈을 감고 허우적거리는 리온 자작군의 머리 위로 화살비가 쏟아져 내린 것이다.

"안톤, 찾았어!"

율리아가 한곳을 가리키며 큰소리로 외쳤다. 급히 그쪽으로 시선을 던진 안톤이 잔뜩 인상을 일그러뜨렸다. 율리아가 가리킨 곳에는 황급히 달아나고 있는 네스터가 있었다.

끼이이이익!

율리아가 힘차게 시위를 잡아당겼다. 그러고는 안톤을 향해 말했다.

"내가 대신 끝내 줄 수도 있어!"

그 말에 안톤은 잠시 고민에 잠겼다. 하지만 그리 오래가지는 않았다.

"맡길게."

말이 떨어지기가 무섭게 화살이 시위를 떠났다.

쉬우욱!

화살은 한 치의 오차도 없이 정확하게 네스터의 등으로 들어가 그의 심장을 꿰뚫고 나왔다.

화살에 맞는 순간 움찔 몸을 떨던 네스터가 풀썩 그 자리에서 쓰러져 더 이상 움직이지 않는다.

그런 네스터를 뚫어져라 노려보는 안톤을 향해 율리아가 손을 휘휘 내저었다.

"아, 그만 봐. 그만. 저따위 놈 니가 열 받을 가치도 없어. 에이, 더러운 놈의 새끼, 퉤!"

율리아가 과장스러운 행동으로 안톤의 기분을 다독였다. 잠시 후 안톤이 피식 웃으며 말했다.

"하긴……."

그러고는 전장의 상황을 살피다가 갑자기 프리엘라를 향해 외쳤다.

"따라오십시오!"

"멍청한 놈들! 마법이라는 건 결국 막히고 나면 다음 수가 없는 법이거든!"

보겐이 저 멀리 보이는 네스터를 향해 이죽거리며 말했다. 이런 전쟁은 원래 일반적인 전술이 가장 좋은 법이다.

마법은 도움이 되기는 하지만 그것에만 의지하는 것은 바보 같은 짓이다. 그렇게 커다란 수는 한 번 막히게 되면 다음 수가 없기 때문이다.

그때 보겐의 눈에 색다른 광경이 들어왔다. 성문이 열리며 십여 기의 기마대가 뛰쳐나온 것이다. 그리고 보겐에게 있어서는 아주 반가운 광경이었다.

"기사도 별로 없다던데 다 튀어나왔나? 그럼 우리야 환영이지!"

전쟁 용병들이 가장 꺼려 하는 상대가 바로 기사단이다. 개인의 강함도 대단하거니와 조직적인 그들의 전투는 용병대에게는 꽤나 상성이 좋지 않기 때문이다.

"뛰어! 단번에 성벽으로 올라가!"

보겐이 성벽을 타고 오르기로 결정한 장소는, 투석기에 의해 상단 일부가 무너져 내린 곳이다.

순식간에 성벽에 도착한 용병들이 조금의 지체도 없이 등에 메고 있던 밧줄을 집어 들었다. 끝에 갈고리가 걸려 있는 밧줄로, 용병대 용병 각자가 하나씩 들고 있는 물건이다.

휘리리릭, 철컹!

단 한 번의 실패도 없이 모두 성벽의 무너진 부위에 갈고리를 걸었다. 무너진 부위로 적병들이 내려와 갈고리를 풀거나 밧줄을 끊어 버릴 염려가 없는 위치.

순식간에 절반이나 되는 용병들이 무너진 성벽에 올랐다. 때마침 밧줄을 잡고 올라온 보겐이 대기하고 있던 용병들을 향해 외쳤다.

"지금 올라가!"

그때였다. 갑자기 보겐의 머리 위로 그늘이 드리워졌다. 동시에 수많은 화살들이 용병대를 향해 쏟아져 내렸다.

탕, 타타타탕!

하지만 이미 그런 정도는 대비하고 있었다는 듯 일제히 파비스를 머리 위로 들어 막는다.

하지만 그다음 들리는 외침에는 얼굴이 창백하게 질릴 수밖에 없었다.

"플레임 스토킹!"

순간 용병들의 뒤꿈치에서 거센 불꽃이 솟아올랐다.

콰앙, 쾅!

싸움은 격렬했다. 열흘 전 이미 한 번 부딪친 적이 있는 두 사람은 처음부터 혼신의 힘을 다해 공격을 퍼부었다.

공격이 날아들면 막고, 뒤이어 반격을 한다. 하지만 이번에도 무기끼리 부딪치며 서로가 두 걸음씩 물러난다.

의표를 찌르는 공격도 상대를 속이는 동작도 없다. 오로지 힘과 힘의 대결.

"후후, 왜 그러지? 그날 그건 아직 안 쓰는 건가?"

지터가 비아냥거리는 목소리로 물었다.

그날 리카이엔의 혈하에 당한 일은, 지터로서는 상당히 자존심이 상하는 일이었다. 하지만 한편으로는 그게 무엇이었을까 하는 호기심도 강하게 솟아올랐다.

생전 처음 보는 기술이었다. 그때의 기억을 되짚어 보면 분명 마나를 이용한 것 같기는 한데 어떤 방식으로 되는 건지 알 수가 없었다.

그런 이유 때문에라도 그 기술은 다시 한 번 보고 싶었다. 그리고 이번에는 반드시 그 기술을 무너뜨릴 생각이었다.

하지만 리카이엔은 시종일관 장가창법만을 사용했다. 아니, 그렇게 할 수밖에 없었다.

지난 열흘 동안 창으로 혈하를 펼치는 방법에 대해 고심을 해 왔지만, 아직까지 제대로 답을 얻지 못했기 때문이다.

"크으으으……."

리카이엔의 입에서 신음이 새어 나왔다. 이미 팔다리의 감각은 사라진 지 오래였다. 열흘 전에도 느꼈지만 눈앞에 있는 지터는 말 그대로 괴물이었다.

캉, 카앙!

온몸을 뒤흔드는 충격에 정신이 아찔해지는 기분이었다. 온몸의 관절이 삐걱거리며 비명을 질러 댔다. 그러던 한순간, 갑자기 무릎에서 힘이 빠지며 중심이 흩어졌다.

"흡!"

깜짝 놀라 자세를 바로잡으려 하지만 이미 지터의 공격이
날아들고 있었다.

"크으윽!"

신음 같은 비명을 지르며 다급하게 몸을 비틀었다.

카카카카칵, 촤악!

어깨의 갑옷이 종잇장처럼 잘려 나가며 그 틈으로 붉은 피
가 뿜어져 나왔다.

"이런 씨팔!"

입에서 있는 대로 욕이 튀어나왔다. 있는 힘껏 몸을 비틀어
치명상은 피했지만 하필이면 다친 부분이 어깨였다. 통증이야
무시하고 싸운다지만, 이렇게 다쳐서는 제대로 힘을 낼 수가
없는 것이다. 그리고 그러한 사실은 지터 역시 단번에 알아보
았다.

"크흐흐, 이제 죽어라!"

지터가 득의양양한 웃음을 흘리더니 있는 힘껏 롱소드를 휘
둘렀다.

가공할 힘을 머금은 채 날아드는 롱소드. 리카이엔이 반사
적으로 철창을 휘둘러 지터의 검을 막았다.

파아아앗!

너무 과도한 힘을 주어서일까? 아니면 충격이 너무 컸던 것

일까? 또다시 어깨에서 피가 터져 나왔다.

끼끽, 끼끽!

맞대어진 창과 검 사이에서 날카로운 마찰음이 새어 나왔다.

빠드드득!

리카이엔은 온몸의 힘을 철창에 모으고 억지로 밀고 들어오는 지터의 힘에 대항했다. 하지만 이미 두 팔에서 힘이 빠져나가는 것이 느껴지고 있었다.

'이대로 죽는 건가?'

그때였다.

쿠오오오오!

갑자기 귓전에서 거센 바람 소리가 휘몰아쳤다.

'이, 이건!'

귀에 익은 소리였다. 임페티스 폭포에서 테하스와 싸울 때 들었던 그 소리. 그리고 그때의 그 감각이 되살아나고 있었다.

단전이 아닌 몸속 깊은 어딘가에서 희미하게 피어오르는 힘. 처음에는 옅게, 하지만 점점 또렷해지며 어느 순간 공력과 합쳐져 몸속에 거센 격류를 만들어 내는 그 힘.

그리고 그 힘이 온몸의 경맥을 한 바퀴 타고 돌아 그대로 철창으로 흘러들어 갔다.

"읍! 이, 이건 또 뭐냐?!"

지터가 갑자기 당황스러운 표정으로 외쳤다. 리카이엔의 철창이 갑자기 무지막지한 힘으로 자신의 롱소드를 밀어내고 있는 것이다.

"끅, 끄으윽!"

지터의 입에서 신음이 터져 나왔다. 도저히 버틸 수 없는 힘. 이대로라면 힘에 밀려 단번에 창에 꿰뚫려 버릴 수도 있었다.

"젠장!"

지터가 큰소리로 외치며 황급히 뒤로 몸을 뽑았다. 그 순간 리카이엔의 오른발이 무겁게 땅을 밟았다.

쿠우웅!

거센 진각에서 이어지는 맹렬한 창격. 리카이엔의 철창이 한 줄기 빛살이 되었다.

파아아앙!

무언가 터져 나가는 소리가 지터의 귓바퀴를 할퀴고 지나갔다.

"아, 아니……."

더 이상 말이 나오지 않았다. 그리고 왜 오른쪽 손에 감각이 없는지도 알 수가 없었다. 그저 그가 인식할 수 있는 한 가지는, 리카이엔의 모습이 점점 기울어지고 있다는 것뿐. 좀 더 정확하게 말하면 지터의 몸이 기울어지고 있는 것이다. 오른쪽 어깨에서부터 배까지 모든 뼈와 살이 완전히 터져 나간 처참한 몰골을 한 채.

털썩, 쿠웅!

마침내 지터가 무너졌다.

지터의 죽음은 엄청난 충격이었다. 그리고 그의 죽음으로 인해 가장 먼저 공황 상태에 빠진 것은 의외로 리온 기사단의 기사들이었다.

"다, 단장님이……."

리카이엔은 이번에도 지터의 목을 잘랐다. 적장의 목을 잘라 보여 주는 것은, 전생의 그가 전투에서 자주 사용하던 방법으로 적군의 전의를 없애는 데 가장 효과가 큰 방법이기 때문이다.

일견 잔인해 보일 수도 있지만, 시체 하나가 훼손되는 것으로 무의미한 피를 흘리지 않는다는 것을 따져 보면 크게 문제가 되지는 않았다.

"후퇴하라! 후퇴하라!"

기사들이 큰소리로 외치며 말 머리를 돌렸다. 뒤이어 장교들이 외치고, 병사들이 서로를 향해 소리치며 리온 자작군이 후퇴를 시작했다.

그리고 리카이엔이 성벽을 향해 외쳤다.

"프로커스 백작군은 진군을 준비하라!"

잔뜩 공력을 담아 외치는 소리에 양쪽 군대의 반응이 극명하게 나뉘었다.

"히익, 어서 도망가!"

"퇴각하라! 퇴각하라!"

리온 자작군이 지리멸렬하여 도망치는 사이 프로커스 성에서는 우렁찬 함성이 터져 나왔다.

"와아아아아!"

그와 함께 거의 보름 만에 프로커스 백작성의 성문이 활짝 열렸다.

해럴의 용병대를 괴멸시켰던 기사단이 가장 먼저 리카이엔 앞에 모였다.

"곧장 달려가서 적의 후미를 친다. 피하는 놈들은 살려 줘라. 단, 조금이라도 달리는 데 방해가 된다면 손속에 인정을 두지 마라."

"알겠습니다!"

리카이엔의 승리 때문일까? 기사단의 대답에도 힘이 가득 넘치고 있었다.

톰이 앞으로 나서더니 손에 든 창을 앞으로 던지듯 휘두르며 외쳤다.

"가자! 나를 따르라!"

한껏 멋을 부리며 외치는 모양새가 꼭 한 번 해 보고 싶었다는 듯한 모습이다.

그런 톰을 향해 리카이엔이 나직이 물었다.

"다시 머리 심고 싶으냐?"

"헙! 가, 가자!"

깜짝 놀란 톰이 동료 기사들과 함께 말을 달렸다. 그사이 성에서는 볼프가 병력을 통솔해 성문을 나서고 있었다.

"공자님!"

달려온 볼프와 병사들의 얼굴에는 힘이 넘쳤다. 모두들 지금 무엇을 해야 하는지, 무엇을 할 것인지 알고 있었다. 그리고 리카이엔의 입에서 진군 명령이 나왔다.

"프로커스 백작군, 출진!"

개전 15일 만의 출진 명령.

"와아아아아!"

함성이 터져 나왔다. 드디어 그동안 수세에 몰려 공격당했던 울분을 풀 수 있는 것이다.

프로커스 백작군의 진군이 시작되었다. 이제 받은 것을 갚아 줄 때였다.

'빚은 제때 갚아야지.'

Chapter 10.

빛, 그리고 이자

일정한 속도로 진군해 가던 프로커스 백작군의 눈에 저 멀리 리온 자작성의 성벽이 들어왔다.

가장 선두에서 천천히 말을 몰아가던 리카이엔이 갑자기 흠칫하더니 가까이 있는 율리아를 향해 말했다.

"저거, 보이냐?"

어느 순간부터 리카이엔의 원거리용 눈이 되어 버린 율리아가 리카이엔이 가리키는 쪽을 유심히 살폈다.

"백기인데요?"

리온 자작성 성문 바로 위쪽, 그곳에 커다란 백기가 바람에 펄럭이고 있었던 것이다.

"쉿!"

리카이엔이 급히 율리아의 입을 막았다. 그러고는 나란히 걷던 볼프를 향해 말했다.

"최대한 천천히 와라."

"네?"

하지만 리카이엔은 이미 말의 옆구리를 거칠게 걷어차며 앞으로 튀어 나가고 있었다.

두두두두!

갑자기 거세게 달려오는 리카이엔의 모습에, 앞서 나갔던 기사들이 의아한 표정으로 고개를 갸웃거렸다. 좀 더 먼저 도착한 그들은 이미 성문 위에 걸린 백기를 보았기 때문이다. 더 이상 전쟁을 할 필요도 없는데 왜 저렇게 급하게 뛰는 것일까?

"공자님!"

톰이 반가운 표정으로 리카이엔을 맞이하며 성문 위에 보이는 백기를 가리켰다. 하지만 돌아온 것은 리카이엔의 호통뿐.

"닥치고 그 자리에 정지!"

"네, 네?"

당황하는 톰을 지나친 리카이엔은 무시무시한 속도로 말을 달렸다.

그렇게 얼마나 달렸을까? 리온 자작성 성문의 100여 미터 앞까지 도착한 순간, 리카이엔이 손에 들고 있던 철창을 어깨 위로 들어 올려 성문 위쪽을 겨누었다.

쉬우우욱, 빠악!

단숨에 리카이엔의 손을 떠난 철창이 순식간에 100여 미터의 거리를 일축하고 성벽 위에 세워져 있는 백기의 깃대를 부러뜨려 버렸다.

"미친놈, 어디서 백기질이야? 뒈질라고!"

리카이엔은 그 자리에서 움직이지도 않은 채 뚫어져라 성벽 위를 노려보았다.

어느새 볼프가 이끌고 온 프로커스 백작군이 리카이엔 뒤에서 일제히 진영을 갖췄다.

리온 자작성 성벽 위에는 꽤 많은 수의 병사들이 서 있기는 했지만 이쪽을 향해 공격할 의사는 없어 보였다.

"공자님, 이제 어떻게 하실……."

그 순간, 성벽 위에서 새로운 움직임이 보였다. 자세히 보니 부러진 깃대를 치우고 새로운 깃대를 세우는 중이었다. 물론, 이번에도 깃대에는 백기가 걸려 있었다.

순간 볼프는 갑자기 손이 허전해지는 것을 느꼈다. 그와 동시에 귓전을 스치고 지나가는 날카로운 파공성.

쉬우우욱, 파악!

볼프의 철창은 어느새 성벽 위의 깃대를 부러뜨리고 있었다.

"항복하려는 모양인데요?"

그 말에 리카이엔이 나직하게 말했다.

"가끔은 그게 용납이 안 되는 놈도 있는 법이거든."

"네?"

그때 굳게 닫혀 있던 리온 자작성 성문이 열리며 한 떼의 인마가 밖으로 나왔다. 선두에 선 기수의 깃대에는 또다시 백기가 펄럭이고 있었다.

그것을 본 리카이엔이 손을 내밀며 말했다.

"창."

"네?"

"창 내놓으라고."

"아, 네!"

볼프가 급히 옆에 있던 톰의 철창을 뺏어 리카이엔에게 건넸다.

그러는 동안 리온 자작성에서 나온 백기를 든 인마가 절반 정도까지 도착해 있었다. 그때 리카이엔이 율리아를 향해 말했다.

"저기 백기, 부러뜨려."

"네?"

"빨리!"

리카이엔의 재촉에 율리아가 반사적으로 시위를 당겼다. 절대 빗나가는 일이 없는 율리아의 화살이 정확하게 깃대를 반으로 부러뜨렸다. 그와 동시에 리카이엔이 거세게 말의 옆구리를 찼다.

히이이잉!

말이 허공을 향해 앞발을 허우적거리더니 순식간에 전력을 다해 달리기 시작했다.

갑자기 날아온 화살에 백기가 부러지고, 상대편 기사가 이쪽을 향해 달려오는 상황. 자작성에서 나온 이들이 황급히 말머리를 돌렸다.

두두두두두!

리카이엔은 순식간에 거리를 좁혔다. 성문까지는 불과 50m 정도를 남겨 둔 순간, 달아난 이들이 성문 안으로 뛰어들어 갔다.

그그그그극!

동시에 성문이 천천히 닫히고 있었다.

다시 한 번 철창이 리카이엔의 손을 벗어났다. 단숨에 공력을 극한까지 끌어 올려 쏘아 낸 철창이 가공할 압력을 안은 채 허공을 갈랐다.

슈아아아아, 빠아악!

무지막지한 소리와 함께 닫히고 있던 성문이 격하게 흔들렸다. 철창의 힘을 이기지 못하고 덜컹거리며 삐걱 기울어져 버린 것이다.

끼이이이익!

닫으려 해도 한쪽이 내려앉아 버린 성문은 날카로운 마찰음만 토해 낼 뿐 쉽사리 움직이지 않았다. 그리고 그 순간 리카이엔이 아직 완전히 닫히지 않은 성문 틈으로 빨려 들 듯 뛰어들어 갔다.

"어, 어어……!"

갑작스러운 리카이엔의 등장에 놀란 수문 병사들이 반사적으로 창을 겨누었다. 하지만 이러지도 저러지도 못한 채 어정쩡한 자세로 말만 더듬을 뿐이다.

그리고 어느 순간 그들이 쥐고 있던 창은 리카이엔의 손에 쥐어져 있었다.

"자작은?"

"어, 어… 네?"

"자작은 어디 있나?"

그때 한 사람이 후들거리는 무릎을 주체하지 못하는 모습으로 리카이엔 앞에 섰다.

"자작령의 행정관인 보, 보렌이라고 합니다. 자작님께서 하, 항……."

빠아악!

보렌은 '항복'이라는 말을 채 내뱉지도 못하고 그대로 기절하고 말았다.

리카이엔이 다시 물었다.

"자작은?"

"그, 그것이 내성 안에……."

병사의 말이 끝나기도 전에 리카이엔은 다시 말을 달렸다. 주변에는 꽤 많은 수의 병사들이 운집하고 있었지만 그 누구도 리카이엔의 앞을 막을 수 없었다.

"머, 멈춰라!"

갑자기 등장한 리카이엔이 말을 탄 채 내성 안으로 달려오는 것을 본 경비병들이 다급하게 창을 겨누었다. 하지만 리카이엔은 조금의 거리낌도 없이 말을 달렸다.

파바바박!

순식간에 휘둘러진 창이 두 경비병을 기절시키는 사이, 리카이엔의 말은 내성 안으로 뛰어들고 있었다.

"멈춰라!"

리카이엔의 등장에 입구를 지키고 있던 기사들이 우르르 몰려들며 리카이엔을 포위했다. 리카이엔이 천천히 말에서 내려 자신을 둘러싼 기사들을 향해 나직이 말했다.

"막는 놈은 뒈진다."

하지만 그들도 명색이 기사. 섣불리 주군의 처소에 적을 들일 수는 없었다.

"하아앗!"

한 기사가 용기를 내 롱소드를 휘둘렀다. 그와 동시에 리카이엔의 손에 들린 창이 허공을 갈랐다.

촤악, 푹, 츄아악!

리카이엔의 창에는 조금의 여지도 남아 있지 않았다. 닥치는 대로 베고 찌르는 사이 주변을 포위했던 기사들이 순식간에 싸늘한 주검으로 변했다.

리카이엔은 진득하게 창을 타고 흐르는 피를 털어 내며 터벅터벅 걸음을 옮겼다.

그때 내성 저택의 문이 열리며 누군가 모습을 드러냈다.

뒤로 쓸어 넘긴 머리와 멋들어지게 기른 콧수염. 리온 자작이었다.

"오셨습니까?"

애써 여유로운 척하고 있었지만 리온 자작의 목소리는 심하게 떨리고 있었다. 그도 그럴 것이 주변에는 시체들이 널려 있고, 온몸에는 기사들의 피를 뒤집어쓴 채 붉은 눈동자에서 형형한 안광을 발하는 리카이엔의 모습이 한마디로 너무 무서웠던 것이다.

리온 자작이 덜덜 떨리는 목소리를 애써 가다듬으며 말했다.

"백기를 부러뜨렸다는 이야기를 듣고 아무래도 직접 나가야겠다고 생각하고 있었는데, 마침 이렇게 직접 오셨군요."

"까고 있네."

"네? 그, 그게 무슨… 아무튼 전 이제 항……."

빠아악!

리온 자작의 입에서는 끝내 항복이라는 말이 나오지 못했다.

"이런 씹어 죽일 새끼가 어디서 항복질이야?!"

"꺼어어억!"

리온 자작의 입에서 바람 빠지는 소리가 새어 나왔다. 하지만 리카이엔의 귀에는 아무것도 들리지 않았다.

어느새 손에서 창을 놓은 리카이엔이 불끈 주먹을 쥐었다.

쩍!

인간의 주먹과 얼굴이 맞닿으면서 울려 퍼진 것치고는 꽤나 신선한 소리가 울려 퍼진다.

"끄으으윽!"

리온 자작의 입에서 비명이 터져 나왔다. 턱에 감각이 없다. 입 안에 피비린내가 퍼지는 걸로 봐서는 아무래도 뭔가 심각한 상태인 것이 분명하다.

통증도 통증이지만 어찌나 심하게 맞았는지 머리가 울려 아무런 생각도 나지가 않았다. 도대체 방금 무슨 일이 있었던 거지? 왜 이렇게 아픈 거야? 답을 알 수 없는 물음만이 머릿속을 맴돈다.

그리고 리카이엔의 주먹이 다시 허공을 갈랐다.

으드드득!

갈비뼈가 통째로 으스러지는 듯한 통증. 리온 자작은 그제 야 무슨 일이 있었는지 상기할 수 있었다.

"도대체 왜 이러시는 겁니까? 저는 분명히 항……."

항복이라는 말을 입에 담도록 놓아둘 리카이엔이 아니었다.

"그냥 닥치고 맞아!"

빡, 빠악!

"쿨럭, 끄으윽! 제, 제발 항……."

빠악!

그렇게 리온 자작은 무려 열두 번을 까무러치고 똥오줌을 지릴 때까지 맞은 후에야 바닥에 널브러진 채 꿈틀거리며 말을 할 수 있었다.

"항복……."

리온 자작의 항복이 이어진 후, 그다음 일은 일사천리로 진행되었다.

"지, 지금 뭐라고 하셨습니까!"

온몸에 붕대를 친친 감은 리온 자작이 절규하듯 외쳤다. 지금 이 사람들이 무슨 말을 하는지 알 수가 없었다.

"차용증이라니요?"

갑자기 여기서 차용증이 왜 나온단 말인가?

영지전의 결판을 내는 것은 영지끼리의 문제지만, 사후 처리는 주백작의 공증 아래 이루어져야 했다. 그렇게 사후 처리와 전쟁배상금 등의 문제로 주백령을 찾은 리온 자작은 믿을 수 없는 물건을 보았다.

무려 백 년 전의 리온 자작이 프로커스 백작에게 돈을 빌렸다는 내용의 차용증이었다.

그 액수가 무려 100억 아르겐.

전혀 현실감이 없는 금액의 돈이었다. 아니, 백 년 전의 프로커스 백작가에서 과연 그런 돈을 빌려 줄 능력이 있었을까?

그러다 갑자기 리온 자작의 머릿속을 스치는 것이 있었다.

'백지 인장!'

그때 리카이엔이 억지로 인장을 찍어 갔던 새하얀 백지. 지금 눈앞에 누렇게 색이 바래 있는 이 종이는 그 백지가 변한 게 분명했다.

흥분한 리온 자작이 며칠 전의 구타 사건도 잊은 채 리카이엔에게 삿대질을 하며 버럭 소리를 질렀다.

"네놈이구나! 네놈이 내 인장을 가져가서 이런 일을 꾸민 거야!"

아무리 리카이엔이 현재는 작위가 없는 상태라 해도, 어쨌든 백작의 아들. 리온 자작보다 더 높은 신분이었다. 그런 리카이엔에게 삿대질을 하며 이놈 저놈 하니 반응이 좋을 리가 없었다. 리카이엔이 싸늘한 표정으로 물었다.

"지금 저를 공개적으로 모욕하는 거요?"

"모욕이라니! 내가 틀린 말을 했느냐! 네가 내 인장을 백지에 찍어 갔지 않느냐!"

그때 주백작인 폴드만 공작이 상당히 불편한 표정으로 입을 열었다.

"그게 무슨 말인가? 이미 감정을 통해 확인을 했네. 이 물건은 백 년 전에 쓰인 차용증이 맞네. 그런데 백작가의 자제가 일을 꾸몄다는 말을 하다니. 귀족으로서 체통을 지키도록 하게!"

며칠 전 밤, 폴드만 공작은 영지전이 한창인 프로커스 백작의 조심스러운 방문을 받았다.

그리고 그때 프로커스 백작에게 이번 영지전의 드러나지 않은 속사정에 대해 들을 수 있었다.

문제의 발단은 우연히 서재에서 찾은 차용증이라고 했다. 백작은, 백 년이나 지난 차용증이지만 어쨌든 자작가의 인장이 찍혀 있기에 조용히 자작가에 차용증에 대해 알렸다고 했다.

자작은 인정할 수 없다고 했고, 백작은 자작에게 공증을 받으러 주백령으로 간다고 했단다. 그런데 바로 그다음 날 갑자기 세이나가 나타나는 문제의 일이 발생했다는 거다.

폴드만 공작이 확인해 본 결과 차용증의 인장은 분명히 리온 자작가의 것이었다. 다시 말해 백 년 전의 그 차용증은 분명히 리온 자작가에서 돈을 빌렸다는 증거.

즉, 이번 일련의 과정들은 리온 자작가에서 차용증의 존재를 덮어 버리기 위해 일부러 전쟁을 일으킨 것이었다.

물론, 그런 추측은 절반만 맞는 것이다. 일부러 전쟁을 일으킨 사람이 리온 자작인 것은 맞지만, 그 원인이 차용증은 아니었다. 그러나 폴드만 공작은 프로커스 백작의 이야기를 토대로 생각을 한 것이니 어쩔 수가 없었다.

폴드만 공작이 프로커스 백작과 리카이엔을 향해 물었다.

"그래, 프로커스 백작가에서는 이번 영지전과 이 차용증 문제를 어떻게 했으면 좋겠는가?"

프로커스 백작이 조용한 목소리로 답했다.

"사실 이번 전쟁은 저의 실수에서 기인한 부분도 있습니다. 하지만 저희가 침략을 당한 입장에서 없었던 일로 할 수도 없겠지요. 그러니 이번 전쟁에 관해서는 죽은 병사들의 가족들에게 제대로 보상을 해 줄 수 있는 돈이면 충분할 것 같습니다. 하지만… 이 차용증은 한 달 안에 모두 처리를 해 주었으면 좋겠습니다."

"그렇지 않아도 차용증이 워낙 액수가 커서 내가 따로 계산을 해 보았네. 차용증상에 나와 있는 이자는 일 년에 5%인데 무려 백 년이 지났으니… 일 년에 5억 아르겐이라고 하면 이자만 해도 500억이 되는구먼."

리온 자작은 순간적으로 정신이 멍해지는 기분이었다. 사실 절대 말이 안 되는 금액이었다. 왕국의 왕가에서 일 년 동안 거두어들이는 세금이 3억 아르겐 가량이었다.

그런데 100억이라니, 이자만 500억이라니. 이 무슨 얼토당토않은 말인가.

"허허, 허허허……."

원래 너무 현실감이 없으면 허탈해지게 마련이다. 지금 리온 자작의 상태가 그랬다. 하지만 저놈의 차용증은 분명한 현실이었다.

리온 자작은 이처럼 비현실적인 사건 한가운데 자신이 앉아 있다는 것이 도무지 실감이 나지 않았다. 모든 일이 귀찮고 더 이상 신경을 쓰고 싶지 않은 기분이었다.

리온 자작이 허탈한 표정으로 입을 열었다.

"허허, 그 금액은 제 영지를 모두 팔아도 만들 수 없는 돈입니다."

"그렇다면 돈을 갚지 않겠다는 건가?"

"갚지 않겠다는 것이 아니라 갚을 능력이 안 된다는 말이지요."

그 말에 리카이엔이 벌떡 일어나며 말했다.

"공작님, 그리고 아버님. 저자는 지금 자신이 벌인 전쟁에 대한 책임은 물론 가문에서 진 빚에 대해서도 무책임한 태도로 일관하고 있습니다. 저는 저런 자에게 지켜야 할 예의에 대해서는 배운 적이 없습니다."

물론 미리 준비하고 있던 말이다. 리카이엔은 흥분하고, 프로커스 백작은 인자하게 일을 풀어 나가려 하는 모습을 보여주기 위해서였다.

"어허, 리카이엔. 네가 나설 자리가 아니다. 앉거라."

"죄송합니다."

리카이엔이 고개를 숙이고 자리에 앉은 후, 백작이 폴드만 공작을 향해 말했다.

"공작님, 제 생각에도 이 돈의 액수는 감당이 안 될 정도입니다. 만일 리온 자작에게 이 돈을 모두 갚으라고 한다면, 그는 대대손손 이 빚에 죄어 살아야 할 것입니다. 귀족의 신용은 천금같이 무거워야 하는 것이나, 이렇게 가혹한 짓은 하지를 못하겠습니다."

"그렇다면 어찌했으면 좋겠소?"

"현재 리온 자작이 낼 수 있는 모든 것을 받기로 하고 마무리를 하도록 하겠습니다."

프로커스 백작이 '모든 것'이라는 말에 강하게 힘을 주어 말했다.

"모든 것이라 함은……?"

순간 리온 자작이 벌떡 자리에서 일어서며 외쳤다.

"영지를 내놓으라는 겁니까?!"

그리고 리카이엔이 다시 차가운 목소리로 말했다.

"영지와 영지의 통치권 역시 귀족이 소유하고 있는 재산 중 하나. 모든 것이라 함은 당연히 그것도 포함되는 것 아니겠소?"

"처, 처음부터 이걸 노리고……."

리온 자작이 떨리는 다리를 주체하지 못한 채 쓰러지듯 의자에 털썩 주저앉았다. 너무 현실감이 없는 그 금액은 처음부터 영지를 노리고 있었기에 나올 수 있는 금액이었던 것이다.

리카이엔이 그런 리온 자작을 노려보며 말했다.

"아버님께서는 인정이 많으셔서 그 정도로 끝내는 거요. 나 같았으면 대대손손 그 빚에 묶여 있게 했을걸?"

하지만 리온 자작은 망연자실한 표정으로 멍하니 앉아 있을 뿐 아무런 말도 하지 못했다.

폴드만 공작이 리온 자작을 향해 물었다.

"채권자의 의중이 저렇다고 하는데……. 자네는 어떻게 할 생각인가?"

그리고 프로커스 백작이 넌지시 말했다.

"그렇게 하고 마무리를 한다면… 자네가 집을 하나 구해서 편안하게 지낼 수 있을 정도의 돈은 챙겨 주겠네."

"이이익!"

리온 자작이 뭐라고 말도 못한 채 프로커스 백작을 노려보았다. 치가 떨려 말도 나오지 않았다. 하지만 지금 그가 할 수 있는 것은 아무것도 없었다.

한참을 고민하던 리온 자작의 고개가 결국 아래로 숙여졌다.

"그렇게 하… 도록 하겠습니다."

리온 자작의 약속을 받고 돌아오는 마차 안에서 프로커스 백작이 물었다.

"리카이엔 정말 이래도 되는 것인지 모르겠구나."

가짜 차용증으로 다른 귀족의 영지를 뺏는다는 게 못내 마음에 걸렸던 것이다. 하지만 리카이엔은 고개를 저었다.

"아버님 꼭 그렇게만 생각하실 문제는 아닙니다. 애초에 가짜 차용증을 이용해 세이나와의 결혼을 요구하고, 나아가서는

아버님의 작위까지 노렸던 자가 아닙니까? 그놈이 가짜 차용
증으로 일을 벌였기에 그 벌을 받는 거라고 생각하십시오. 그
런 놈에게 인정이라는 걸 베푸실 필요는 없습니다."

"그렇게 생각하면 그렇다마는……."

마차 안에 잠시 정적이 흘렀다. 조용히 창밖을 보며 뭔가를
깊이 생각하던 프로커스 백작이 조용히 아들을 불렀다.

"리카이엔."

"예, 아버님."

"전에도 한 번 이야기를 했었다만… 이제는 네가 이 아비의
작위를 잇는 것이 좋지 않겠느냐? 이 아비도 이제는 쉬고 싶구
나."

"아버님, 그건 아직은……."

리카이엔이 뭐라고 말을 하려 했으나, 프로커스 백작은 고
개를 저었다.

"그리고 이번 일로 영지가 저렇게 넓어졌는데, 사실 이 아
비는 저렇게 큰 영지를 꾸려 나갈 자신이 없다. 이제는 영지
살림도 좀 나아질 테니 나는 네 어미와 편안하게 여행이나 다
니면 좋겠구나."

리카이엔은 잠시 동안 말없이 아버지의 눈을 응시했다. 이
미 한 번 작위를 물려받으라는 말에 따르지 않은 적이 있었다.
그런데도 또다시 이야기를 한다는 것은 당신이 생각하기에 그
래야 한다고 여겼기 때문일 터.

그렇기에 쉽게 고개를 저을 수가 없었다.

'이제부터 앞으로의 일에 대비를 하려면 아무래도 내가 운영하는 것이 더 좋을지도 모르는 일이기는 하지.'

리카이엔은 향후 2, 3년 내에 대륙이 전쟁에 휩싸일 것이라는 예측을 하고 있었다. 그렇다면 지금부터 그에 대비를 해 둘 필요가 있었다.

그러기 위해서는 아무래도 직접 영지를 꾸려 가는 쪽이 나을 터.

그렇게 결심한 리카이엔은 조용히 고개를 숙이며 말했다.

"알겠습니다. 아버지."

"그래, 잘 생각했다."

Chapter 11.

새로운 영지

'내가 왜 이런 꼴이 된 거지?'

라울은 정말이지 깊은 고민에 잠겼다. 아무리 생각해도 자신은 이런 대접을 받아서는 안 되었다.

세상에는 여러 종류의 천재가 있다. 어떤 이는 산술에 능하고, 또 어떤 이는 음악에 천부적인 재능이 있으며, 또 어떤 이는 싸움에 관해 타의 추종을 불허하는 재질을 가지고 있다.

그리고 라울도 천재였다. 한 번 본 것은 절대 잊지 않는 비상한 기억력과 수학 능력을 가진 천재였다. 하지만 라울은 거기에서 만족하지 않았다.

자신의 재능을 좀 더 잘 활용하기 위해 많은 것을 공부했고, 많은 것을 생각했다.

그리고 자신의 그 재능을 제대로 펼칠 수 있게 해 주는 주군을 찾기 위해 많은 정보를 수집했다.

그렇게 해서 '선택'한 사람이 리카이엔 프로커스였다. 리카이엔 프로커스 역시 천재였다. 그것도 다방면에서 두각을 드러냈었다. 하지만 성품이 부드럽고 모질지 못하다는 약점 또한 가지고 있었다.

그래서 리카이엔을 선택한 것이다. 자신은 그의 약점을 보완해 줄 수 있었고, 자신의 능력을 얹어 주면 한없이 창공을 비상하는 독수리가 될 수 있을 거라 생각했기 때문이다.

그런데 뭔가 일이 꼬이고 있다.

처음 리카이엔을 보았을 때 라울은 뭔가 엄청난 위화감을 느꼈었다. 그런데 위화감이라는 것이 원래 그렇듯이, 그게 무엇인지 확실히 알기 전에는 마치 뜬구름을 잡는 듯 모호하다.

그리고 라울은 오늘 드디어 그 위화감의 정체를 알 수 있었다.

'맞아, 정보가 잘못된 거야!'

그가 리카이엔을 선택한 이유 중 하나는, 자신이 그의 약점을 보완해 줄 수 있다고 생각했기 때문이다. 너무 부드러운 성격. 그런데 막상 리카이엔을 만나 보니 그는 전혀 부드럽지 않았다.

오히려 거칠고 차가웠다. 말투도 귀족답지 못하게 툭 하면 욕을 섞어 말하는가 하면, 버릇처럼 비아냥거리기까지 했다.

'도대체 그 성격의 어디가 부드럽고 모질지 못하다는 거야!'

마음 같아서는 당장 수도로 가서 그 정보를 판 놈을 잡아서 본때를 보여 주고 싶었다.

하지만 그럴 수가 없었다. 그에게 당한 굴욕은 반드시 씻고 가야 했다.

"라울!"

뒤에서 누군가가 그를 불렀다. 아주 잘 아는 목소리. 이곳에 온 후 유일하게 자신의 말동무가 되어 준 세이나였다.

라울이 반가운 표정으로 세이나를 맞이했다.

"예, 세이나 님."

평소였으면 라울이 좋아하는 단 과자들을 가지고 왔을 세이나가 오늘은 빈손이었다. 라울이 조금은 실망스러운 표정을 짓고 있는데, 세이나의 입에서 뜻밖의 이야기가 나왔다.

"오빠가 너 좀 데리고 오래."

"네?"

라울의 얼굴에 순간적으로 걱정스러운 표정이 스쳤다. 그도 그럴 것이 그날 그렇게 무시를 당한 후에 두 번 다시 자신에게 관심을 주지 않았던 리카이엔이 아닌가. 그런데 뜬금없이 부르니 괜히 불안해질 수밖에.

"무슨 일이신지는 아시나요?"

"아니, 몰라."

어쨌든 부르는데 안 갈 수도 없는 노릇. 라울이 먼저 걸음을 옮겼다.

최근 리카이엔은 자신의 방이 아닌 기사들의 막사에서 숙식을 해결하고 있었다.

쿠웅!

"트하아앗!"

막사에 도착해서 처음 라울을 덮친 것은 후끈한 열기였다. 그리고 귀가 먹먹해질 정도로 우렁찬 기합 소리.

"히야~ 우리 영지에서 이런 광경은 또 처음 보네!"

세이나가 감탄한 표정으로 중얼거렸다. 그도 그럴 것이 그녀가 왕립 아카데미로 떠나기 전의 이 막사 수련장은 적막하기 짝이 없었다.

가끔 리카이엔이 와서 기사들의 검술을 점검해 줄 때 외에는, 이 수련장은 기사들이 늘어지게 낮잠을 자는 곳이었다. 한쪽 구석에서 막내 기사 두 명이 수련을 하기는 했지만, 단장의 눈치가 보여 제대로 하지도 못했다.

그랬던 것이 지금은 전혀 다른 분위기였다. 당시 막내였던 두 기사가 이제는 가장 선임이 되어 있었고, 새로운 기사들이 구슬땀을 흘리며 수련에 열중하고 있었다.

그야말로 세이나가 꿈꾸는 그런 기사들의 수련장.

"음? 그런데 오빠는 어디 있지?"

세이나가 고개를 갸웃거리며 다시 한 번 수련장 곳곳을 살펴보았다. 하지만 이곳에 있어야 할 리카이엔이 보이지 않았다.

그때 수련이 끝났는지 볼프가 이쪽으로 다가왔다.

"세이나 아가씨 오셨습니까?"

"볼프, 오빠는 어디 있어?"

"공자님은 방금까지 수련을 하시다가 집무실로 가셨습니다."

"집무실?"

세이나가 또 한 번 고개를 갸웃거렸다. 오빠에게 집무실이 따로 있었던가?

"아, 공자님께서 얼마 전부터 막사 1층에 집무실을 꾸미고 필요한 업무를 보고 계십니다."

"으음, 하긴 작위도 이어받아야 되고 리온 자작한테 영지도 받아야 되니 일을 하기는 해야겠지. 라울, 뭐해? 어서 가 봐. 저기 입구 보이지?"

세이나의 갑작스러운 말에 라울이 흠칫 놀라며 물었다.

"같이 가시는 게 아니었습니까?"

"음, 나는 조금 있다가 갈게. 잠시 할 이야기가 있어서."

라울은 어쩔 수 없다는 표정을 지으며 조용히 막사 안쪽으로 걸어갔다.

라울을 보낸 후 세이나가 호기심이 잔뜩 어린 표정으로 물었다.

"아, 그런데 방금 하던 그 창술은 뭐야?"

"네, 공자님께서 가르쳐 주신 창술입니다."

"흐음, 그래? 그러고 보니 오빠가 언제부터 창을 썼지? 원래는 검밖에 안 썼는데?"

처음 영지로 돌아왔을 때부터 줄곧 따라다니던 의문이었다. 원래는 아주 멋들어지게 검을 쓰던 오빠가 난데없이 철창을 들고 다니니 이상할 수밖에.

"그게 많이 편찮으시고 난 후부터……"

"흐음, 그렇단 말이지? 그런데 그 창술 나도 배울 수 있어?"

"네?"

볼프가 깜짝 놀라 물었다. 머릿속으로 창술을 배우기까지의 과정이 주마등처럼 지나갔던 것이다. 그 숱한 토악질과 땀 냄새. 순간적으로 현기증이 날 정도였다.

그리고 자신이 과연 세이나에게 그런 수련을 시킬 수가 있을까 하는 의문도 함께.

잠시 고민하던 볼프가 곤란한 표정으로 말했다.

"그건 아무래도 공자님께 부탁을 하셔야 될 것 같습니다만……"

"아, 하긴 오빠한테 가르쳐 달라고 하면 되겠네."

리카이엔의 집무실로 들어간 라울은 자신보다 먼저 와 있는 두 사람을 발견할 수 있었다.

이번 전쟁 때 꽤나 큰 활약을 했던 용병 율리아와 안톤이었다.

라울이 들어온 것을 확인한 리카이엔이 고개를 끄덕이며 말
했다.

"다 왔군. 일단 앉아라."

리카이엔의 말에 따라 자리에 앉은 라울은 옆에 있는 두 사
람을 힐끗 쳐다보며 한층 더 고민에 잠겼다.

'도대체 왜 불렀지?'

자신과 이 두 용병은 아무런 연관 관계가 없었다. 그런데 한
자리에 불러 놓고 무슨 이야기를 하려고 하는 걸까?

그때 리카이엔이 세 사람의 맞은편에 앉아 입을 열었다.

"율리아, 안톤. 이번 전쟁 때 큰 도움이 됐어. 그것 때문에
인사차 불렀는데 뭐 마음에 안 드는 건 아니겠지?"

"괜찮습니다."

"그나저나 마지막 수성 때 그 전투마법사들에 대해 잘 아는
모양이던데?"

대답은 안톤이 아닌 율리아의 입에서 나왔다.

"한때 안톤이 데리고 있던 용병대였어요. 사실 그 경사로도
안톤이 생각해 낸 건데……. 네스터 그 자식이 배신을 하는 바
람에 혼자 떠돌게 된 거죠. 뭐, 그래도 이번 기회에 복수도 했
으니……."

"그런 일이 있었군. 그나저나 그 경사로를 직접 생각해 낸
거라고?"

안톤이 조금은 멋쩍은 듯 고개를 끄덕였다.

"원래 이래저래 생각이 많다 보니 그런 것도 떠올리게 됐습니다."

"그렇군. 그런데 말이야. 내가 한 가지 제안을 하고 싶은데… 한 번 들어 볼래?"

"말씀하십시오."

"널 우리 기사단의 단장으로 쓰고 싶은데, 생각 있어?"

"네, 네?"

깜짝 놀란 안톤이 멍한 표정으로 리카이엔을 보았다. 자신은 마법사였다. 특별히 싸움을 잘하는 것도 아니다. 그저 재주라고는 알고 있는 마법을 전투에서 활용하는 정도. 그런데 그냥 기사도 아니고 기사단장이라니.

파격도 이런 파격이 없다.

"왜? 싫어? 그렇게 나쁜 제안은 아닐 텐데? 이제 뭐 녹봉도 꽤 두둑할 테고 말이야."

"싫은 것이 아니라 너무 갑작스러워서 그럽니다. 게다가 저는 마법사라서 검도 쓸 줄 모릅니다."

"검을 쓸 줄 모르는 건 상관없어. 다 하게 돼 있으니까. 그리고 너한테 기사단장 직을 제안한 건 너의 그 전술적인 사고가 탐이 나서 그러는 거야."

현재 기사단에서 단장의 역할을 하고 있는 사람은 볼프였다. 하지만 볼프는 아직 기사단장으로서 임무를 수행하기에 부족한 부분이 많았다.

좀 더 효율적으로 기사들을 움직이고 관리할 사람이 필요했다. 그러다가 눈에 띈 것이 바로 안톤이었다. 마법사라고는 하지만 그의 전술에 대한 감각은 매우 뛰어난 편이었다.

그리고 이야기를 들어 보니 이번 수성 때 마법사들이 만든 경사로도 사실은 그가 고안한 것이라고 한다. 만일 미리 대비하지 않았다면 크게 낭패를 보았을 작전이었다.

잠시 혼자 고민을 하던 안톤이 힘겹게 입을 열었다.

"제안은 감사합니다만, 계속 율리아만 놔두고 저만 기사단에 머물 수는 없을 것 같습니다."

그 말에 율리아가 울컥하며 말했다.

"어머, 이거 왜 이래? 누가 보면 우리 둘이 사귀는 줄 알겠다. 쳇, 그리고 말이야 바른 말이지 니가 날 돌봤냐? 내가 널 돌봤지?"

그때 리카이엔이 율리아의 말을 자르고 들어갔다.

"아아, 잠깐 내 이야기 끝까지 들어. 율리아, 너도 마찬가지야. 우리 영지의 기사로 들어왔으면 좋겠는데?"

그 말에 율리아가 반색을 하며 외쳤다.

"네? 저도요?"

리카이엔이 당연하다는 듯 고개를 끄덕였다. 리카이엔은 전생에서 그렇게 많은 전장을 전전하고 다녔음에도 율리아만큼 뛰어난 명궁을 본 적이 없었다.

그리고 전투를 치르면서 지켜본 바에 의하면 아무리 큰일이 있어도 반드시 의리를 지킬 성격이었다.

프로커스 백작령은 이제 곧 영지가 커지고, 기사단이든 군대든 규모가 불어날 수밖에 없었다. 당연히 가장 급한 건 사람. 그런 의미에서 율리아는 반드시 영입해야 할 인재였다.

율리아가 뭔가 이상한 듯 고개를 갸웃거리며 말했다.

"그런데 저는 여잔데요?"

"그게 뭐 상관있나?"

"상관이 없나요?"

율리아가 조금 당황스러운 목소리로 물었다. 아무리 생각해 봐도, 여자 용병은 봤어도 여자 기사는 본 적이 없기 때문이다.

그리고 리카이엔은 그런 율리아의 생각을 꿰뚫어 보기라도 한 듯 말했다.

"용병도 하는데 기사라고 못할 것 있나?"

"그렇게 따지면 그렇기는 하네요."

"그래서 할 거야, 말 거야?"

"해요. 해야죠!"

율리아가 당연하다는 듯 외치자 리카이엔이 다시 안톤을 보았다.

"넌 어떻게 할 거야?"

"그렇다면 저도 더 거부할 핑계는 없군요."

사실 안톤 역시 이 리카이엔이라는 사람에 대해 흥미가 많았다. 저 뛰어난 전투 감각도 그렇고 귀족보다는 용병에 가까운 거친 말투도 그렇고. 여러 가지로 재미있는 사람이다. 그리고 더 이상 용병으로 떠도는 것도 힘들다는 생각을 하던 참이기도 했다.

두 사람의 승낙을 받은 리카이엔이 이번에는 라울 쪽으로 시선을 돌렸다.

'후후, 내 차례구나.'

앞의 두 사람을 영입하는 것을 본 라울은 저도 모르게 들떠 있었다. 세 사람을 불러 놓고 앞의 두 사람을 영입했으니, 자신도 당연히 영입을 할 거라고 생각한 것이다.

아무리 모욕을 당했다고 생각을 했어도 어쨌든 주군으로 모시고 싶다고 생각하던 사람이었다. 그런 사람이 자신을 거두어 준다면 그보다 더 좋은 일이 있겠는가.

하지만 라울의 그런 기대는 단번에 무너졌다.

"어이, 핏덩이."

"네? 지금 저를 보고 하신 말씀이십니까?"

"그럼 여기 핏덩이가 너 말고 또 누가 있냐?"

"제, 제가 비록 나이가 어리기는 해도 왕립 아카데미를 수석으로 졸업한 사람입니다. 그에 걸맞은 대우를 해 주십시오."

"아, 됐고. 핏덩이 너는 이제 집에 갈 때 됐잖아. 엄마, 아빠가 걱정 안 하시냐?"

"네, 네?"

영입이 아니었다. 어리다고 무시하는 걸로도 모자라 나가라고 말한다.

"아, 아니 그게……."

당황한 라울이 뭐라고 말도 못한 채 입만 벌리고 있을 뿐이었다.

"으음, 니가 아직 어려서 모르는 모양인데 다른 사람 집에 이렇게 오래 묵는 건 실례다. 알았냐, 꼬맹아?"

리카이엔의 말에 갑자기 라울의 눈가가 붉어지더니 급기야 뚝뚝 눈물을 흘렸다. 그가 어디 가서 이런 멸시를 받아 본 적이 있었던가. 항상 천재라고 대우를 받았으면 받았지 이렇게 무시받은 적은 단 한 번도 없었다.

그런 라울을 보며 리카이엔은 조금은 사악해 보이는 미소를 지었다.

사실 그는 세이나의 말을 들었을 때부터 라울을 영지의 행정관으로 들일 생각을 하고 있었다. 하지만 너무 어렸다. 물론 어리다는 게 문제가 되는 것은 아니었다. 어려도 제 몫을 다 하는 사람은 얼마든지 있는 법.

다만 버르장머리가 문제였다. 어린놈이 좀 똑똑하다고 으스대며 어깨에 잔뜩 힘을 주고 다니는 꼴이 영 마음에 들지 않았다.

'싸가지 없는 놈은 패서라도 싸가지를 집어넣어야지.'

그게 리카이엔이 평소에 하는 생각이었고, 오늘 날을 잡은 것이다.

"이 노무 자식이 어디서 질질 짜?! 당장 안 그쳐?!"

"흑, 흐으윽, 흑흑!"

리카이엔의 버럭 소리를 질렀지만 라울의 울음은 그칠 것 같지가 않았다. 오히려 호통 소리에 놀라 빽빽 울어 댈 기세였다. 역시 천재라도 어린아이는 어린아이인 것이다.

그때 집무실의 문이 열리며 세이나가 뛰어들어 왔다.

"오빠!"

"넌 노크도 모르냐?"

"헙! 그, 그게……."

"그래, 무슨 일이냐?"

"아아, 그 왜 기사들이 하는 창술 있잖아? 그거 나도 좀 가르쳐 주면 안 될까?"

"창술?"

"응."

기사들이 하는 창술이라면 장가창법을 말하는 것이다. 세이나의 말을 듣고 잠시 뭔가를 생각하던 리카이엔이 고개를 끄덕였다.

"알았다. 가르쳐 주마. 대신, 중간에 포기하면 다시는 와서 떼쓰지 말 것."

"응! 알았어!"

크게 고개를 끄덕이는 세이나를 보는 리카이엔의 입가에 의미심장한 미소가 어렸다. 하지만 이내 표정을 지우고는 이번에는 안톤과 율리아를 향해 말했다.

"아참, 내가 한 가지 말 안 한 것이 있는데, 우리 기사단에 들어오려면 방금 말한 창술은 반드시 익혀야 되거든. 그러니까 너희 둘도 오늘부터 훈련이다. 알았냐?"

그 말에 안톤과 율리아는 갑자기 등줄기가 서늘해지는 느낌을 받았다. 하지만 이미 하겠다고 수락한 마당에 창술 때문에 안 한다고 말하기도 애매하다.

"예, 알겠습니다."

두 사람이 큰소리로 대답했다.

그리고 그 다음날, 영지민들은 영주의 딸과 기사단장과 흔치 않은 여기사가 성벽을 돌며 토를 하는 것을 구경할 수 있었다.

영지의 이전은 순조롭게 진행되었다.

영지를 인수하는 날 리온 자작이 무시무시한 표정으로 리카이엔을 노려보며 영지를 떠났다. 그 모습을 본 프리엘라가 조심스러운 표정으로 말했다.

"저 사람 저렇게 놔둬도 될까요? 대대손손 복수하겠다는 표정인데요?"

"응? 상관없어. 대대손손은 못할 테니까."

"네? 그게 무슨 말이에요?"

리카이엔의 애매모호한 표현에 프리엘라가 고개를 갸웃거렸다.

"저놈 대는 내가 끊어 놨어."

리카이엔의 기억 속에는 혈하공에 대한 기억이 있었고, 그 혈하공을 익히기 위한 혈도에 대한 지식들이 있었다. 그리고 영지전이 끝나던 날, 리카이엔은 리온 자작을 구타하던 중 딱 한 번 은밀하게 공력을 담아 혈도를 막아 주었다. 두 번 다시 남자 구실을 할 수 없도록.

리카이엔이 피식 웃으며 중얼거렸다.

"아마 절세미녀가 눈앞에서 홀랑 벗고 누워 있어도 힘이 안 들어갈걸?"

프리엘라는 여전히 그 말을 이해하지 못했다.

"어허, 이건 열면 큰일 난다니까!"

후드를 깊게 눌러쓴 노파가 카랑카랑한 목소리로 호통을 내질렀다. 난감한 건 수문병들이었다. 노파가 끌고 온 짐마차들은 아무리 봐도 수상했다.

싣고 있는 물건들을 검은 천으로 몇 겹이나 꽁꽁 싸매고 있는 것이 왠지 위험한 물건이 있을 것 같았다. 그리고 그런 위험한 물건을 성 안으로 들여보냈다가는 자신들이 무슨 꼴을 당할지 몰랐다.

"그렇다면 안으로 들어갈 수 없습니다."

"어허, 이거 정말 답답한 놈들이네. 그러니까 말했잖느냐? 버르장머…… 아니, 여기 영지 공자라는 놈을 데리고 오라고!"

"이보시오, 노인장! 말조심하시오. 우리도 지금 노인장이 어른이라 참고 있는 거지 그것만 아니었으면 당장 잡아서 끌고 갔을 거요."

"허어~"

테하스는 당장이라도 마법으로 이놈들을 날려 버리고 싶은 충동을 꾹 누르고 있었다.

처음부터 이런 분위기는 아니었다.

수레의 물건을 확인하겠다고 하기에 안 된다고 했다. 그러면 못 들어간다고 하기에 리카이엔을 불러오라고 했다. 그런데 그것도 안 된단다. 높으신 분을 함부로 오라 가라 하면 안 된다나?

그렇다고 짐수레에 실어 놓은 보물을 밖으로 내보일 수는 없지 않은가.

한참을 대치하고 있던 테하스가 갑자기 좋은 생각이 난 듯 벌떡 자리에서 일어났다. 생각해 보니 자기가 이렇게 사정하고 들어갈 필요가 없었다.

따악!

테하스의 지팡이가 바닥을 찍는 순간, 갑자기 거센 바람이 불어왔다.

"어, 어어!"

갑작스러운 강풍에 움찔 몸을 떨던 수문 병사들이 연방 실성을 터뜨렸다. 문제의 그 바람이 자신들을 둥실 허공에 띄워 버린 것이다.

"이, 이봐요, 노인장!"

"이 버르장머리 없는 놈들! 내가 간다면 가는 거지 어디서……."

그때였다.

끼이이익!

갑자기 어디선가 기묘한 소리가 연달아 들려왔다.

"이건 또 뭐……."

인상을 찡그리며 고개를 들던 테하스의 얼굴에 잠시 당황스러운 표정이 떠올랐다.

성벽 위에서 갑자기 궁수들이 튀어나와 자신을 향해 활을 겨누는 것이 아닌가.

"이놈들!"

따악!

다시 한 번 지팡이가 바닥을 찍는다. 순간 또 한 번의 바람이 휘몰아치더니 성벽 위의 궁수들을 단번에 휩쓸어 허공에 띄워 버렸다.

"에라이, 당장 리카이엔 그 버르장머리를 안 불러오면 네놈들 오늘이 제삿날인 줄 알아라!"

허공에 떠오른 병사들이 안전하게 바닥에 내려온 것은 무려 30분이 지난 다음이었다.

"스승님!"

프리엘라가 달려 나와 테하스를 맞이한 것이다.

"그래, 프리엘라. 잘 지냈느냐?"

"호호, 아주 재미있게 지냈어요. 나름 배운 것도 있고 말이 죠."

전쟁이 끝난 후에도 프리엘라는 꾸준히 안톤을 찾아갔다. 그가 가지고 있는 전투마법사로서의 뛰어난 감각을 익히기 위해서였다.

"그런데 그 버르장머리는 끝내 안 나오는구나."

"아, 요즘 많이 바쁜 모양이더라고요."

"흐음, 아무튼 안으로 들어가자꾸나."

병사들은 더 이상 테하스를 막을 수 없었다. 프리엘라라면 그들도 아주 잘 알고 있는 공자님의 친구였기 때문이다.

"휴우~"

땅을 밟는다는 것이 얼마나 좋은 일인지에 대해 새삼스러워하는 병사들을 향해 테하스가 한마디 던졌다.

"그러게 진작 들여보내 달랬더니. 이 버르장머리 없는 것들. 아무튼 주인이 버릇이 없으니까 밑에 것들도 똑같구나."

"어서 들어가요, 스승님."

프로커스 백작은 리온 자작령이 백작령이 되고 난 다음, 한 달 후에 리카이엔에게 작위를 넘겨주기로 했다. 영지전을 통해 영지를 합병했을 경우 당연히 뒤따라오는 문제를 해결하기 위해서였다.

그 문제라는 것은, 전쟁 때 이쪽 군대가 죽인 적군 병사들이 이제는 같은 영지 소속의 군대가 된다는 점이다. 그리고 또 하나, 전쟁에서 죽은 유족들의 문제였다. 그들에게는 새롭게 받아들인 영주가 자신의 남편, 혹은 아버지를 죽인 원수인 셈이 된다.

프로커스 백작은 그러한 문제를 안고 있는 영지를 아들에게 물려주고 싶지가 않았던 것이다.

다만, 리카이엔도 새로운 영지에 대해 적응이 필요했기에 영지의 업무를 함께 처리하고 있었다.

"후우, 내가 이런 일을 하게 될 줄은 상상도 못했네."

리카이엔은 한동안 엄청난 서류 더미에 시달리고 있는 중이었다. 새로운 영지에 대해 파악을 하는 것은 물론 시급하게 처리해야 할 사안들이 꽤 많았기 때문이다.

그중 가장 급하게 처리한 것이 바로 세금 문제였다. 브렌 대륙에서 각 영주들이 걷어 가는 세금은 보통 수입의 절반 정도였다.

그런데 리온 자작이 거두어들이던 세금은 무려 70%에 육박

하고 있었다. 영지민들은 극심한 폭정에 시달리고 있었던 것이다.

프로커스 백작은 당장 그 세금을 낮추는 일부터 시작했고, 그 모든 실무 처리를 리카이엔이 하고 있는 것이었다.

그때 밖에서 인기척이 들리더니 프리엘라의 목소리가 들렸다.

"리카이엔, 스승님이 오셨어요."

"응? 할망구?"

리카이엔이 새삼 반가운 표정으로 자리에서 일어서는 사이, 문이 열리며 테하스가 들어왔다.

"아무튼 이놈의 버르장머리는 어른이 왔는데 마중도 안 나오고 말이야."

"그러는 할망구도 올 거면 미리 온다는 연락 정도는 해야 된다는 걸 알아야지."

"아무튼 한마디도 안 지는구나."

"그건 할망구도 마찬가지요. 그나저나 물건은 잘 가져왔소?"

"에라이 이놈. 어른을 봤으면 안부부터 물어야지!"

"여전히 꼬장꼬장한 걸 보니 멀쩡해 보여서 말이야."

"흘흘, 다 가져왔다 이놈아."

"나도 미리 창고를 정리해 놨으니 집어넣기만 하면 되겠네. 아무튼 방을 준비해 줄 테니 좀 쉬소. 앞으로 큰일 해야 될 텐데."

그때였다.

쾅쾅!

누군가 다급하게 방문을 두드렸다.

"들어와."

리카이엔의 허락과 함께 집무실로 뛰어들어 온 사람은 다름 아닌 라울이었다.

리카이엔에 의해 열 번이 넘게 울음을 터뜨린 후에야 라울은 정식으로 프로커스 백작령의 행정관이 될 수 있었다.

그런데 라울의 표정이 뭔가 이상했다. 뭔가에 매우 놀란 표정이었다.

"무슨 일이야?"

리카이엔의 물음에 라울이 슬쩍 프리엘라와 테하스를 보았다.

"괜찮으니 말해."

"예, 그것이… 그러니까 뭔가 이상한 일이 생겼습니다."

"이상한 일?"

"예, 이게 설명을 드리기가 좀 애매한데……."

"간단하게 말해 봐."

"사람이 없어졌습니다."

"무슨 사람?"

"영지민들이요."

"음?"

리카이엔이 고개를 갸웃거렸다. 이전 리온 자작령의 인구가 20만이었다. 그리고 기존 프로커스 백작령의 인구가 5만. 합하면 무려 25만의 대인구였다. 그 안에서 사람 한두 명 없어지거나, 새로운 사람이 들어오는 일은 그리 드문 일이 아니었다.

하지만 뒤이어 나온 라울의 말에 리카이엔의 표정이 딱딱하게 굳어 버리고 말았다.

"사라진 사람의 수가 1만 명입니다!"

"뭐?"

〈『철혈백작 리카이엔』 제3권에서 계속〉

철혈백작 리카이엔

1판 1쇄 찍음 2010년 2월 5일
1판 1쇄 펴냄 2010년 2월 9일

지은이 | 윤지겸
펴낸이 | 정 필
펴낸곳 | 도서출판 **뿔미디어**

기획 | 이주현, 한성재
편집책임 | 심재영
편집 | 장상수, 권지영, 장보라, 조주영, 주종숙
관리, 영업 | 김미영

출력 | 예컴
본문, 표지 인쇄 | 광문인쇄소
제본 | 성보제책사

출판등록 | 2002년 9월 11일 (제1081-1-132호)
주소 | 부천시 원미구 중3동 1058-2 중동프라자 402호 (우)420-849
전화 | 032)651-6513 / 팩스 032)651-6094
E-mail | BBULMEDIA@paran.com

값 8,000원

ISBN 978-89-6359-300-5 04810
ISBN 978-89-6359-298-5 04810 (세트)

참신하고, 끼와 재미가 넘실대는 신무협·판타지 소설을 모집합니다.

참신하고, 끼와 재미가 넘실대는 신무협 판타지 소설을 모집합니다.

많은 장르 소설 작품을 보아 오며,
"나라면 이렇게 할 텐데……."
라고 생각하며 떠올렸던 기발한 소재와 아이디어가 있다면,
마음껏 지면에 펼쳐 보시기 바랍니다.

뛰어난 문장력? 정교한 구성력?
그런 건 그다지 중요하지 않습니다.
재미와 참신함으로 중무장된 작품이라면 열렬히 대환영입니다!

소재에 제한은 없으며, 분량은 한 권(원고지 850매 내외)입니다.
작성 양식은 자유이며, 보내실 때는 꼭 파일로 작성하여 이메일로 보내 주시기 바랍니다.

다만, 호환 마마에 버금가는 미풍양속을 저해하는 단란한 내용은 사절입니다.
특히 엔터 신공은 절대불가! 최고 결격 사유입니다.

저희 도서출판 뿔미디어와 함께
즐겁고 유쾌하게 작가의 꿈을 키워 나가시기 바랍니다.
홈페이지로도 많은 참여 바랍니다.

홈페이지 오픈
www.bbulmedia.com

경기도 부천시 원미구 중3동 1058-2 중동프라자 402호
도서출판 뿔미디어 작품 모집 담당자 앞
전 화 : 032-651-6513   FAX : 032-651-6094
이메일 : bbulmedia@paran.com